Dani Atkins

Sieben Tage voller Wunder

Roman

Aus dem Englischen
von Sonja Rebernik-Heidegger

Die englische Originalausgabe erschien 2016
unter dem Titel »Perfect Strangers« bei Simon & Schuster UK, Ltd.

Besuchen Sie uns im Internet:
www.knaur.de

Deutsche Erstausgabe Oktober 2017
Knaur Taschenbuch
© 2016 Dani Atkins
© 2017 der deutschsprachigen Ausgabe Knaur Verlag
Ein Imprint der Verlagsgruppe
Droemer Knaur GmbH & Co. KG, München
Alle Rechte vorbehalten. Das Werk darf – auch teilweise –
nur mit Genehmigung des Verlags wiedergegeben werden.
Redaktion: Gisela Klemt; lüra – Klemt & Mues GbR
Covergestaltung: Franzi Bucher, München
Coverabbildung: Fotolia / piai; iStock / Ridofranz;
iStock / Oleh_Slobodeniuk
Mond im Innenteil: Pagina/Shutterstock.com
Satz: Adobe InDesign im Verlag
Druck und Bindung: CPI books GmbH, Leck
ISBN 978-3-426-52088-8

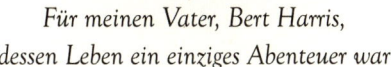

Für meinen Vater, Bert Harris,
dessen Leben ein einziges Abenteuer war

Tag eins

Als wir das erste Mal tatsächlich miteinander sprachen, befanden wir uns in tausend Metern Höhe, und das Flugzeug trudelte bereits außer Kontrolle geraten auf die schneebedeckten kanadischen Berge zu. Bis dahin hatten sich unsere Wege allerdings bereits drei Mal gekreuzt.

Er war mir zum ersten Mal aufgefallen, als ich am Flughafen aus dem Taxi stieg. Ich drückte gerade die abgezählten Banknoten in die ausgestreckte Hand meines Taxifahrers, als mein Blick auf einen Mann fiel, der in diesem Moment die Straße überquerte und sich mit seinem großen, teuer wirkenden Koffer mühelos den Weg durch den stetigen Strom ankommender Autos bahnte. Als ich es endlich geschafft hatte, meinen eigenen Koffer auf den Bürgersteig zu wuchten, war der Mann bereits im Inneren des Flughafengebäudes verschwunden.

Genau genommen zählte diese Begegnung aber nicht, denn eigentlich hatte ich nur seinen Hinterkopf gesehen – genauer, einen Schopf glänzender, kastanienbrauner, mit Schneeflocken bedeckter Haare. Natürlich waren auch einige Flocken auf meinem Kopf gelandet, doch auf meinen schulterlangen hellblonden Haaren kamen sie weit weniger gut zur Geltung. Ich glaube, das Erste, was mir an ihm auffiel, war seine Größe. Er war mindestens einen Meter neunzig groß, und da ich ebenfalls sehr groß bin (einen Meter und achtundsiebzig Zentimeter, ohne Absätze), hatte ich eine Art inneres Radar entwickelt, das mich ständig nach Männern Ausschau halten ließ, die größer waren als ich. Auch wenn ich mich eigentlich nicht mehr nach anderen Männern umsehen musste, denn immerhin hatte ich ja William. Oder etwa nicht? Die Reise nach Kanada war eigentlich dazu gedacht gewesen, eine Antwort auf diese Frage zu finden. Doch mittlerweile waren seit meiner tränenreichen Ankunft fünf Wochen vergangen, und ich war kein bisschen schlauer.

»Ich wünschte, du müsstest nicht zurück. Ich wünschte, ich könnte dir eine größere Hilfe sein. Und ich wünschte, ich hätte mir nicht diese verdammte Erkältung eingefangen und könnte dich selbst zum Flughafen fahren.«

»Das waren jetzt gleich drei Wünsche auf einmal, Mommy«, erklärte meine bezaubernde vierjährige Nichte, und ich überlegte mir wieder einmal ernsthaft, ob ich sie vielleicht einfach kidnappen und mit nach England nehmen sollte. »Ich wünsche mir, ein Genie zu sein, und dann sorge ich dafür, dass sie sich alle erfüllen.«

»Ich glaube, du meinst, du willst eine *Jeannie* sein, Liebling«, verbesserte sie ihre Mutter.

Es war schwer, beim Anblick des kleinen Mädchens mit den ernsten blauen Augen nicht loszulachen – sie sah genauso aus wie ihre Mutter, als wir noch Kinder waren und vor unserem Haus in dem kleinen englischen Dorf spielten. Ich beugte mich hinunter, drückte einen Kuss auf ihre weißblonden Locken, die aussahen wie Zuckerwatte, und spürte einen Kloß im Hals, als sie ihre kleinen, pummeligen Arme um meine Beine schlang.

»Danke, Lily, ich glaube, ein Genie ist genau das, was ich jetzt brauche«, flüsterte ich und klang dabei vielleicht ein wenig wehmütiger als beabsichtigt.

»Sag ihm einfach, dass du noch mehr Zeit brauchst«, meinte Kate, die sich ein zerknülltes Taschentuch an ihre deutlich verstopfte Nase drückte. »Immerhin ist *er* an der Sache schuld, und nicht du. Nimm dir so lange Zeit, wie du brauchst, und lass dich zu nichts drängen.« Sie hielt kurz inne, und mir war klar, dass sie ohne die Anwesenheit ihrer Tochter sehr viel offener gesprochen hätte, denn diese hatte die Angewohnheit, sämtliche Schimpfwörter, die sie aufschnappte, sofort mit ihren Kindergartenfreunden zu teilen. »Du kennst ja meine Meinung, Hannah. Er hat sich wie ein totaler ... du weißt schon ... verhalten und dich absolut nicht verdient. Du verdienst einen besseren als ihn. Jemanden, der dich ordentlich behandelt.«

Während der vierzigminütigen Fahrt zum Flughafen spukten mir ihre Worte im Kopf herum. Für meine glücklich verheiratete Schwester war es einfach, mir einen derart eindeutigen und zweifellos vernünftigen Ratschlag zu erteilen, doch es war viel schwerer, auch danach zu handeln. Kate hatte Glück gehabt: Sie hatte Stephen, ihren kanadischen Ehemann, kurz nach dem Studium kennengelernt und sich sofort in ihn verliebt. Innerhalb von acht Monaten hatten sie geheiratet, und noch bevor die Hochzeitstorte aufgegessen war, hatten sie bereits einen Flug in Stephens Heimatland gebucht. Allerdings ohne Rückflug.

Mittlerweile war sie beinahe zehn Jahre fort, und seit damals war keine einzige Woche vergangen, in der ich Kate nicht vermisst hätte. Vor allem natürlich dann, wenn mein Leben wieder einmal in einer Krise steckte – und das war, um ehrlich zu sein, ziemlich oft der Fall.

Genau aus diesem Grund war es auch zu diesem jüngsten, unvorhergesehenen und übereilten Transatlantikflug gekommen, denn ich brauchte Trost und Rat und musste endlich Abstand von meinem betrügerischen Freund gewinnen.

Im Flughafengebäude war es warm und hell, und es war erstaunlich viel los. Ich trat widerstrebend aus dem Schwall warmer Luft, den das Gebläse oberhalb der Schiebetüren verströmte, und manövrierte meinen Koffer durch das Getümmel aus Gepäckwagen und Rollkoffern, während ich versuchte, nicht überfahren zu werden und gleichzeitig den Schalter meiner Fluglinie zu finden.

Drei Schalter waren geöffnet, die restlichen zehn waren nicht besetzt. Ich reiste nicht oft, aber während ich am Ende der kürzeren Reihe vor den Economy-Schaltern Aufstellung bezog, fragte ich mich, unter welchen Umständen wohl alle Schalter besetzt waren, und ob es eigentlich jemals dazu kam. Ich warf einen sehnsüchtigen Blick auf die wesentlich kürzere Schlange zu meiner Rechten. *Business Class.* Es warteten nur drei Passagiere vor dem Schalter, und einer davon war der Mann, den ich bereits am Taxistand gesehen hatte. Wieder war es seine Größe, die mir als Erstes auffiel. Er war über die Köpfe der anderen Passagiere hinweg leicht zu sehen und wartete auf den Check-in für den Abendflug. Plötzlich schaute er in meine Richtung, gerade so, als hätte er gespürt, dass er beobachtet wurde. Natürlich konnte er auf keinen Fall wissen, wer ihn gemustert hatte. Es hätte jeder in unserer Reihe sein können, doch er sah genau in meine Richtung, und unsere Blicke trafen sich. Es war zu spät, um mich abzuwenden und so zu tun, als hätte ich nicht in seine Richtung gestarrt, also lächelte ich höflich, wie zwei Fremde einander nun mal anlächeln. Als Antwort erhielt ich ein sehr viel offeneres Grinsen, das sein Gesicht erstrahlen ließ und seine durchaus attraktiven Züge in etwas verwandelte, das jenes seltsame Gefühl in meinem Magen auslöste, das ich normalerweise nur in Aufzügen verspüre.

Ich war einen Moment lang abgelenkt, so dass ich nicht bemerkte, dass die Passagiere in meiner Reihe sich plötzlich in Bewegung setzten, und der gleichgültige Teenager hinter mir überfuhr mich beinahe mit seinem hochbeladenen Gepäckwagen. Seine gehetzt wirkende Mutter entschuldigte sich eilig und wies ihren Sohn halbherzig zurecht. Der großgewachsene Mann in der Business-Class-Schlange warf mir hingegen einen mitleidsvollen Blick zu, und sein Gesicht verzog sich, als wollte er mich fragen, ob alles in Ordnung sei. Ich nickte und zuckte kurz mit den Schultern, um ihm zu verstehen zu geben, dass es mir gutging und solche Dinge nun mal passierten. Dann wurde unsere kurze, wortlose Unterhaltung jedoch abrupt unterbrochen, denn der Passagier vor ihm war vom Schalter fortgetreten, und der höfliche Mann mit den kastanienbraunen Haaren und den funkelnden grünen Augen wurde aufgerufen.

Vor mir standen immer noch mindestens fünfzehn Leute, und so brauchte ich um einiges länger, bis ich mich endlich in einer Art Slalom bis zum Schalter vorgearbeitet hatte.

»Miss Truman«, begann die etwas erschöpft wirkende Flughafenbedienstete. »Reisen Sie allein?«

Ich nickte und schob ihr meinen Reisepass hin.

Ich reise allein, ich schlafe allein, und vielleicht wohne ich auch bald allein.

Auch auf diese Frage hatte ich noch keine richtige Antwort gefunden. Die Zukunft erschien mir mit einem Mal so düster wie der bedrückend graue Himmel vor dem Flughafengebäude.

»Ja«, antwortete ich, und mir war durchaus bewusst, dass die Frau kaum bis gar kein Interesse an den traurigen und bemitleidenswerten Details meines Privatlebens haben würde. »Ja, ich bin allein«, bestätigte ich. Mein überstürzter Besuch bei Kate war die erste Reise seit beinahe drei Jahren, die ich ohne William unternommen hatte. Aber vielleicht würde ich mich in Zukunft auch daran gewöhnen müssen.

»Es tut mir leid, aber könnten Sie bitte noch einmal wiederholen, was Sie gesagt haben?«, fragte ich verwirrt, als ich erkannte, dass ich der Frau vor mir nicht mehr richtig zugehört hatte. Sie seufzte ungeduldig.

Es tut mir leid, entschuldigte ich mich in Gedanken bei ihr. *Seit ich herausgefunden habe, dass mein Freund mich mit einer jungen Praktikantin betrügt, habe ich in etwa die Aufmerksamkeitsspanne eines Goldfisches. Es tut mir wirklich sehr leid.*

Vielleicht zeigte sich etwas von dieser Tragik auf meinem Gesicht, denn die Frau klang plötzlich sehr viel freundlicher, als sie das Gesagte noch einmal wiederholte.

»Bitte behalten Sie die Anzeigetafel im Auge. Es ist möglich, dass einige unserer Flüge aufgrund des herannahenden Sturms verspätet sein werden. Sollte das der Fall sein, muss Ihr Anschlussflug nach London umgebucht werden.«

Ich nahm meinen Reisepass und meine Bordkarte. Es spielte keine Rolle, ob mein Flug Verspätung hatte oder nicht. Ich hatte William nicht gesagt, dass ich bereits heute zurückfliegen würde. Tatsächlich hatte ich es niemandem erzählt – und deshalb würde auch niemand lächelnd am Gate warten, um mich in die Arme zu schließen. Ich versuchte, die albernen Tränen des Selbstmitleids zurückzudrängen, während ich mich vor der Sicherheitskontrolle in die nächste Schlange einreihte.

Fünfundzwanzig Minuten später stopfte ich den Inhalt meines gesamten Handgepäcks hastig zurück in meine Tasche. Meine Wangen brannten, während ich meine Habseligkeiten planlos verstaute. Ich hatte die kleine Schachtel am Boden der Tasche nicht gleich erkannt, in die meine Nichte heimlich drei ihrer Lieblingsschokoriegel gelegt hatte. Ich wurde so rot, als hätte ich tatsächlich ein Verbrechen begangen, während mich der Sicherheitsbeamte mit einem argwöhnischen Blick bedachte und noch einmal fragte: »Aber Sie haben doch vorhin angegeben, dass Sie die Tasche selbst eingepackt haben, oder etwa nicht?«

Ich bin mir nicht sicher, ob ich schuldbewusst oder einfach bloß dämlich klang, als ich antwortete: »Ja, natürlich. Es tut mir leid, aber diese Schokoriegel hatte ich vollkommen vergessen. Wie dumm von mir.«

Ich schüttelte immer noch den Kopf über Lilys süße und aufmerksame Geste, als ich in den Aufzug stieg, der in die Abflughalle hochführte – auch wenn mich ihr überraschendes Abschiedsgeschenk arg in Bedrängnis gebracht hatte. Mehrere Menschen betraten noch nach mir den Aufzug, und schließlich wurde ich gegen die hintere Wand der Kabine gedrückt. Ich rückte ein wenig zur Seite, damit mir der dicke, weiche Schal der Frau neben mir nicht mehr ins Gesicht ragte, und plötzlich fiel mein Blick auf den großgewachsenen Mann aus der Business Class, der ebenfalls gerade auf die Aufzüge zueilte. Er sah mich, wie ich eingeklemmt wie in einer Sardinenbüchse in der Liftkabine steckte, und ein freundliches, wiedererkennendes Lächeln erhellte sein Gesicht. Ich spürte ein freudiges Kribbeln und weigerte mich standhaft, auf die leise Stimme zu hören, die immer wieder versuchte, mir William ins Gedächtnis zu rufen. Bloß für den Fall, dass ich vergessen hatte, dass ich keine ungebundene Frau war. Oder vielleicht doch? Wie auch immer, ich tat nichts Verwerfliches. Wir hatten einander bloß unschuldig zugelächelt.

Ich schlich mich immerhin nicht aus der Wohnung, hatte heimliche Verabredungen zum Abendessen und nahm mir für ein paar Stunden ein Hotelzimmer, um mich dort mit jemandem zu vergnügen, der fünfzehn Jahre jünger war als ich. Das war *er*, nicht ich. Und er war nicht einmal schlau genug gewesen, seine Kreditkartenabrechnung fortzuräumen, damit seine dämliche, vertrauensselige Freundin sie nicht fand. *Das* war ich.

Der Mann aus der Business Class befand sich immer noch mehrere Meter vom Aufzug entfernt, als eine leise, geschlechtslose Stimme verkündete, dass sich die Türen bald schließen würden.

»Entschuldigung, könnten Sie die Türen bitte noch kurz offen halten?«, fragte ich unvermittelt die vor mir Stehenden und erstaunte dabei mich selbst und meine Mitfahrer gleichermaßen. Die anderen drehten sich zu mir um und bedachten mich mit einem genervten Blick. Vielleicht hatten sie aber auch einfach nur Angst, dass sie alle aussteigen mussten, weil ich den Aufzug noch einmal verlassen wollte. Nichtsdestotrotz drückte jemand den Knopf, um die Türen offen zu halten.

Der Mann hatte den Aufzug mittlerweile fast erreicht, sah mir direkt in die Augen, und es war einfach unglaublich, wie viel man aus seinem Blick ablesen konnte. Ich grinste. Und er grinste zurück.

Doch ehe ich den Menschen kennenlernen konnte, der wohl dazu auserkoren war, mein Leben zu verändern, kreuzte eine junge Frau mit einem Baby auf dem Arm und einem bis oben-hin bepackten Gepäckwagen seinen Weg. Ich hörte ein unange-nehmes Geräusch, als das andere Kind der Frau auf den harten Fliesenboden aufschlug. Sofort erhob sich verzweifeltes Ge-brüll, und die junge Mutter wandte sich um, um ihrem Kind zu helfen, wobei der Gepäckwagen ins Schwanken geriet und sämtliche Koffer hinunterfielen und über den glänzenden Bo-den schlitterten.

Der Mann hätte einen Schritt zur Seite machen und schnell in den Aufzug hüpfen können. Er hätte die gestresste Frau mit ihren Problemen alleinlassen können. Doch wenn er dies getan hätte, wäre er vermutlich kein Mann gewesen, den ich gern ken-nengelernt hätte. Selbst wenn sich dieses Kennenlernen bloß auf einen kurzen Flirt auf einem geschäftigen Flughafen be-schränkte.

Er warf mir einen bedauernden und entschuldigenden Blick zu, ehe er sich bückte, um die Habseligkeiten der jungen Fami-lie einzusammeln.

»Soll ich die Türen noch länger geöffnet halten, Ma'am?«, fragte ein älterer Herr im vorderen Teil der Aufzugkabine.

»Nein. Ist schon in Ordnung«, antwortete ich und spürte ein leises Bedauern.

Der Mann mit den kastanienbraunen Haaren sah kurz auf, als sich die Türen mit einem *Ping* schlossen – und womöglich folgte sein Blick der gläsernen Kabine sogar auf ihrem Weg nach oben, bis sie durch die Decke verschwand.

Ich war überrascht, wie geschäftig es in der Abflughalle zuging. Ich musste mich durch eine kleine Gruppe Passagiere zwängen, bloß um von den Aufzügen fortzukommen. Ich warf einen Blick auf die Anzeigetafel und sah, dass hinter einigen Flügen bereits das gefürchtete Wort *verspätet* aufleuchtete, auch wenn der vorhergesagte Sturm noch gar nicht begonnen hatte.

Ich zögerte für einen Moment. Sollte ich auf den lächelnden Mann aus der Business Class warten, oder würde das aufdringlich wirken? *Und auch ziemlich verzweifelt,* meldete sich die leise Stimme in meinem Hinterkopf erneut zu Wort.

Zugegebenermaßen hatte mein Selbstvertrauen einen schweren Schlag erlitten, nachdem sich William einer jüngeren, frecheren und – soweit ich wusste – auch hübscheren Frau zugewandt hatte. Aber war das wirklich der beste Weg, es wieder stark zu machen? Gleiches mit Gleichem zu vergelten? Das war eigentlich nicht das, was ich wollte.

Ich seufzte und machte mich entschlossen auf den Weg zu den Designerläden direkt vor meiner Nase. Einkaufen war eine sehr viel bessere Therapie. Doch als ich schließlich das *Ping* hörte, das die Ankunft des nächsten Aufzugs ankündigte, warf ich trotzdem einen Blick über die Schulter auf die Passagiere, die ausstiegen. Er war nicht dabei.

Ich kaufte mir einen wunderschönen Wollschal, den ich mir eigentlich gar nicht leisten konnte, und machte mich dann auf den Weg durch die Sitzreihen, um mir einen freien Platz zu suchen, von dem aus ich die Anzeigentafel im Blick hatte. Ich erkannte dankbar, dass mein Flug pünktlich starten würde – Sturm hin oder her –, und schrieb Kate eine Nachricht, dass ich heil am Flughafen angekommen war. Hoffentlich konnte ich damit ihre Bedenken zerstören, die sie zum Ausdruck gebracht hatte, als sie mich vor meiner Abfahrt umarmte. »Vielleicht solltest du den Rückflug lieber verschieben«, hatte sie vorgeschlagen und einen Blick auf die bedrohlichen Wolken geworfen. »Das ist nicht gerade das beste Wetter, um zu reisen.«

»Ich dachte, die Taxis hier haben alle Schneeketten?«

»Das haben sie auch«, gab sie zögernd zu.

»Und das Flugzeug wird nicht starten, wenn das Wetter zu schlimm ist.«

»Nein, vermutlich nicht.« Doch sie klang nicht gerade glücklich.

Ich drückte sie noch fester. So war es immer, wenn wir uns voneinander verabschiedeten. Eine von uns suchte nach einer Ausrede, um unser Zusammensein zu verlängern und bereits gefasste Reisepläne hinauszuschieben. Dieses Mal war es Kate.

»Ich muss zurück und mich der Sache stellen. Ich muss mein Leben wieder in Ordnung bringen«, flüsterte ich in ihren schicken blonden Bob. »Und wenn es mir nicht gelingt ... dann werde ich eine andere Lösung finden.«

»Ruf mich an, wenn du in den Staaten umsteigst. Und auch, wenn du endlich in London bist – egal, wie spät es ist.«

»Mach ich«, versprach ich.

Es war das erste Versprechen meiner Schwester gegenüber, das ich nicht halten würde.

Ich ließ mich mit einem Bestseller, den ich auch noch gekauft hatte, auf meinem Platz nieder. Ich weiß nicht, was mich einige Zeit später dazu veranlasste, den Blick zu heben. Das Buch war ziemlich mitreißend, und ich hatte es tatsächlich geschafft, die laute Familie, die sich neben mich gesetzt hatte, auszublenden. Doch plötzlich spürte ich, wie sich meine Nackenhaare aufstellten. Ich hob den Blick, als hätte jemand meinen Namen gerufen. Zunächst sah ich bloß den vertrauten Anblick der geschäftigen Abflughalle mit den vielen Passagieren. Doch dann richtete sich meine Aufmerksamkeit auf den etwa fünfundzwanzig Meter entfernten Coffeeshop.

Es befanden sich etwa hundert Menschen zwischen mir und dem großgewachsenen Mann, doch irgendwie fiel mein Blick sofort auf ihn. Er trat gerade aus der Tür und hielt einen großen Becher Kaffee in der Hand. Plötzlich verharrte er mitten in der Bewegung und sah mir direkt in die Augen. Wir waren zu weit voneinander entfernt, um miteinander sprechen zu können, also hob er bloß eine Hand zum Gruß. Ich erwiderte die Geste und schüttelte lächelnd den Kopf, weil die Situation so absurd war. Ich hatte das Gefühl, als hätte ich einen alten Freund wiedergesehen, was albern war, da wir noch kein einziges Wort miteinander gesprochen hatten. Ich kannte nicht einmal seinen Namen.

Er sah mir noch immer in die Augen, als er schließlich mit einem Finger auf mich und anschließend auf den Kaffeebecher in seiner Hand deutete. Dann neigte er fragend den Kopf. Kein Pantomime der Welt hätte die Einladung besser formulieren können. Ich lächelte und nickte zustimmend, bevor ich mein Buch zuschlug und aufstand. Ich spürte seinen Blick auf mir, als ich mich über die ausgestreckten Beine der anderen Passagiere hinweg und an kleinen Kindern vorbei bis ans Ende der Sitzreihe durchschlug.

In diesem Moment knackte der Lautsprecher über meinem Kopf, und eine Stimme erhob sich über das Gemurmel Hunderter Menschen. »Achtung, eine Passagierdurchsage. Mr Logan Carter, gebucht auf den Flug der Canadian Airways nach Chicago, wird unverzüglich zum Informationsschalter auf Level eins gebeten.«

Sein Lächeln verblasste. Er zeigte hinauf zu dem Lautsprecher, aus dem die körperlose Stimme gekommen war, dann deutete er auf sich selbst und zuckte entschuldigend mit den Schultern. Der Aufruf galt ihm. Es sollte wohl so sein, dass wir uns nie richtig kennenlernen konnten.

Seine Lippen formten ein *Entschuldigung,* und ich sagte: »Ist schon okay«, und hoffte, dass er es über diese Entfernung irgendwie verstand. Gleich darauf schob sich seine großgewachsene Gestalt auf der Suche nach dem Informationsschalter durch die Menge. Ich ließ mich mit einem enttäuschten Seufzen auf einen Stuhl sinken. Aber zumindest kannte ich nun seinen Namen.

Er kam nicht wieder. Die Minuten verrannen, und als schließlich eine halbe Stunde vergangen war, wurde mir klar, dass wir uns vermutlich nie mehr wiedersehen würden. Mittlerweile leuchtete mein Flugsteig auf der Anzeigentafel auf, und ich warf noch einen letzten, bedauernden Blick in die Richtung, in die er verschwunden war, nahm mein Handgepäck und machte mich auf den Weg.

Ich hatte den schlimmsten Sitzplatz von allen, eingezwängt zwischen einem stämmigen Mann, der bereits die Armlehne für sich beansprucht hatte und keine Anstalten machte, sie zu teilen, und einer Mutter mit einem quengeligen Kleinkind. Die nächsten dreieinhalb Stunden würden also alles andere als angenehm werden.

Ich zwängte mich an dem Mann vorbei auf meinen Sitz und versuchte, meine langen Beine vor mir unterzubringen, obwohl der Platz gerade groß genug schien für einen Hobbit. Mein Platz befand sich drei Reihen hinter dem Einstieg, durch den in diesem Moment die letzten Passagiere an Bord kamen. Ich stand gerade noch einmal auf, um mein Handgepäck in dem Fach über meinem Kopf zu verstauen, als mein Blick an dem Trennvorhang vorbei auf einen Mann fiel, der nach links in die Business Class geführt wurde. Ich war mir ziemlich sicher, dass dieser Mann kastanienbraune Haare hatte, und wenn er sich umgedreht hätte, hätte ich direkt in seine fesselnden grünen Augen geblickt.

Ich lächelte immer noch, als ich schließlich meinen Sicherheitsgurt schloss.

Wir standen ewig auf dem Rollfeld. Lange nachdem auch der letzte Passagier seinen Platz eingenommen hatte, befand sich das Flugzeug noch immer am Boden, und die Technikcrew führte – dick eingepackt wie Nordpolforscher – Arbeiten an der Außenhaut durch. Der Kapitän versicherte uns zwar, dass wir bald starten würden, aber der Schneefall wurde immer dichter und ein Abflug wirkte immer unwahrscheinlicher.

Erschwerend kam noch hinzu, dass der kleine Junge neben mir jedes Mal wie ein kleines Äffchen zu brüllen begann, wenn ich versuchte, einen Blick aus dem ovalen Fenster neben ihm zu werfen, das direkt auf die Tragfläche des Flugzeuges hinausführte.

»Es tut mir leid«, entschuldigte sich seine Mutter, während sie versuchte, seine klebrigen Finger zu lösen, mit denen er eine dicke Strähne meiner Haare umklammert hielt. »Er fliegt einfach nicht gern.«

»Das kann ich verstehen«, erwiderte ich mitleidig und lehnte mich wieder zurück, wobei ich zuließ, dass der Kleine einige meiner Haare um seine pummeligen Finger wickelte.

Endlich erklang erneut die Stimme des Kapitäns. »Okay, Leute. Tut mir leid wegen der Verspätung. Aber diejenigen auf den Fensterplätzen haben vermutlich gesehen, dass das Flugzeug zuerst noch von Eis und Schnee befreit werden musste. Wir sind nun bereit zum Abflug. Die Luftschichten in Bodennähe sind ein wenig instabil, aber wir werden unser Bestes geben, um sie so schnell wie möglich hinter uns zu bringen und auch die verlorene Zeit wieder aufzuholen. Kabinencrew – bereit machen zum Abflug.«

»O Gott«, murmelte die junge Frau neben mir. »Ich hoffe, es wird nicht zu turbulent, sonst muss Marcus sich wieder übergeben.«

»Und ich mich auch«, ergänzte der stämmige Mann auf meiner anderen Seite. Ich lehnte mich zurück, schloss die Augen und versuchte mit aller Kraft, so zu tun, als sei ich weit, weit fort.

Während des Starts kommt jedes Mal ein Moment, in dem ich mich plötzlich daran erinnere, dass ich eigentlich nicht gern fliege. Normalerweise greife ich dann nach Williams Hand, der meine daraufhin fest drückt. Doch an jenem Abend war das anders. Tatsächlich hatte ich keine Ahnung, wo sich Williams Hände gerade befanden und wen sie gerade drückten. Mich jedenfalls nicht.

Das Flugzeug raste die Startbahn entlang, um Geschwindigkeit für den Abflug aufzunehmen, und ich versuchte, sämtliche Zeitungsartikel zu vergessen, die ich jemals über Flugzeuge gelesen hatte, deren vereiste Triebwerke versagt hatten oder an denen irgendwelche anderen Teile vereist gewesen waren, die das Flugzeug eigentlich in der Luft hätten halten sollen. Das ist der Nachteil, wenn man über ein fotografisches Gedächtnis verfügt: Ich erinnerte mich an Dinge, die ich lieber vergessen hätte, während wir mit hundert Sachen durch den Schneefall rasten – auch wenn mir meine Fähigkeit einen Abschluss an einer äußerst renommierten Universität eingebracht hatte, weshalb sie wohl auch Vorteile besaß.

Anstatt mir also über das unglaubliche Phänomen Gedanken zu machen, dass ein Flugzeug überhaupt in der Luft bleibt und warum dem eigentlich so ist – bloß weil ich ein außerordentliches Gedächtnis habe, heißt das nicht, dass ich superintelligent bin –, beschloss ich, an weniger verstörende Dinge zu denken. Und kaum überraschend kam mir dabei als Erstes der Passagier in den Sinn, dem ich an diesem Tag bereits drei Mal beinahe über den Weg gelaufen wäre. Der Mann, der nun etwa zwanzig Meter vor mir saß, in der Business Class, wo er seine Beine vermutlich nicht gegen den Vordersitz pressen musste, wie es bei mir der Fall war, und dessen Sitznachbar weit genug entfernt saß, dass er keine ernsthafte Bedrohung darstellte, falls der Flug so turbulent werden sollte, wie es der Kapitän angekündigt hatte.

Und das wurde er tatsächlich. Dass der Kapitän von »instabilen Luftschichten« gesprochen hatte, war eine maßlose Untertreibung gewesen. Noch bevor das Fahrwerk den Kontakt zum Boden verloren hatte, traf uns der Wind von der Seite, so dass ein Ruck durch das gesamte Flugzeug ging. Und es wurde auch nicht besser, als wir schließlich in der Luft waren. Anstatt sanft in die Höhe zu steigen, so dass man sich maximal Sorgen über den Druck in den Ohren machen musste, wurden wir wie wild durchgeschüttelt, und jedes Rütteln wurde von einem Chor besorgter Schreie begleitet.

Es dauerte vermutlich nicht länger als zwei Minuten, doch unser Flug durch die Wolken fühlte sich an wie ein Ritt auf einem wildgewordenen Rodeo-Pferd, das sich in den Kopf gesetzt hat, seinen Reiter abzuwerfen. Mehrere Gepäckfächer sprangen auf, und die darin enthaltenen Handgepäckstücke purzelten auf die Köpfe der Unglücklichen, die direkt darunter saßen.

Ich öffnete die Augen – ich hatte gar nicht bemerkt, dass ich sie panisch geschlossen hatte – und warf einen Blick auf die beiden Stewardessen in ihren Crew-Sitzen. Auch wenn sie die

Sicherheitsgurte umgelegt hatten und sich mit den Händen an den Sitzen festklammerten, führten sie noch immer eine relativ normale Unterhaltung und wirkten nicht ernsthaft besorgt. Ich beschloss, dass das ein gutes Zeichen war. Hätten diese beiden ängstlich gewirkt, wäre es wohl langsam an der Zeit gewesen, in Panik zu geraten.

Dann schien es plötzlich, als hätte unser Flugzeug eine Art Membran durchstoßen, denn mit einem Mal war das Rütteln vorbei, und wir glitten ruhig durch die Luft. Spontaner Applaus brandete auf, und ich schäme mich nicht, zuzugeben, dass ich mit einstimmte.

Ich hätte nie von selbst um einen anderen Sitzplatz gebeten. Ich weiß nicht, ob Briten von Natur aus zurückhaltend sind und kein Aufhebens machen wollen oder ob es nur auf mich zutrifft.

Glücklicherweise musste ich mich auch gar nicht beschweren, denn die Stewardess mit dem Getränkewagen hatte wohl von selbst gesehen, dass mein Sitznachbar mir mehr oder weniger keinen Platz für meine Beine ließ. Vielleicht war es aber auch die Tatsache, dass sich das Tischchen vor mir schmerzhaft in meine einklemmten Knie bohrte, als sie es herunterklappte, um mein Getränk darauf abzustellen. Oder aber der Umstand, dass sie sich sehr nahe zu mir beugen musste, um meine Bestellung zu verstehen, weil der kleine Junge neben mir sich gerade so lautstark über das Fliegen im Allgemeinen beschwerte, wie es nur ein Zweijähriger zustande brachte.

Die Stewardess überreichte meinem Sitznachbarn den doppelten Scotch und die beiden Extrabeutel Erdnüsse, nach denen er verlangt hatte, doch bevor sie sich den Passagieren auf der anderen Seite des Mittelganges zuwandte, berührte sie sanft meine Schulter und beugte sich abermals so weit zu mir vor, dass nur ich sie verstehen konnte.

»Geben Sie mir fünf Minuten, ich schaue, ob ich Ihnen vielleicht einen anderen Platz anbieten kann«, versprach sie. Sie hielt ihr Wort, denn bevor sie sich wieder mit ihrem Getränkewagen auf den Weg machte, sprach sie kurz mit einem Steward, der einen Blick in meine Richtung warf, nickte und davoneilte. Weniger als zehn Minuten später war er zurück und half mir, mein Handgepäck aus dem Gepäckfach zu holen.

»Entschuldigen Sie, aber werden Sie etwa höhergestuft?«, fragte mein Sitznachbar. Ich zögerte, denn ich wusste nicht, was ich antworten sollte, und ich versuchte gleichzeitig, aufgrund dieser Aussicht nicht allzu aufgeregt zu wirken. Durfte ich wirklich in die Business Class umziehen? »Denn wenn das der Fall ist, möchte ich anmerken, dass ich hier auch sehr wenig Platz habe, und –«, fuhr der stämmige Mann fort, der sich offensichtlich in den Kopf gesetzt hatte, in meiner Nähe zu bleiben.

»Nein, tut mir leid, Sir«, unterbrach ihn mein Retter. »Die Business Class ist vollkommen ausgebucht.« Er warf einen Blick auf die Erdnüsse, die auf dem Tischchen des Mannes verstreut lagen. »Die junge Dame bekommt bloß einen anderen Platz. Nussallergie«, fügte er lapidar hinzu, bevor er meinen Ellbogen nahm und mich davonführte.

»Vielen herzlichen Dank«, sagte ich dankbar, als er mich an der kleinen Bordküche vorbei in einen weiteren Gang im hinteren Bereich des Flugzeuges führte. Ich versuchte, einen schnellen Blick durch den Vorhang zu werfen, hinter dem die Business Class lag, doch ärgerlicherweise war er dicht zugezogen.

Der Steward führte mich an vollbesetzten Reihen vorbei, bis wir schließlich das hintere Ende des Flugzeuges erreicht hatten, wo sich drei vollkommen leere Sitzreihen befanden. Er gab mir mein Handgepäck und meinen Mantel und deutete mit der Hand auf die freien Plätze.

»Suchen Sie sich einen aus«, meinte er lächelnd.

Ich sah mich überrascht um. »Aber ich dachte, der Flug sei ausgebucht? Ich hatte Glück, überhaupt noch einen Platz zu bekommen.«

»Stimmt, wir waren auch ausgebucht«, bestätigte er. »Diese Plätze hier waren für eine Schulklasse gedacht, die zum Skifahren unterwegs war. Aber sie haben aufgrund des schlechten Wetters den Flug verpasst«, erklärte er. »Sie hatten einfach Pech.«

Ich bin mir sicher, dass die Eltern der Kinder ihm schon weniger als eine Stunde später nicht mehr zugestimmt hätten.

Ich entschied mich für einen Fensterplatz, doch gerade als ich mich setzte, wurde das Flugzeug erneut von einer Sturmbö getroffen. Über meinem Kopf leuchteten die Lämpchen auf, die alle Passagiere aufforderten, ihre Sicherheitsgurte anzulegen, und der Steward überprüfte, ob ich ordnungsgemäß angeschnallt war, bevor er entschuldigend sagte: »Es wäre wohl besser, Sie bleiben angeschnallt. Ich nehme an, der Flug wird noch ziemlich turbulent.«

Er hatte ja keine Ahnung.

Ich zog mein Buch heraus, doch das Flugzeug ruckelte so stark, dass es beinahe unmöglich war, zu lesen, und schließlich legte ich es beiseite, bevor mir noch übel wurde. Immer wieder warf ich nervöse Blicke aus dem kleinen ovalen Fenster hinaus in den Sturm, der uns auf unserer Reise begleitete. Die wirbelnden Schneeflocken gaben mir das Gefühl, mich in einer riesigen Schneekugel zu befinden, die gerade jemand ordentlich durchgerüttelt hatte.

Mittlerweile war es beinahe Mitternacht, und auch wenn der Flug alles andere als ruhig war und die Triebwerke des Flugzeuges dröhnten, spürte ich, wie meine Lider langsam schwer wurden, und lehnte den Kopf zurück.

Vielleicht schlief ich sogar kurz ein, bevor es losging, doch danach war an Schlaf nicht mehr zu denken.

Es gab keine Vorwarnung, dass wir uns in ernsthaften Schwierigkeiten befanden, und es war auch keine Zeit, um sich an die Situation zu gewöhnen oder sich über den unwahrscheinlichen Fall Gedanken zu machen, dass wir womöglich bald eine Flugzeugkatastrophe erleben würden.

Es begann mit einem ohrenbetäubenden Krachen, das das ganze Flugzeug vibrieren ließ und sogar noch die Schreckensschreie der Passagiere übertönte. Die Lichter in der Kabine flackerten, gingen aus und wieder an, und in diesem Moment wusste jeder, dass etwas ganz und gar nicht stimmte. Man musste kein Flugexperte sein, um das zu erkennen.

Ein lautes Brüllen drang aus dem Bauch der Maschine und ersetzte das Brummen der Triebwerke. Es klang wie das verzweifelte Heulen eines ziemlich verärgerten, blutrünstigen Tieres.

Dann ging ein Ruck durch das Flugzeug, das plötzlich an Höhe verlor und mit der Nase voran auf die schneebedeckten Berge unter uns zuraste. Ich packte die Armlehnen und stemmte die Beine in den Boden. Schreie drangen durch die Kabine, und manche Passagiere erinnerten sich an längst vergessene Gebete und verliehen ihrem vermutlich spontan wiedererwachten Glauben an Gott Ausdruck.

Der Sturzflug dauerte nur einige furchteinflößende Sekunden, bevor die Piloten das Flugzeug wieder unter Kontrolle hatten und geraderichteten. Ich glaube allerdings nicht, dass irgendjemand tatsächlich dachte, die Gefahr sei vorüber. Da ich einsam und allein im hinteren Teil saß, sah ich meine Mitpassagiere zwar nicht, doch sie waren nicht zu überhören. Schließlich drang die Stimme des Kapitäns aus den Lautsprechern, doch sie klang nicht im Geringsten wie die des Mannes, der uns zuvor noch vor »instabilen Luftmassen« gewarnt hatte. Ein einstimmiges *Psst* erklang, ehe die Passagiere versuchten, den Worten des Kapitäns zu folgen und einen Sinn darin zu erkennen. Ich selbst bekam nur einen Bruchteil seiner Durchsage mit, denn mittlerweile hatte schiere Panik von mir Besitz ergriffen. Die Wortfetzen, die ich verstand, waren furchteinflößend genug und klangen wie aus einem Alptraum: »... Fehler ... Elektrik ... Systemfehlfunktion ... umkehren ... Notlandung ...« Ich setzte die fehlenden Wörter in die Lücken ein, und das Bild, das sich dann ergab, raubte mir den Atem.

Ich richtete mich so weit es ging in meinem Sitz auf, schaute nach vorn und erkannte, was die Worte des Kapitäns angerichtet hatten. Paare saßen engumschlungen da, einige weinten und versuchten, ein Leben voller »Ich liebe dich« in die wenigen Momente zu stopfen, die uns vielleicht noch blieben. Die Stewardessen eilten die Gänge entlang und setzten das antrainierte Notfallprogramm um, von dem sie sicher gehofft hatten, es nie zu benötigen. Verzweifelte Passagiere packten sie im Vorbeilaufen an den Händen und baten um Antworten, die ihnen niemand geben konnte. *Werden wir abstürzen?* Es schien eine sinnlose Frage zu sein.

Ich warf einen Blick auf die leeren Sitzreihen um mich herum, und plötzlich tat es mir leid, dass ich versetzt worden war. Ich hockte allein und vergessen im hintersten Winkel des Flugzeuges. Bis ich plötzlich nicht mehr allein war.

»Da sind Sie ja«, erklang eine warme Stimme, und es war deutlich zu hören, dass ihr Besitzer lächelte.

Ich hob den Blick und sah Logan Carter, den Mann aus der Business Class, neben meiner Sitzreihe stehen. In diesem Moment schoss mein früherer Sitznachbar in einer Geschwindigkeit an ihm vorbei, die man einem Mann von seiner Statur gar nicht zugetraut hätte. Er war offensichtlich auf dem Weg zur Toilette.

»Gehen Sie sofort zurück und schnallen Sie sich an!«, donnerte die Stimme des Stewards durch die Kabine. Vermutlich meinte er beide Männer. Logan Carter wirkte ein wenig beschämt und glitt auf den Sitzplatz neben mir. »Es macht Ihnen doch nichts aus, wenn ich mich zu Ihnen geselle, oder?«

»Ich ... ich ... was machen Sie hier?«, fragte ich stotternd, während er an die Seite des Sitzes griff, um sich anzuschnallen. Ich sah, wie er einen Blick auf meinen Sicherheitsgurt warf, vielleicht wollte er prüfen, ob er ordnungsgemäß verschlossen war.

»Na ja, ich wollte Sie doch auf einen Kaffee einladen«, erklärte er ungezwungen, doch dann legte er seine Hand auf meine, die noch immer die Lehne umklammert hielt, und diese Geste widersprach seinem lockeren Tonfall.

»Wie bitte? Kaffee?«, wiederholte ich verwirrt. Ich war so verängstigt, dass ich nicht verstand, was er von mir wollte.

»Ich wusste, dass wir im selben Flugzeug sitzen und dass Sie allein reisen«, erklärte er, und seine Augen waren aus der Nähe betrachtet noch grüner und intensiver. Sie hielten meinen Blick gefangen und schafften es auf unerklärliche Weise, mich selbst in diesem Moment, in dem ich vor Angst wie gelähmt war, zu beruhigen. »Ich dachte, dass keiner von uns in einer solchen Situation allein sein sollte, also habe ich mich auf die Suche nach Ihnen begeben.«

Ich starrte in sein freundliches, mitfühlendes Gesicht und sah nur die Sorge um mich, die dieser vollkommen Fremde hegte, und keine Spur der Angst, die er doch sicher auch verspürte.

»Und als ich Sie nicht gleich fand, begann ich ehrlich gesagt zu hoffen, dass Sie den Flug doch nicht genommen haben.«

Etwas von der Angst, die mir die Kehle zuschnürte, verflüchtigte sich, und ich schaffte es tatsächlich, ihm zu antworten. »Ich wünschte, es wäre so.«

Er nickte ernst und drückte sanft meine Hand, bevor er sie losließ.

»Es tut mir leid, dass Sie hier sind. Aber ich bin froh, dass ich Sie gefunden habe. Ich heiße übrigens Logan.« Er drehte sich in seinem Sitz zu mir herum und streckte mir die Hand entgegen, als wären wir einander auf einer Cocktailparty vorgestellt worden. Es war ein unwirklicher Moment, und ich brauchte einige Augenblicke, um genügend Kraft zu finden, meine Hand von der Armstütze zu heben und sie ihm zu reichen.

»Hannah. Hannah Truman«, erwiderte ich, und seine Berührung wirkte seltsam beruhigend.

Er senkte unsere ineinander verschlungenen Hände, so dass sie schließlich neben meinen Beinen lagen.

Die Ruhe, die er unbewusst vermittelte, war sofort dahin, als wir plötzlich von einer Stewardess unterbrochen wurden. Sie hielt einen riesigen schwarzen Müllsack in der Hand.

Sie sammeln den Müll ein? Ausgerechnet jetzt?, fragte ich mich.

»Haben Sie spitze Gegenstände bei sich?«, fragte die Frau ohne weitere Einleitung.

»Wie bitte? Nein, nichts«, antwortete ich benommen und überlegte, wie lange es Passagieren wohl schon verboten war, spitze Gegenstände mit an Bord zu nehmen.

»Stöckelschuhe?«, fuhr mich die Frau an, ehe sie einen Blick auf meine bequemen Turnschuhe warf, die ich immer trug, wenn ich unterwegs war. Ich schüttelte den Kopf. »Eine Brille? Kontaktlinsen? Broschen oder sonstige Nadeln?« Mittlerweile machte sie mir wirklich Angst. Nicht, weil sie mir solche Fragen stellte, sondern weil ich die Panik in ihrem Gesicht sah. Das wollte ich auf keinen Fall sehen: eine Stewardess, die Angst hatte.

»Was ist mit denen da?«, fragte sie und deutete auf mein Gesicht. Ich sah sie verständnislos an.

»Ihre Ohrringe«, erwiderte Logan sanft. »Sie will, dass Sie Ihre Ohrringe abnehmen.« Er ließ meine Hand los, damit ich sie lösen konnte. Kate hatte sie mir zu meinem letzten Geburtstag geschenkt und ich hätte sie gern behalten, doch die Stewardess riss sie mir aus der Hand und warf sie in den schwarzen Sack, wo sie sich zu hochhackigen Schuhen, Mobiltelefonen, elektronischen Geräten und Hunderten anderen Dingen gesellten, von denen die Fluggesellschaft offensichtlich dachte, sie könnten uns während eines Absturzes Schaden zufügen. Obwohl ich persönlich der Meinung war, dass ein Flugzeug, das mit über zweihundert Sachen die Stunde auf dem Boden aufprallte, deutlich mehr Schaden anrichtete.

Logan hatte keine Gegenstände bei sich, die ihn womöglich hätten aufspießen können, und nachdem die Stewardess einen schnellen Blick auf die leeren Reihen geworfen hatte, stellte sie eine letzte Frage: »Kommen Sie hier hinten zurecht? Oder wollen Sie lieber weiter nach vorn?« Ich warf einen Blick auf Logan, dessen Augen mir zu verstehen gaben, dass die Entscheidung allein bei mir lag. »Nein. Ich möchte hierbleiben.« Die Stewardess nickte knapp und war in Gedanken offensichtlich bereits bei ihrer nächsten Aufgabe.

Sie riss die Toilettentür auf, warf den schwarzen, gefährlichen Sack hinein und schloss sie wieder. »Folgen Sie bitte unbedingt den Anweisungen«, sagte sie im Davongehen. »Wenn wir sagen: ›Körper anspannen‹, dann stellen Sie sicher, dass Sie es sofort tun.«

Meine Kehle war plötzlich so zugeschnürt, dass ich nichts erwidern konnte, weshalb ich bloß mit Tränen in den Augen nickte.

»Ja, machen wir«, versicherte Logan ihr mit ruhiger Stimme.

Ich wartete, bis sie gegangen war, ehe ich mich an ihn wandte. Ich war mir durchaus bewusst, dass mir Tränen über die Wangen kullerten. Als ich in dieses Flugzeug stieg, war ich mir über meine Zukunft vollkommen im Unklaren gewesen, doch jetzt wurde mir allmählich bewusst, dass diese letzten Momente vielleicht die ganze Zukunft waren, die mir überhaupt noch vergönnt war. Logan zog ein sorgfältig gefaltetes Stofftaschentuch hervor und reichte es mir. Ich sah darauf hinunter und hatte keine Ahnung, was ich damit anfangen sollte, also hob er sanft mein Kinn und tupfte mir die Augenwinkel trocken.

Seine Stimme war nur ein Flüstern. »Wir werden das hier durchstehen, Hannah. Sie müssen ganz fest daran glauben.« Es war ein Schwur, ein Versprechen, eine Oase mitten in der Wüste.

Ich nahm das Tuch, tupfte meine Wangen trocken und schneuzte mich auch noch, bevor ich es einsteckte. Ich konnte mir kaum vorstellen, dass er es wiederhaben wollte.

»Wir werden es nicht zurück zum Flughafen schaffen, oder?«

Ich sah, wie er zögerte und einen Moment lang überlegte, ob er mich anlügen und mir sagen sollte, was ich hören wollte. Doch wenn die Zeit davonläuft, hat man auch keine Zeit mehr, um zu lügen.

»Nein, ich glaube nicht.«

Er beugte sich an mir vorbei zum Fenster, und ich folgte seinem Blick und erkannte zum ersten Mal, wie viel tiefer wir mittlerweile flogen. Ich konnte sogar die scharfen Umrisse der Berge unter uns ausmachen.

Logan richtete sich wieder auf und sah mich traurig und bedauernd an. »Ich hätte diese verdammte Durchsage ignorieren und Sie auf einen Kaffee einladen sollen. Ich finde es schrecklich, dass ich Sie auf diese Art und Weise kennengelernt habe.« Er hielt für einen kurzen Moment inne, bevor er fortfuhr: »Die Geschichte ist so schrecklich, die können wir nicht unseren Enkelkindern erzählen.«

Seine Worte hatten den gewünschten Effekt. Ich wandte mich vom Fenster ab und warf ihm einen erstaunten Blick zu. »Enkelkinder? Wir werden einmal *Enkelkinder* haben?«

Er lächelte und war offensichtlich froh, dass ich bereit war, bei seinem kleinen Spiel mitzuspielen, das uns ein wenig ablenken würde. »Aber natürlich! Ich wollte schon immer eine große Familie haben. Was ist los? Mögen Sie keine Kinder?«

Ich dachte an Lily, die ihrer Mutter – und damit auch mir – so ähnlich sah. Und jetzt würde ich vielleicht nie mehr die Möglichkeit haben, ebenfalls zum Fortbestand unserer Familie beizutragen. Ich schluckte den steinharten Brocken in meiner Kehle hinunter. »Ich habe eine Nichte, die ich sehr liebe.«

Er nickte und musterte mich und erkannte meine Angst, sie nie mehr wiederzusehen

»Nun, sie braucht doch sicher einige Cousins, mit denen sie spielen kann. Also sollten wir uns vielleicht erst einmal darauf konzentrieren.«

Ich schloss die Augen und erlaubte meinem verängstigten Verstand, sich einen Moment lang in dieser albernen kleinen Phantasie zu verlieren. Unsere Kinder würden natürlich groß sein und hätten allesamt blonde Haare, grüne Augen und den ungewöhnlichen Akzent ihres Vaters, den ich immer noch nicht einordnen konnte.

Die Realität hatte mich wieder, als ich die Augen öffnete und sah, dass Logan mich weiterhin eingehend musterte. Ich nickte ernst, um ihm für die Ablenkung zu danken. »Aber da wäre noch eine Kleinigkeit. Wer sagt, dass ich nicht bereits verheiratet bin?«

Er schüttelte kaum merklich den Kopf und warf einen Blick auf meine Hand. »Das habe ich schon überprüft, lange bevor wir beide in dieses Flugzeug stiegen, Miss Truman.«

Ich spürte, wie meine Wangen vor Scham zu brennen begannen. Würde ich so aus dieser Welt treten? Während ich mit einem gutaussehenden Fremden flirtete? Sollte ich nicht etwas Tiefgründigeres tun, wie etwa über den Sinn des Lebens nachdenken oder einen Abschiedsbrief an Kate schreiben? Oder an William? Wie brachte man das, was einem in solch einem Augenblick durch den Kopf ging, überhaupt zu Papier? Vielleicht war dieser anonyme Flirt doch die richtige Art, um sich von dieser Welt zu verabschieden.

»Ich bin froh, dass Sie sich auf die Suche nach mir begeben haben. Es war irgendwie beängstigend, so ganz allein hier hinten.« Meine Stimme brach. »Niemand sollte allein sterben müssen.«

Seine Augen blitzten trotzig auf, als wollte er es nicht wahrhaben. »Hier stirbt niemand, Hannah. Daran müssen Sie ganz fest glauben. Wir werden das überleben«, erwiderte er, doch ich war mir sicher, dass er dieses Versprechen nicht würde halten können.

Er strich mir die Haare aus dem Gesicht. Daran werde ich mich mein ganzes Leben erinnern. Daran und an den Ausdruck in seinen Augen, der sich plötzlich von Mitgefühl in Angst verwandelte. Denn in den grünen Tiefen sah ich, was dieses Mal selbst Logan in Panik versetzt hatte. Ich riss entsetzt die Augen auf, als ich die Spiegelung des riesigen Feuerballs sah, der das Triebwerk unter der Tragfläche des Flugzeuges erfasst hatte.

Danach ging alles sehr schnell.

»Feuer!«, schrien zahllose panische Stimmen durcheinander, die allerdings von dem kreischenden Brüllen des zweiten Triebwerks übertönt wurden, das verzweifelt darum kämpfte, uns in der Luft zu halten. Das Flugzeug begann zu vibrieren und immer stärker zu beben. Wie konnten seine dünne Außenhaut und die Muttern und Schrauben diesem Druck bloß standhalten?

Ich wandte mich ruckartig vom Fenster ab und wieder Logan zu.

»Ist es jetzt so weit?«, rief ich.

Er nickte und griff nach den beiden kleinen Kissen mit dem Logo der Fluglinie, die er auf dem Sitz neben sich deponiert hatte. Er legte ein Kissen in seinen Schoß und eines in meinen. Mein Herz raste und pumpte Unmengen an Adrenalin durch meinen Körper, so dass tatsächlich die Gefahr bestand, dass ich ohnmächtig wurde, noch bevor unser bereits arg beschädigtes Flugzeug endgültig abstürzte. Und irgendwie wäre das vermutlich sogar angenehmer gewesen.

In diesem Moment sprangen die Sauerstoffmasken aus den Fächern über unseren Köpfen und schwangen wie wild hin und her. Das hier passierte wirklich! Wir stürzten tatsächlich ab.

Im Flugzeug brachen erneut Panik und lautes Geschrei aus, doch Logans Stimme blieb ruhig. »Leg deinen Kopf auf das Kissen, Hannah«, befahl er, und ich tat, wie mir geheißen, so dass ich mich in den letzten Sekunden, während derer die Piloten endgültig den Versuch aufgaben, uns in einer waagerechten Position zu halten, und sich das Flugzeug schließlich mit der Nase nach unten senkte, bereits in der richtigen Stellung befand.

»*Körper anspannen! Anspannen! Anspannen!*«, drang die Stimme des Kapitäns aus den Lautsprechern, und die Flugbegleiterinnen wiederholten den Befehl immer und immer wieder.

»*Anspannen! Kopf hinunter! Anspannen! Kopf hinunter!*«

Mein Gesicht lag auf dem Kissen, und ich hatte es Logan zugewandt, als würden wir nebeneinander im Bett liegen. Sein Blick hielt meinen gefangen. »Es ist gleich vorbei«, beruhigte er mich. »Schließ einfach die Augen, Hannah.« Ich tat es und schlang meine Arme um die Knie, wie es uns gezeigt worden war. Dabei wurde mir bewusst, dass Logan die Anweisungen nur halbherzig befolgte, denn er hatte mir eine Hand auf den Nacken gelegt, um mir zusätzlichen Schutz zu geben.

Dieses Mal war der Sinkflug steiler und schneller als beim ersten Mal, und ich war so starr vor Angst, dass ich mehrere Augenblicke brauchte, um zu bemerken, dass die Piloten das Flugzeug erneut geradegerichtet hatten. Es war kaum zu glauben. Ich drehte mein Gesicht ein wenig Richtung Fenster und öffnete die Augen einen kleinen Spalt.

Es stimmte. Das Flugzeug befand sich tatsächlich wieder in einer waagerechten Position, doch es war zu spät. Viel zu spät.

Plötzlich tauchte eine zerklüftete, schneebedeckte Felswand auf, und gleich darauf befand sie sich nicht mehr unter uns, sondern direkt vor meinem Fenster. Wir flogen mitten durch die Berge.

Es folgte ein furchtbares Geräusch, das mir durch Mark und Bein ging, als das Heck des Flugzeuges an einem Felsvorsprung vorbeischrammte. Zu Beginn war mir nicht ganz klar, wie ernst ein solcher Zusammenstoß sein konnte, doch Logan erkannte es sofort, wie ich dem gemurmelten Fluch und seinem verstärkten Griff um meinen Nacken entnahm. Mit angsterfüllten Augen sah ich, dass der Fels nur zwei Reihen vor uns einen Riss in der Außenhaut des Flugzeuges hinterlassen hatte. Und dann breitete sich der Riss plötzlich aus und zerschnitt das Flugzeug so mühelos wie ein Dosenöffner.

Ich sah den Nachthimmel durch den immer größer werdenden Spalt und hörte nur noch das Brüllen des unerbittlichen Windes, der durch die Öffnung drang. Alles, was nicht angeschnallt oder sonst irgendwie befestigt war, wurde durch die Luft gewirbelt, als hätte ein Wirbelsturm das Innere des Flugzeuges erfasst. Das Heck des Flugzeuges begann zu beben, als sich der Riss von der linken Seite über das Dach bis hin zur rechten Seite ausbreitete.

»Halt dich fest, Hannah, ich glaube ...«

Und dann passierte es. Der gezackte Riss hatte das gesamte Flugzeug umrundet und das Heck brach ab. Zusammen mit Logan und mir.

Tag zwei

Ich wurde von einem Schwall unglaublich kalter Luft in meinen Sitz gedrückt, als sei ich aus einer Kanone abgefeuert worden, und plötzlich spürte ich nichts mehr außer dem eisigen Wind, der sich anfühlte, als wollte er mir die Haut abziehen. Logans schützende Hand war verschwunden, und der Druck von vorn so stark, dass ich mich nicht einmal zur Seite drehen konnte, um nachzusehen, ob er noch da war.

Mir war nicht bewusst gewesen, dass ich mich noch immer in der Luft befand, bis ich schließlich auf dem Boden aufkam. Erst später wurde mir klar, dass wir gestorben wären, wären wir auf festem Boden aufgeprallt, selbst wenn dieser schneebedeckt und felsenfrei gewesen wäre. Doch unser kleiner Teil des Flugzeuges stürzte nicht auf die Erde, sondern in einen See.

Gerade noch waren wir durch die schwarze Nacht gerast, und im nächsten Augenblick war überall um uns nur noch Wasser. Wir trafen mit solcher Geschwindigkeit auf die Oberfläche, dass das Wrackteil zwei- oder dreimal von dem eiskalten, dunklen Wasser zurückgeschleudert wurde, und jedes Mal entstand eine riesige Welle, die über uns zusammenbrach, während wir über die Oberfläche hüpften wie ein kunstvoll geworfener flacher Stein.

Und schließlich zerfiel das Flugzeug – oder was davon noch übrig war – um uns. Die Schrauben, mit denen die Sitze verankert waren, brachen, während das Wrack in tausend Stücke zerschellte und die Hülle schlussendlich den Kräften nachgab, die von Anfang an nur darauf aus gewesen waren, sie zu zerstören: Feuer, Wind und ... Wasser.

Obwohl sich mein Sitz von dem Boden des Flugzeuges gelöst hatte, war ich immer noch fest daran angeschnallt. In dem Moment, als er sich aus seiner Verankerung löste, kippte er jedoch nach vorn, und ich fiel mit dem Gesicht voran ins Wasser und begann sofort in Richtung des tiefschwarzen Grundes zu sinken.

Mein Mund stand offen, und das eiskalte Wasser drängte sich unaufhörlich in meinen Hals und meine Lungen. Ich weiß nicht, wie lange ich sank, während ich wie wild mit den Armen ruderte. Vermutlich war das nicht wirklich hilfreich, um mich vor Felsbrocken oder abgestorbenen Bäumen zu schützen, die sich vielleicht unter der Wasseroberfläche befanden, doch ich bewegte meine Arme instinktiv.

Im Nachhinein gesehen, hätte es meine oberste Priorität sein sollen, mich aus dem Sitz zu befreien, doch ich kämpfte so verzweifelt gegen das Ertrinken, dass ich keinen klaren Gedanken fassen konnte.

Schließlich traf mein Sitz auf dem zähen Schlamm am Grund des Sees auf und blieb darin stecken. Der weiche Untergrund hatte den Aufprall gedämpft, doch kurz darauf grub sich der Sitz seitlich in den Boden. Die Erleichterung, endlich nicht mehr zu sinken, wurde schnell von schierer Panik abgelöst, als mir der Schlamm in Nase und Mund drang. Die Kopfstütze meines Sitzes hatte sich ebenfalls in die Ablagerungen auf dem Grund gebohrt, doch glücklicherweise in einem Winkel, der mir den unmittelbaren Erstickungstod ersparte.

Trotzdem fühlte es sich an, als sei der Tod buchstäblich hinter mir her und würde sich immer schrecklichere Methoden einfallen lassen, um mich endlich zu schnappen.

Mein rechter Arm war nicht zu gebrauchen, denn er klemmte unter dem Sitz fest, so dass ich den Gurt nur mit einer Hand öffnen konnte. Ich brauchte einige Augenblicke, bis ich die kleine silberne Schnalle gefunden hatte, die über Leben und Tod entschied. Luft entwich aus meinem Mund und stieg nach oben.

In meiner Verzweiflung begann ich zu strampeln und nach unten zu treten, doch der Schlamm packte meine Turnschuhe wie Treibsand. Mit jeder Sekunde wurde mir schwindeliger, und als ich schließlich helle Punkte zu sehen begann, wusste ich, dass ich bald das Bewusstsein verlieren würde.

In diesem Moment wurde mein Sitz plötzlich zurückgerissen, und der Schlamm um mich herum wirbelte auf. Er war so undurchdringlich, dass ich Logans Gesicht zunächst gar nicht sah. Meine Hände schossen nun beide zu der Schnalle des Sicherheitsgurtes, doch Logan war schneller und öffnete sie, um mich zu befreien. Dann packte er mich und hielt mich fest, und gemeinsam schwammen wir nach oben, durchschlugen gleichzeitig die Wasseroberfläche und schnappten nach Luft.

Verwirrt versuchte ich, über der Oberfläche zu bleiben, während ich immer wieder diesen grässlichen Schlamm und Wasser aushustete. Logan hielt meine Taille mit seinem starken Arm umfasst, für den Fall, dass mich plötzlich die Kraft verließ und ich nicht mehr Wasser treten konnte – was durchaus im Bereich des Möglichen lag.

Als das Keuchen endlich ein wenig nachgelassen hatte, wandte ich mich an meinen Retter. »Wir sind abgestürzt!«, schrie ich mit einer Stimme, die ich kaum als meine eigene wiedererkannte. »Wir sind abgestürzt! Das Flugzeug ist abgestürzt!«

Und wie um es mir selbst zu beweisen, begann ich mich gegen Logans Griff zu wehren, schlug unkontrolliert mit den Armen um mich und ließ panisch den Blick schweifen. Überall trieben Wrackteile auf der Oberfläche des Sees, doch das Heck des Flugzeuges war verschwunden, vermutlich auf den schlammigen Grund des Sees gesunken, wie so vieles andere auch.

»Wo ist das Flugzeug? Wo sind die anderen?«, rief ich verzweifelt und kämpfte gegen Logan an. Doch als Antwort verstärkte Logan seinen Griff nur noch und drehte mich brutal zu sich herum. Und obwohl ich ihm unter Wasser gegen die Beine trat, ließ er mich keine Sekunde lang los, sondern drückte meinen sich windenden Körper bloß noch fester an seinen.

»Hannah, hör zu. Hör mir zu!«

»Wir sind abgestürzt! Logan, wir sind abgestürzt! Wo ist das Flugzeug? Wo sind die anderen?«

Er beschloss wohl, mein Geschrei einfach zu ignorieren, und das war auch gut so. Stattdessen packte er mich mit einer Hand am Nacken und zog mein Gesicht nahe an seines, so dass ich seinen kalten Atem auf meiner Haut spüren konnte. Zum ersten Mal erkannte ich, wie eisig das Wasser tatsächlich war.

»Hannah, wir müssen ans Ufer schwimmen! Schaffst du das? Kannst du schwimmen?«

»Aber das Flugzeug ... es ist abgestürzt und –«

»Ich weiß«, unterbrach er mich. »Aber jetzt müssen wir erst einmal ans Ufer und raus aus dem kalten Wasser. Schaffst du es, hinüberzuschwimmen?«

Ich nehme an, er hätte mich an Land geschleppt, hätte ich es nicht endlich geschafft, meine Panik ein wenig unter Kontrolle zu bringen. Ich nickte ihm zu, und mein Gesicht war eher starr vor Angst als vor Kälte.

»Ich kann schwimmen. Ich bin eine gute Schwimmerin«, japste ich.

»Gut«, erwiderte er und ließ meinen Nacken los, um erneut meine Mitte zu umfassen. »Das Ufer dürfte etwa zwanzig Meter entfernt sein. Versuch einfach, so schnell und gerade wie möglich hinzuschwimmen.«

Ich warf einen besorgten Blick auf das Ufer, das glücklicherweise hell im Mondlicht leuchtete. Obwohl es unerträglich kalt war, war von dem heimtückischen Sturm nichts mehr zu spüren, und es schneite auch nicht mehr.

»Ich lasse dich jetzt los«, warnte mich Logan, und Sekunden später zog er seine Hände zurück, und ich war auf mich allein gestellt.

Ich hatte nicht gelogen. Ich bin tatsächlich eine gute Schwimmerin und habe als Rettungsschwimmerin bei uns im Schwimmbad gearbeitet, seit ich sechzehn war, und erst damit aufgehört, als ich zur Uni ging. Trotzdem glaube ich nicht, dass je eine Übung oder ein Zeitschwimmen eine solche Herausforderung gewesen ist wie die kurze Distanz bis ans Ufer. Ich hatte gelernt, vollbekleidet zu schwimmen, jemanden zu retten, der in Schwierigkeiten geraten war, und ihn zur Not auch wiederzubeleben. Aber es gibt Dinge, die kann man nicht üben. Und nichts hatte mich darauf vorbereitet, dass ich einen Flugzeugabsturz mitten in einem eisigen See überleben würde und danach ans Ufer schwimmen musste.

Meine nassen Klamotten und Schuhe machten es mir nicht gerade leichter, doch ich schwamm auf das Ufer zu, und schließlich übernahmen die Muskeln in meinem Körper das Kommando. Sie erinnerten sich daran, was sie einmal gelernt hatten, und wussten offensichtlich noch, wann welcher Arm durch das Wasser pflügen musste und wann meine Beine nach hinten treten sollten, doch selbst während ich den Kopf zur Seite wandte, um zwischen den Schwimmzügen Luft zu holen, schaffte ich es nicht, das panische Mantra zu durchbrechen, das sich in meinem Kopf festgesetzt hatte.

Wir sind abgestürzt. Wir sind abgestürzt. Wir sind abgestürzt.

Ich merkte erst, dass ich am Ufer angekommen war, als meine Knie über große Steine schrammten. Ich war zu schwach, um aufzustehen, also kroch ich die kleine Böschung auf allen vieren hoch und brach auf dem kalten Boden zusammen, sobald ich meinen Körper aus dem Wasser gewuchtet hatte.

Ich hörte ein Platschen hinter mir, doch ich war zu schwach, um den Kopf zu heben. Ich spürte Logans Hand am Knöchel, bevor sie sich stückchenweise über meinen Körper bis zur Schulter vorarbeitete, wo sie schließlich innehielt und fest zudrückte.

»Steh auf, Hannah«, befahl er und schüttelte mich, als ich es nicht schaffte, meinen Kopf von den Steinen zu heben. Ich hörte den Schotter und Kies unter mir knirschen und zwang widerwillig ein Auge auf. Direkt vor meinem Gesicht befand sich ein breiter Stiefel.

»Komm schon, Hannah. Du musst aufstehen. Na los!«

Ich stöhnte, und meine Lippen schrammten über den Boden, doch ich brachte nicht die Kraft auf, mich zu bewegen. Es schien, als hätte das Wasser sämtlichen Lebenswillen aus mir fortgeschwemmt.

»Ich lasse nicht zu, dass du hier liegen bleibst und stirbst«, murmelte Logan und klang dabei überraschend verärgert. Ich erinnere mich, dass mich sein Tonfall ebenfalls wütend machte, doch in diesem Moment ließ er sich bereits neben mir nieder, schob seine Hände unter meine Arme und hob mich wie einen nassen Sack in die Höhe.

Ich schwankte wie eine Bühnenheldin, die jeden Moment in Ohnmacht zu fallen drohte, und meine Beine schienen vollkommen vergessen zu haben, dass es eigentlich ihre Aufgabe war, mich zu stützen.

Ich stöhnte überrascht auf, als Logan mich an sich zog, so dass ich mich gegen ihn lehnen konnte. Ich spürte die Kälte, die in Wellen von ihm ausging. Es war, wie vor einer offenen Eisschranktür zu stehen. Doch vermutlich fühlte ich mich genauso kalt an wie er, denn er legte seine Hände auf meine Arme und rieb zügig daran auf und ab, und seine Bewegungen waren fest genug, um durch die Kälte bis in meine Muskeln vorzudringen, die sofort zu brennen begannen.

»Komm schon«, drängte er, legte einen Arm um mich und führte mich noch weiter vom Ufer fort. »Wir sollten raus aus dem Wasser.«

Ich warf einen Blick hinunter und sah, dass wir immer noch bis zu den Knöcheln im See standen. Meine Füße waren so kalt und gefühllos, dass ich es gar nicht bemerkt hatte. Logan schleppte mich auf eine kleine flache Lichtung zu, die von schneebedeckten Bäumen und Unterholz umgeben war.

Ich klammerte mich an ihm fest und war froh, dass er mir Halt gab, während ich mich langsam um die eigene Achse drehte und mich an dem Ort umsah, an dem wir vom Himmel gefallen waren. An dem schmalen Seeufer und dem Gebiet ringsum war einiges zu sehen: Bäume, die frühere Stürme zu Fall gebracht hatten oder die einfach aufgrund ihres Alters umgefallen waren, und Felsbrocken, die das Gelände hier scheinbar kennzeichneten.

All diese Dinge gehörten hierher, doch ich sah auch einige, die ganz offensichtlich fehl am Platz waren. Mein Blick fiel auf Wrackteile, die den gefrorenen Boden wie moderne Kunstwerke zierten. Sie glänzten im Mondlicht, und manche waren nicht größer als ein Matchboxauto, während andere einen oder sogar zwei Meter maßen. Viele der Trümmer waren offensichtlich kerosingetränkt, denn sie brannten wie kleine Leuchtfeuer. Gerade so, als befänden wir uns auf einer Landebahn für ein Flugzeug, das jedoch nie landen würde.

»Ist das alles ...?«, fragte ich, und meine Stimme klang rauh, was zum Teil auf das schmutzige Seewasser, vor allem aber auf den Schock zurückzuführen war. »Ist das alles, was von unserem Flugzeug übrig geblieben ist?«

Logan antwortete nicht, und sein Schweigen sagte mehr als tausend Worte.

Ich konnte es nicht begreifen. Es war einfach zu viel. Das Flugzeug. Die Menschen. So viele Menschenleben. Waren sie alle tot? Waren wir die Einzigen, die überlebt hatten? Wie war das möglich?

Ich spürte, wie sich mir erneut die Kehle zuschnürte, und ich bekam keine Luft mehr. Ein Dröhnen drang in meine Ohren, und ich hob irritiert den Blick, als käme es von unserem Flugzeug, das noch immer irgendwie über unseren Köpfen kreiste. Doch der Himmel war leer, und erst als ich spürte, wie meine Beine unter mir nachgaben und ich auf die Knie sank, erkannte ich, dass es mein eigenes Blut war, das durch meinen Kopf pulsierte. Man spricht von einem Klingeln in den Ohren, doch das Geräusch war viel dumpfer, und wenn es doch ein Klingeln war, dann handelte es sich eher um eine einzelne Glocke mit tiefem Ton, die für alle Menschen im Flugzeug läutete, die ihr Leben verloren hatten.

»Kate!«, schrie ich plötzlich aufgeregt und klopfte panisch die Taschen meiner Jeans ab. Wo war das kleine rechteckige Gerät, das ich ständig irgendwo in meiner Nähe hatte?

»Wo ist mein Handy? Ich muss Kate anrufen! Ich muss ihr sagen, dass es mir gutgeht!«

Ich bemerkte gar nicht, dass ich gar nicht mehr aufhören konnte, meine leeren Taschen abzuklopfen, bis Logan schließlich meine Hände packte und sie festhielt. Er hatte sich vor mir niedergehockt und sah mich besorgt an.

»Ich muss mit Kate sprechen! Bitte gib mir mein Handy wieder. Ich muss sie sofort anrufen!«

Ich sah ehrliche Angst in seinem Blick, während er mir tief in die Augen sah.

»Hannah. Atme. Beruhige dich.«

Was meinte er damit? Ich *atmete* doch, oder etwa nicht? Und zwar vermutlich um einiges besser als die anderen Passagiere, die mit mir im Flugzeug gewesen waren.

Nein! Denk jetzt nicht daran. Tu das nicht. Denk nur an Kate.

Ich wollte unbedingt mit Kate sprechen. Sie würde wissen, was zu tun war. Das war immer so.

»Du verstehst es nicht. Ich muss sie anrufen. Sie ist meine Schwester. Weißt du, sie hatte schon vor dem Abflug Angst um mich, aber ich habe nicht auf sie gehört. Hätte ich bloß auf sie gehört! Denn sie hatte recht, verstehst du? Ich muss ihr sagen, dass sie recht hatte.« Ich plapperte immer weiter und versuchte, Logan von der Dringlichkeit meines Anliegens zu überzeugen.

»Hannah, hör mir zu!« Seine Stimme klang entschieden, beinahe barsch, doch der Griff um meine Hände wurde sanfter. Er brachte sein Gesicht so nahe an meines, dass sich unsere Nasen beinahe berührten und ich weder den Strand noch die brennenden Wrackteile sehen konnte. Ich sah bloß zwei leuchtend grüne Augen, die mich anschauten, als wollte er mich hypnotisieren.

»Hannah, du bist kurz davor, einen Schock zu erleiden. Du musst langsam atmen und dich beruhigen. Atme einfach mit mir gemeinsam.«

Ich schüttelte abwehrend den Kopf, doch er gab nicht auf, sondern ließ eine meiner Hände los und legte sie flach auf seine breite Brust. Ich spürte seinen Herzschlag unter meiner Handfläche.

»Komm, Hannah. Atme mit mir gemeinsam.«

Er atmete übertrieben tief ein, und meine Hand hob sich mehrere Zentimeter. Dann ließ er die Luft langsam aus seinen Lungen entweichen. Sein Atem wärmte meine eiskalten Wangen und legte sich beinahe vertraut über meine Lippen. Im Gegensatz zu ihm klang ich wie ein verängstigtes Tier, wie ein Fuchs, der im nächsten Moment von der Hundemeute der Jäger aufgespürt werden wird.

»Und noch einmal«, ermutigte er mich und atmete erneut tief ein und wieder aus, um mich mit seiner Stimme, seinen Augen und seinem Körper dazu zu bringen, es ihm nachzumachen.

Einige Minuten lang war nur unser unterschiedliches Atmen zu hören. Mit der Zeit merkte ich, dass mein rasender Puls sich langsam wieder beruhigte, und auch wenn mein Atem noch nicht so gleichmäßig klang wie Logans, hatte ich ihn mittlerweile zumindest wieder unter Kontrolle.

»Schon besser. Du hast es geschafft«, sagte Logan in einem Ton, als hätte ich eine schwere Prüfung bestanden, dabei atmete ich doch bloß.

»So ist es gut«, fügte er hinzu, und etwas an seiner sanften Stimme und seinem anerkennenden Lächeln ließ mich endgültig die Kontrolle verlieren. Ohne Vorwarnung brach ich in ein rauhes, lautes Heulen aus, das von den Kiefern und den Felsen, die die Lichtung umgaben, widerhallte, so dass es klang wie ein Chor Verrückter in einem Irrenhaus.

Logan schloss mich in die Arme und wiegte mich wie ein Kind sanft hin und her, bis mein Weinen schließlich zu einem leisen Schluchzen verebbte.

»Das ist eine vollkommen natürliche Reaktion«, stellte er fest und schob mich sanft von sich, um mir ins Gesicht sehen zu können. Ich nickte, denn ich traute meiner Stimme nicht und war mir auch nicht sicher, ob ich außer dem Klappern meiner Zähne überhaupt etwas von mir geben konnte. Logan zitterte ebenfalls, und ich wusste von meinem Training als Rettungsschwimmerin, dass die Unterkühlung im Moment unser größtes Problem war.

Es war, als hätte Logan meine Gedanken gelesen, denn plötzlich stand er auf, griff nach meinen Händen und zog mich hoch. »Wir müssen uns aufwärmen«, drängte er. »Wir sollten ein größeres Feuer machen und unsere Klamotten trocknen, sonst werden wir den kommenden Morgen nicht erleben.« Ich nickte, und meine Zähne klapperten wie spanische Kastagnetten.

»Bist du eigentlich verletzt?«, fragte Logan. »Tut dir irgendetwas weh?«

»Ich ... ich glaube nicht. Aber mir ist zu kalt, um es sicher sagen zu können.«

Logan nickte besorgt. »Lass uns schnell Feuer machen.«

»Weißt du, wie man das macht? Ich habe nämlich keine Ahnung. Und wie sollen wir es ohne Feuerzeug oder Zündhölzer überhaupt entfachen?«

Logan deutete mit dem Kopf auf die zahllosen brennenden Wrackteile. »Ich glaube nicht, dass das ein Problem wird«, erwiderte er mit einem grimmigen Lächeln auf den Lippen, die bereits eher blau als rosafarben waren. »Komm, wir suchen etwas Holz.«

Logan nahm meine Hand und führte mich an den Rand der Lichtung, wo wir unter den Bäumen nach herabgestürzten Ästen suchten. Ich ließ mich auf die Knie nieder und sammelte wahllos einen Arm voll Holz zusammen.

»Wir müssen unter die oberste Schicht vordringen, wo das Holz trockener ist, sonst brennt es nicht«, erklärte Logan und legte mir die Hand auf die Schulter. Ich warf einen Blick auf die Zweige und Äste auf meinem Arm, von denen die meisten mit einer dünnen Eisschicht überzogen waren, und warf sie seufzend zur Seite. Feuchtes Holz war kein Feuerholz. Das hätte ich eigentlich wissen sollen. Und ich *hatte* es auch einmal gewusst.

»Ist okay«, sagte Logan tröstend, »wir werden schon finden, was wir brauchen, wir müssen bloß ... ach, verdammt noch mal!«

Mein Kopf fuhr herum. Logan war aufgesprungen, und ich rappelte mich ebenfalls schwerfällig hoch und folgte seinem Blick.

»Die Feuer gehen aus!«, rief ich entsetzt, und mein Blick huschte über die Lichtung, während die Wrackteile nacheinander langsam zu flackern begannen. Einige waren bereits verloschen.

Zusammen mit unserer Hoffnung, zu überleben.

»Nicht, wenn ich es verhindern kann«, murmelte Logan finster. »Such du weiter nach trockenem Holz, und ich versuche mein Bestes.« Er rannte auf eines der größeren Wrackteile zu, das noch brannte.

Ich steckte meine tauben und seltsam weißen Hände in ein Bett aus Kiefernnadeln, als würde ich in einer Lostrommel nach dem Hauptgewinn in Form von trockenem Holz tasten, doch meine Finger waren so kalt, dass ich sehr ungeschickt und langsam war, was ich mir im Moment überhaupt nicht leisten konnte.

Endlich hatte ich einen Arm voll Äste gesammelt und machte mich auf den Weg zu Logan. Jetzt, da die meisten Flammen, die mir den Weg hätten weisen können, erloschen waren, war es deutlich schwerer, sich zurechtzufinden.

Ich war erst einige Schritte weit gekommen, als ich beinahe über einen großen rechteckigen Gegenstand gestolpert wäre, der mitten zwischen den Wrackteilen lag. Ich warf einen Blick darauf und erkannte überrascht, dass es sich um einen Koffer handelte, der aufgesprungen war. Da er innen mit rotem Leinen ausgekleidet war, erinnerte mich der Anblick auf furchtbare Weise an einen schreienden Mund. Ich stieg ungelenk über den verstreuten Inhalt hinweg und versuchte, meine steifen Beine dazu zu bringen, sich schneller zu bewegen, bevor die kalte Nachtluft auch noch die letzten brennenden Trümmer gelöscht hatte.

Logan kauerte auf allen vieren am Boden und fütterte die glühende Asche mit seltsamem, getrocknetem Moos.

Baumflechten, erklärte jener Teil meines Gehirns, in dem die unwichtigsten Informationen abgespeichert waren.

Gleichgültig, wie dieses Zeug hieß – es schien jedenfalls zu funktionieren. Obwohl das deformierte Stück Aluminium nicht mehr brannte, glühten seine ausgefransten Kanten noch, und Logan legte die trockenen Flechten vorsichtig auf das heiße Metall und blies ihnen sanft Luft zu. Kurz darauf stieg kaum sichtbarer Rauch auf. Ich riss eilig noch mehr Flechten von den Baumstämmen und gab sie Logan.

Vermutlich dauerte es nicht viel länger als zwei Minuten, bis das getrocknete Zeug, das ich gesammelt hatte, endlich Feuer fing, doch es waren die längsten Minuten meines Lebens. Logan blies weiterhin in die zarten Flammen, während ich mich kaum traute, überhaupt zu atmen. Wie konnten unser Überleben und unsere gesamte Zukunft von so etwas Belanglosem abhängen? Leben oder Tod – war es wirklich möglich, dass die Entscheidung darüber davon abhing, ob wir etwas zustandebrachten, was die Höhlenmenschen bereits vor zwanzigtausend Jahren hinbekommen hatten?

Ich kniete mich vorsichtig neben Logan, als könnte das Feuer ausgehen, wenn ich es erschreckte, und roch sofort das Kerosin, das dem Wrackteil noch immer anhaftete.

»Wie kann ich helfen?«, fragte ich und wusste nicht, warum ich flüsterte.

»Sortiere die Holzstücke nach ihrer Größe«, forderte Logan mich auf und suchte drei trockene Zweige aus dem Haufen, den ich mitgebracht hatte. »Wir müssen das Feuer langsam aufbauen, sonst geht es womöglich wieder aus.«

Ich befolgte seine Anweisung. Ich hatte überhaupt kein Problem damit, dass Logan das Kommando übernommen hatte, sondern war froh, dass er offensichtlich wusste, was zu tun war. Es war kein Scherz gewesen, dass ich kein Feuer machen konnte – ich hatte mein bisheriges Leben in Häusern mit Zentralheizung verbracht, und meine Zeit bei den Pfadfinderinnen war lange vorbei. Ich konnte mich bloß noch daran erinnern, wie wir ums Lagerfeuer saßen und Lieder sangen, aber nicht daran, das Feuer tatsächlich entzündet zu haben.

»Kommt schon, kommt schon«, drängte Logan die winzigen Flammen. Sie leckten vorsichtig an den Zweigen, die er wie ein winziges Indianerzelt über ihnen aufgetürmt hatte. Ich starrte konzentriert in die orangefarbene Glut und flehte sie an, endlich aufzugehen.

Endlich begann das Holz leise zu knacken. Logan hob den Kopf und lächelte zufrieden, und dieses Lächeln wärmte mich mehr als jedes Feuer. Er nickte, und ich nickte zurück. Wir hatten es geschafft, oder besser: *Er* hatte es geschafft.

Wir schichteten gemeinsam weiteres Holz auf. Logan streckte die Hand aus wie ein Chirurg, der auf sein Skalpell wartet, und ich reichte ihm nacheinander die Äste, wie eine erfahrene Krankenschwester. Und diese Operation war tatsächlich von äußerster Wichtigkeit, denn immerhin ging es um unser Überleben.

Logan legte immer wieder vorsichtig neue Äste nach, so dass die Flammen daran lecken und sie schließlich verschlingen konnten. Ich rückte näher an das Feuer heran und hielt meine Hände in die Wärme, die bereits davon ausging.

»Was glaubst du, was mit den anderen passiert ist, Logan?«, fragte ich schließlich, hielt meinen Blick jedoch auf die tanzenden Flammen gerichtet. »Glaubst du, sie haben es auch geschafft? Sind sie irgendwo gelandet?«

Logan hob den Blick vom Feuer, und sein Gesicht wirkte immer noch halb erfroren. Er ließ sich Zeit mit seiner Antwort, vermutlich überlegte er, ob ich stark genug für die Wahrheit war. Ich war wirklich froh, dass er mich nicht anlog, denn sonst hätte ich ihm nicht mehr vertrauen können. Und mir war mittlerweile klargeworden, dass mein Vertrauen in ihn vermutlich die einzige Möglichkeit war, die Sache lebend zu überstehen.

»Nein, Hannah«, antwortete er traurig. »Ich kann mir nicht vorstellen, dass sie es geschafft haben, irgendwo zu landen. Ich nehme an, sie haben einiges an Höhe und auch die Kontrolle über das Flugzeug verloren, als das Heck abbrach.«

Ich warf einen Blick in Richtung der umliegenden Berge und erschauderte. Doch dieses Mal war nicht die Kälte daran schuld.

»Aber wo ist der Rest des Flugzeuges dann? Wo ist es abgestürzt? Und sollten wir uns nicht auf die Suche danach begeben?«

»Nein«, erwiderte Logan entschlossen und schüttelte den Kopf. »Wir müssen hier beim Wrack bleiben. Es ist unsere einzige Chance, dass wir gefunden werden.«

Mir gefiel seine Wortwahl überhaupt nicht. *Unsere einzige Chance* bedeutete, dass wir die Möglichkeit, *nicht* gefunden zu werden, tatsächlich in Betracht ziehen mussten. Oder etwa nicht?

»Aber sie werden doch nach uns suchen, oder? Sie haben uns auf dem Radar und werden Flugzeuge und Hubschrauber schicken, um uns abzuholen, nicht wahr?«

Er nickte, und ich spürte, wie sich der Knoten in meiner Brust ein wenig löste. »Ja, natürlich. Irgendwann.«

»Aber jetzt noch nicht? Du glaubst nicht, dass sie heute Nacht noch kommen werden?«

»Nein, Hannah. Heute Nacht sicher nicht.« Er lächelte, obwohl es aufgrund seiner blauen Lippen eher wie eine Grimasse wirkte. »Heute Nacht gibt es nur dich und mich. Aber wenigstens ist keiner von uns allein.«

Auch wenn ich so nahe am Feuer stand, dass ich Gefahr lief, in Flammen aufzugehen, wurde mir einfach nicht wärmer. Logan sah mittlerweile etwas besser aus, doch die Wärme schaffte es nicht, durch meine durchnässten Kleider oder gar bis in meine Knochen zu dringen.

»Du musst die nassen Sachen ausziehen«, erklärte Logan besorgt.

»Auf keinen Fall«, erwiderte ich und schlang meine Arme um die Mitte, als hätte ich Angst, dass er mir jeden Moment die Kleider vom Leib reißen würde.

Er griff nach meinen Händen und musterte mich.

»Aber du frierst noch immer, Hannah. Du musst dich aufwärmen, und zwar schnell.«

»Ja, klar. Ich verstehe nur nicht, was es bringen soll, meine Klamotten auszuziehen.« Meine Zähne klapperten, bevor ich weitersprach. »Aber netter Versuch. Hattest du eigentlich schon oft Erfolg mit dieser Masche?«

Er lachte, und es war ein warmes, kehliges Lachen, das in der eiskalten Nacht irgendwie seltsam klang. Ich spürte, wie sich meine Lippen zu einem Lächeln verzogen, bevor ich schockiert den Mund aufriss, denn Logan war gerade einen Schritt zurückgetreten und hatte begonnen, aus seinen nassen Sachen zu schlüpfen.

»Was zum Teufel machst du da?«, fragte ich und wusste nicht, wohin ich meinen Blick richten sollte, während er die Knöpfe seines Hemdes öffnete. Ein muskulöser Oberkörper kam darunter zum Vorschein, wie ihn nur Männer hatten, die regelmäßig trainierten.

»Ich werde mich ganz sicher nicht ausziehen«, beharrte ich starrköpfig, als er den Knopf seiner Jeans öffnete und schließlich nach dem Reißverschluss griff.

»O doch, das wirst du«, erwiderte er freundlich. »Du wirst diese nassen Sachen ausziehen, und wenn ich sie dir eigenhändig vom Körper reiße.« Seine Stimme klang jetzt hart wie Stahl, und mir war durchaus bewusst, dass er es ernst meinte.

»Nein, Logan. Das kann ich nicht. Sonst erfriere ich. Und du auch. O Gott!«, rief ich, als seine Hose auf dem Haufen nasser Klamotten auf dem Boden landete. Er hatte vorher auch seine Stiefel abgestreift und war nun, abgesehen von seinen Boxershorts, vollkommen nackt.

»Wir werden nicht erfrieren«, entgegnete Logan für meinen Geschmack etwas zu voreilig. »Wir werden einander warmhalten. So verdoppeln wir unsere Körperwärme. Allerdings wäre es gut, wenn wir etwas Trockenes hätten, in das wir uns einwickeln könnten.«

Ich starrte ihn für einen Moment gedankenverloren an, dann kam mir der Koffer in den Sinn. Logan hatte wohl recht: Die Kälte beeinträchtigte mich mehr, als mir bewusst war, und machte meinen Verstand träge und langsam.

»Dort drüben liegt ein Koffer. Er muss wohl aus dem Flugzeug gefallen sein«, erklärte ich schließlich und deutete mit zitternden Fingern in die entsprechende Richtung.

Sekunden später kehrte Logan mit dem aufgebrochenen Gepäckstück und einigen Gegenständen, die bei dem Aufprall herausgeschleudert worden waren, zurück. Er ließ den Koffer zu Boden fallen und schlug ihn auf. Der Besitzer war offensichtlich ein Mann gewesen, und er hatte etliche Kleidungsstücke dabeigehabt. Und sie waren trocken.

»Da ist doch sicher etwas dabei, was wir anziehen können«, meinte ich hoffnungsvoll.

Logan, der den Koffer gerade durchwühlte, hob den Blick. Er hielt ein Paar Socken und einen dicken Morgenmantel in der Hand. »Ja, auf alle Fälle, aber die Sachen sind für später, wenn wir dich erst einmal ordentlich aufgewärmt haben.«

Er erhob sich vor mir und streckte erwartungsvoll die Hände aus. »Und jetzt zieh dich aus, Hannah.« Es gibt vermutlich Hunderte Momente, in denen es sehr sinnlich und erotisch ist, von einem Mann – und noch dazu von einem sehr attraktiven Mann – aufgefordert zu werden, sich auszuziehen. Doch dieser Moment zählte definitiv nicht dazu.

Logan beobachtete einige Sekunden lang, wie ich verzweifelt versuchte, mit den Armen aus dem vollkommen durchnässten Pullover zu schlüpfen, der scheinbar nicht aus Wolle, sondern eher aus Blei zu bestehen schien. Dann trat er einen Schritt näher.

»Heb die Arme hoch.« Ich tat, wie mir geheißen, und er zog mir langsam den Pullover über den Kopf. Auch wenn Logan mir das Gegenteil versichert hatte, vermisste ich den Stoff auf meinem Körper sofort, selbst wenn er eigentlich nur die Kälte gefangen gehalten hatte.

Unter dem Pullover trug ich lediglich eine einfache Bluse, die wie eine kalte, nasse Haut an meinem Körper klebte. Logan fragte nicht um Erlaubnis, sondern griff sofort nach den Knöpfen.

»Das schaffe ich allein«, widersprach ich und schob seine Hand zur Seite. Doch es stellte sich bald heraus, dass ich es eben nicht allein schaffen würde. Ich hatte kaum noch Gefühl in den Fingern und schaffte es einfach nicht, die Knöpfe zu öffnen. Logan seufzte kaum merklich, ehe er erneut nach den perlenförmigen Verschlüssen griff. Er legte die Finger auf den obersten Knopf, und ich spürte die Wärme, die von ihnen ausging.

»Okay?«, fragte er, und ich nickte stumm und war sogar froh über die Hitze, die in meine Wangen stieg, als er die Knöpfe schnell und effizient öffnete. Er zog die Ärmel hinunter, und kurz darauf verschränkte ich automatisch die Arme vor meinen Brüsten, die nur noch von einem hauchdünnen, durchsichtigen BH bedeckt wurden.

Er sollte lieber zwei Mal darüber nachdenken, ob er mir den auch noch ausziehen will.

»Schaffst du es allein aus den Jeans?«, fragte er, und seine Stimme klang plötzlich irgendwie seltsam. Ich schüttelte schweigend den Kopf. Wir waren schon so weit gegangen, es hatte keinen Sinn, jetzt wieder schamhaft zu sein.

Logan öffnete den Knopf, zog den Reißverschluss auf und streifte den dicken Baumwollstoff von meinen Beinen. Es bereitete ihm einige Mühe, und seine Hände strichen über meine Oberschenkel, während er versuchte, die Hosenbeine hinunterzuschieben. In diesem Moment war ich sogar ein wenig dankbar, dass meine Beine derart kalt waren, denn so spürte ich seine Berührungen kaum.

Schließlich öffnete er meine Turnschuhe und zog sie mitsamt den nassen Socken von meinen Füßen.

»Und jetzt leg dich neben mich«, befahl er.

Wie bitte? Nun ging er endgültig zu weit. Ich zögerte und fragte mich, ob ich mir langsam ernsthafte Sorgen machen musste.

»Hannah, ich würde genau das Gleiche sagen, wenn du ein Kerl wärst«, erklärte er ungerührt und legte den übergroßen Morgenmantel so nahe wie möglich ans Feuer.

»Ich bin mir nicht sicher, ob mich das beruhigt«, antwortete ich, ließ mich aber dennoch langsam auf den Morgenmantel nieder. »Im Grunde ...«

Ich brach ab, als er sich neben mich setzte und die andere Hälfte des Mantels wie eine Decke über uns breitete. Dann zog er mich in seine Arme und legte sich zur Hälfte über mich. Seine Haut war ebenfalls kühl, aber nicht annähernd so kalt wie meine, und nachdem ich einen Moment vor Scham wie erstarrt war, drückte ich mich schließlich an ihn und presste meine eiskalte Haut an seine. Er schnappte nach Luft, als mein Oberkörper seine harte Brust berührte. Vermutlich, weil ich so kalt war. Das *hoffte* ich zumindest.

Kurz darauf senkte er seinen Kopf zu mir herab, und einen vollkommen bescheuerten Moment lang glaubte ich, er wolle mich küssen. Stattdessen legte er seine Stirn an meine, um mich noch besser wärmen zu können, und jedes Mal, wenn er blinzelte, strichen seine Wimpern über meine.

»Gut«, sagte er schließlich, und sein Atem wärmte meine Lippen, während er sprach. »Das ist schon viel besser.«

Ich zitterte noch immer, aber bei weitem nicht mehr so unkontrolliert wie vorhin, und langsam begann ich, die Wärme seines Körpers in mir aufzunehmen.

»Das hier führt maximal dazu, dass dir auch noch kalt wird«, erklärte ich.

»Nein, tut es nicht«, erwiderte er. »Und jetzt leg die Arme um mich.«

Ich zögerte eine Sekunde lang, ehe ich meine bereits ein wenig aufgetauten Arme um seinen Rücken schlang. Er war breiter und muskulöser als William, und auch wenn unsere Umarmung nicht im Geringsten erotisch war, wurde ich dennoch rot.

Logan rückte ein wenig zur Seite und schlang dann ebenfalls seine Arme um mich, als wolle er verhindern, dass ich abhaute. Er brauchte sich keine Gedanken zu machen – ich würde nirgendwohin gehen.

Und dann schlief ich ein. Nach allem, was wir durchgemacht hatten, hätte ich es nicht für möglich gehalten, doch schon nach kurzer Zeit in Logans Armen wurde ich eines Besseren belehrt. Vielleicht war es, weil die Wärme langsam wieder in meinen Körper zurückkehrte oder weil ich mich zum ersten Mal, seit dieser Alptraum begonnen hatte, wieder sicher fühlte.

Ich wachte bloß auf, weil Logan unter dem Morgenmantel hervorkroch, um neues Holz ins Feuer zu werfen. Doch als er einige Augenblicke später zurückkam und sich diesmal hinter mir zusammenrollte, war seine Haut so kalt, dass ich noch weiter aus dem Schlaf gerissen wurde. Ich rückte nach hinten und schmiegte mich an die Biegung seines Körpers, der sich jedoch so ungewohnt anfühlte, dass ich plötzlich hellwach war und mir überaus bewusst wurde, dass ich weder mein Leben noch das Bett mit dem Mann hinter mir teilte. Ich erstarrte, so sehr schämte ich mich für das, was ich hier gerade tat, doch Logan erkannte offensichtlich sofort, warum ich mich plötzlich in eine Statue verwandelte. Er legte eine Hand auf meine Hüfte und zog mich an sich, um den Abstand zwischen uns so gering wie möglich zu halten, damit keine kalte Luft zwischen uns gelangte. »Schlaf weiter«, flüsterte er leise in meine Haare. Und genau das tat ich.

Irgendwann später krabbelte ich selbst unter dem Mantel hervor, um meinerseits Holz nachzulegen, und kuschelte mich danach erneut dankbar an den mehr oder weniger nackten Fremden, der tief und fest hinter mir schlief.

Es muss wohl unser sechster Sinn gewesen sein, der uns einige Zeit später weckte, denn ich bin mir ziemlich sicher, dass kein Geräusch zu hören gewesen war, und rings um unseren gemütlichen, behelfsmäßigen Schlafsack war es immer noch dunkel. Es gab also keinen Grund, warum Logan und ich plötzlich hellwach waren, als hätte neben uns ein Wecker geschrillt. Absolut keinen Grund.

Ich regte mich in Logans Armen, und er schlang sie noch fester um mich und flüsterte mir ins Ohr: »Nicht bewegen.« Doch es war ohnehin keine Warnung nötig, denn ich war mehr oder weniger wie gelähmt vor Angst.

Etwas befand sich auf unserer Lichtung. Etwas, das gerade unser sanft loderndes Feuer und unsere unter dem Morgenmantel verborgenen, ineinander verschlungenen Körper umrundete.

Etwas, nicht jemand.

Ich hörte ein Geräusch, ein Schnüffeln und dann das Knirschen einer schwerfälligen Gestalt, die sich über den steinigen Untergrund fortbewegte. Ich hielt den Atem an, denn ich hatte Angst, dass das Ding dort draußen mich hören würde.

Ich war mir nicht sicher, ob ich dankbar dafür sein sollte, dass wir den Morgenmantel im Laufe der Nacht auch über unsere Köpfe gezogen hatten. War es besser, zu wissen, welches Geschöpf gerade überlegte, ob wir eine Gefahr darstellten oder nicht, oder war es besser, im Ungewissen zu bleiben?

Ich schrie leise auf, als sich der Stoff unseres Morgenmantels plötzlich über unseren Beinen spannte, als sei etwas daraufgetreten.

Dann spürte ich, wie Logan sämtliche Muskeln anspannte, und mir war klar, dass er mich so gut er konnte beschützen würde, auch wenn er mich kaum kannte. Er war einfach diese Art Mann, doch letzten Endes würde er wohl keine Chance gegen den Angreifer haben, und die Sache würde für uns beide nicht gut ausgehen.

In diesem Moment schien das Ding unserer kleinen Pyramide aus Brennholz zu nahe gekommen zu sein, denn sie fiel mit einem lauten Krachen in sich zusammen, und das Feuer zischte. Der Druck auf dem Morgenmantel ließ von einem Moment auf den anderen nach, und kurz darauf hörte ich Krallen hastig über den Boden kratzen. Das Tier – denn um ein solches handelte es sich bei dem Geschöpf, da war ich mir inzwischen sicher – versuchte, sein Gleichgewicht wiederzufinden, was ihm schließlich auch gelang. Unmittelbar danach lief es davon.

Ich spürte, wie Logans Griff sich ein wenig lockerte, und stieß ein zitterndes, erleichtertes Seufzen aus.

»Ich glaube, es ist fort«, erklärte Logan, doch seine Stimme war kaum mehr als ein Flüstern.

»Was, glaubst du, war das?«, hauchte ich und hatte Angst, dass ich die Antwort bereits kannte.

»Ein Bär, denke ich«, antwortete er und löste sich langsam von mir.

»Steh nur ja nicht auf«, flehte ich ihn an und packte seinen Arm, um ihn an mich zu ziehen. »Er könnte immer noch da sein.«

Logan löste sanft meine Finger von seinem Unterarm. »Ja, aber ich muss nachsehen, um sicherzugehen. Bleib einfach ganz ruhig liegen und beweg dich nicht.«

Er drückte sanft meine Schulter und glitt dann geschmeidig unter dem Mantel hervor. Es fühlte sich an wie eine Ewigkeit, bis er den Stoff wieder von meinem Gesicht hob.

»Er ist fort«, bestätigte er mit einem Lächeln, das jedoch immer noch ein wenig angespannt wirkte.

Ich hob vorsichtig den Kopf und ließ trotz der Dunkelheit den Blick über die Lichtung schweifen, als bestünde die Möglichkeit, dass Logan den Bären übersehen hatte. Ausgehend davon, was ich über die Größe und das Gewicht der Tiere gelesen hatte, die in solchen Gegenden lebten, war das allerdings sehr unwahrscheinlich.

»Was machen wir, wenn er wiederkommt?«, fragte ich, richtete mich auf und zog den Mantel hoch, um mich dahinter zu verstecken. *Denn das würde einen Bären doch sicher davon abhalten, über mich herzufallen, nicht wahr?*

»Ich glaube nicht, dass er noch einmal zurückkommt«, versicherte Logan mir. Er sprach wieder in normaler Lautstärke und wirkte relativ ruhig und normal. »Er hat Angst bekommen und ist davongelaufen.«

»Der *Bär* hat Angst bekommen?«, rief ich und presste sofort die Lippen aufeinander, als mir klarwurde, wie laut ich gerade gewesen war. Im Gegensatz zu Logan war ich mir nicht sicher, ob der Bär – oder welches Tier auch immer uns einen Besuch abgestattet hatte – nicht doch noch am Waldrand auf der Lauer lag und nur darauf wartete, die Sache zu beenden.

Wir blickten auf die Überreste des Feuers, das durch den Eindringling stark in Mitleidenschaft gezogen worden war. Die sorgsam aufgeschichteten Zweige und Äste lagen überall verstreut, und das Wrackteil, das das Zentrum des Feuers gebildet hatte, war zur Seite gekippt und nur noch von einigen Glutnestern umgeben. Vermutlich hatte das für den Bären ungewohnte Geräusch, mit dem das Metall auf den Steinen aufgeschlagen war, uns das Leben gerettet. Wir machten uns schweigend daran, das Feuer erneut zu entfachen, und waren uns dabei beide bewusst, dass wir das nächste Mal vielleicht kein so großes Glück mehr haben würden.

Der dunkle Himmel färbte sich am Horizont grau und rosa, und obwohl der Morgen noch weit entfernt war, war die Nacht für uns beide vorüber, denn wir würden kein Auge mehr zubekommen.

Obwohl ich die letzten fünf Stunden nur in Unterwäsche gekleidet in Logans Armen verbracht hatte, zog ich den Morgenmantel nun fester an mich.

»Wie wär's, wenn wir uns etwas anziehen?«, schlug Logan vor. »Bevor uns noch mehr neugierige Wildtiere einen Besuch abstatten und uns halbnackt erwischen.«

Ich warf einen besorgten Blick zum Waldrand und konnte mir nur zu gut vorstellen, wie eine Gruppe von Grizzlybären dort Aufstellung genommen hatte und nur auf den richtigen Moment wartete, um sich auf die menschlichen Leckerbissen zu stürzen.

In diesem Fall wäre das korrekte Wort für einen Tierverband aus Bären *Ansammlung*, informierte mich jener nervtötende Teil meines Gehirns, der bei Kreuzworträtseln ganz praktisch, sonst aber relativ nutzlos war.

Logan schien die Tatsache, dass es noch immer kalt war und wir außerdem mehr oder weniger nackt waren, weniger zu stören als mich, denn er machte sich bereits auf den Weg zu dem Gebüsch, über das wir unsere nassen Klamotten gebreitet hatten. Er warf einen kurzen Blick darauf, ehe er sich mit einem verzagten Lächeln zu mir umwandte und kopfschüttelnd seine Jeans in die Höhe hielt. Sie war so steifgefroren, dass sie eher wie ein Stück Karton und nicht wie ein Kleidungsstück aussah. Logan klopfte mit den Fingerknöcheln dagegen, und es klang wie ein gedämpftes Pochen an einer Tür.

»Ich glaube nicht, dass uns unsere Sachen noch von großem Nutzen sein werden«, erklärte er. »Ich hatte gehofft, dass sie mittlerweile vielleicht trocken sein würden, aber wir müssen uns wohl eher etwas aus dem Koffer holen.«

»Wir sollten sie irgendwo gegenschlagen«, erwiderte ich, denn mir war gerade etwas eingefallen, von dem ich gar nicht wusste, dass ich es mir gemerkt hatte.

Logans grüne Augen verengten sich ein wenig, und er hob kaum merklich eine Augenbraue. »Was hast du vor? Willst du die Klamotten dafür bestrafen, dass sie erfroren sind?«

Ich stieß ein Geräusch aus, das einem Kichern so nahekam, wie es unter den gegebenen Umständen nur möglich war.

»Wir sollten die Sachen auf den Boden oder gegen einen Stein schlagen. Sie sind steifgefroren, was bedeutet, dass das Eis dem Stoff sämtliche Flüssigkeit entzogen hat. Und wenn die Eisschicht erst einmal runter ist, sind die Klamotten praktisch trocken.«

Logan warf mir einen mehr als zweifelnden Blick zu, doch dann nahm er die steife Hose und schlug sie mehrmals kräftig auf den Boden.

Er zuckte nicht einmal zusammen, als die Eissplitter auf seinen nackten Oberkörper flogen, dort sogleich schmolzen und in kleinen Tropfen über seine Brust und den Bauch rannen. Als schließlich kein Eis mehr an der Hose war, befühlte er sie eingehend und wandte sich dann mit einem überraschten und bewundernden Blick zu mir um. »Wer hätte das gedacht ...?«

Er schlüpfte in seine Jeans und griff nach meiner, um den Vorgang zu wiederholen.

»Gut«, sagte er schließlich, als er sie mir gab, »dann wage ich nun zu hoffen, dass du womöglich eine Art Expertin bist, was das Überleben in arktischer Wildnis betrifft.«

Ich wandte ihm den Rücken zu und ließ den Morgenmantel zu Boden gleiten, während ich unbeholfen von einem Bein auf das andere hüpfte, um mich in die Hose zu kämpfen. Sie war noch nicht vollkommen trocken, aber zumindest tragbar.

»Nein, tut mir leid«, erwiderte ich und drehte mich zu Logan um, wobei ich sofort die Arme vor der Brust verschränkte, um meinen nackten Oberkörper so gut es ging zu bedecken. »Zu diesem Thema kenne ich mich nicht einmal annähernd aus. Ich arbeite in der Marketingabteilung eines großen internationalen Konzerns und habe leider keine besonderen Fähigkeiten, die das Überleben in der Arktis sichern würden. Allerdings habe ich ein sehr gutes Gedächtnis, und vermutlich habe ich mal etwas über gefrorene Kleidungsstücke gelesen ... irgendwann ... vor langer Zeit ...«

Ich brach ab, wie jedes Mal, wenn ich Leuten von meinem seltsamen fotografischen Gedächtnis erzählte. Normalerweise starrten sie mich danach immer an, als sei ich eine Art Freak, doch Logans Gesicht zeugte bloß von stiller Bewunderung und von Respekt.

»Interessant.« Das war alles, was er darauf sagte, ehe er sich neben dem zerstörten Koffer auf die Knie sinken ließ, um ihn zu durchwühlen. Anstatt auch noch in unsere restlichen feuchten Klamotten zu schlüpfen, suchten wir in den Habseligkeiten des Fremden nach T-Shirts oder Pullovern, die wir anziehen konnten, bis unsere eigenen Sachen wirklich trocken waren. Das Oberteil, das Logan schließlich anzog, spannte sich über seinem breiten Rücken, so dass es schien, als würde es bald zerreißen, während ich in meinem versank und die Ärmel mehrere Male überschlagen musste, ehe meine Hände zum Vorschein kamen.

Danach setzte ich mich an das prasselnde Feuer und schlüpfte in meine Turnschuhe, die unangenehm schmatzten, als ich schließlich aufstand.

Ich spürte, wie ich rot wurde, noch bevor ich auch nur ein Wort gesagt hatte. »Ich, ähm ... ich muss ... ich will ...«

Logan hatte gerade weiteres Holz nachgelegt und blickte amüsiert zu mir hoch. »Möchtest du gern wissen, wo die Toilette ist?«

Ich schüttelte den Kopf. Er hatte wirklich einen eigenartigen Sinn für Humor. Seufzend fuhr ich fort: »Ich weiß nur nicht, ob es gut ist, einfach in den Wald zu spazieren.«

Seine Heiterkeit verschwand sofort, und ich erkannte, dass er sich doch nicht so sicher war, ob die Gefahr gebannt war. »Das ist vielleicht keine gute Idee. Weißt du was? Ich gehe einfach ein wenig am Seeufer spazieren, dann hast du etwas Zeit für dich.«

Meine Wangen brannten immer noch, als ich mich schließlich auf die Suche nach einem geeigneten Ort begab, tat, was zu tun war, und schließlich mit dem Fuß etwas Schnee über der Stelle verteilte. Ich hoffte bloß, dass unser Lager nun nicht noch interessanter für etwaige Wildtiere geworden war.

Etwas von dem Holz, das wir zuletzt ins Feuer geworfen hatten, musste wohl feucht gewesen sein, denn mittlerweile stieg ekliger, grauer Rauch auf. Mein Blick folgte den Rauchschwaden bis in den Himmel, wo sie sich im frühen Morgenlicht auflösten, lange bevor potenzielle Rettungsmannschaften sie zu Gesicht bekommen konnten. Ich gab dem Rauch die Schuld daran, dass mir plötzlich Tränen in die Augen stiegen.

Als Logan wieder ans Feuer trat, wirkte er durch die flimmernd heiße Luft wie eine Fata Morgana.

»Glaubst du, sie wissen mittlerweile Bescheid? Glaubst du, sie wurden bereits verständigt?«

Ich war froh, dass er sofort wusste, wovon ich sprach. »Unsere Familien? Ja. Ich bin mir sicher, dass sie mittlerweile verständigt wurden.«

Ich stellte mir die Panik vor, in die meine Familie verfallen war, als mitten in der Nacht das Telefon geklingelt hatte, und hörte die körperlose Stimme der vermutlich heillos überforderten Flughafenbediensteten, die jenen Anruf zu tätigen hatte, von denen jeder Angehörige hofft, ihn nie zu erhalten.

Ich schloss die Augen und sah Kate vor mir, wie sie an der Wand neben dem Telefon zu Boden glitt und ihr der Hörer aus der Hand fiel. Ich sah Stephen, der schlaftrunken aus dem Schlafzimmer stolperte, als er den verzweifelten Aufschrei seiner Frau hörte. Und Lily, die immer schon beim kleinsten Geräusch wach wurde und vermutlich zu weinen begann, weil sie das immer tut, wenn es ihrer Mutter nicht gutgeht.

Ich bin hier, Kate. Es ist alles in Ordnung. Ich habe überlebt, und ich bin nicht allein.

Ich betete, dass sie mich hören oder spüren konnte, doch natürlich wusste ich, dass das unmöglich war.

Dann dachte ich an die Wohnung in London, die ich mir mit William teilte. Hatte auch bei ihm bereits das Telefon geklingelt? Kate hatte ihn sicher angerufen. Trotz allem, was sie über ihn gesagt und was er getan hatte, war sie bestimmt der Meinung, er habe ein Recht darauf, es zu erfahren.

Aber war er überhaupt zu Hause? Lag er mit dem Gesicht nach unten auf dem Kissen, den Arm über die leere Seite des Bettes ausgestreckt, auf der ich normalerweise schlief? Und wo wir schon dabei waren: Wer sagte, dass meine Bettseite überhaupt leer war? Womöglich hatte die Frau – nein, das *Mädchen* –, das mir William ausgespannt hatte, nun auch noch unser letztes gemeinsames Territorium längst für sich beansprucht. Ich verzog den Mund, als hätte ich auf etwas Bitteres gebissen.

»Sagtest du nicht, dass du eine Schwester hast?«, fragte Logan. »Lebt sie in England oder in Kanada?«

»In Kanada«, erwiderte ich mit derselben traurigen Stimme wie immer, wenn ich anderen Leuten davon erzählte, dass Tausende Kilometer zwischen uns lagen. »Ich war die letzten fünf Wochen bei ihr.«

Logan lächelte. »Urlaub?«

Mein Inneres zog sich zusammen. »Nicht ganz«, erwiderte ich knapp und sah in die Flammen hinunter, um seinem neugierigen Blick zu entgehen.

Ich hörte das Knirschen seiner Stiefel auf den Steinen, als er um das Feuer herumging und sich vor mir niederließ.

»Es wird alles gut«, sagte er leise, und einen Augenblick lang dachte ich, er meinte William und mich, was albern war, denn ich hatte William ja noch gar nicht erwähnt, und schon gar nicht das, was er getan und was mich dazu gebracht hatte, um die halbe Welt zu fliegen, um ihm zu entkommen. »Wir schaffen es ganz bestimmt. Wir haben den Absturz überlebt, und nun werden wir das hier überleben. Egal, wie lange es dauert, bis sie uns finden.«

Seine Worte trafen mich wie ein elektrischer Schlag.

»Was meinst du mit ›egal, wie lange es dauert‹? Glaubst du denn nicht, dass sie uns heute finden? Sie suchen doch sicher schon nach uns. Immerhin ist das Heck des Flugzeugs abgebrochen, verdammt noch mal! Das muss doch jemandem aufgefallen sein, oder nicht?«, erwiderte ich und merkte, dass sowohl meine Stimme als auch meine Panik bei jedem Satz anstiegen.

Logan nahm meine Hand und tätschelte sie beruhigend. Seine Haut fühlte sich ein wenig rauh an, auch wenn die Finger sorgfältig manikürt waren. Seine Klamotten, sein Benehmen und der Preis seines Flugtickets ließen darauf schließen, dass er ein Geschäftsmann oder Manager war, doch seine Hände verrieten, dass noch mehr in ihm steckte.

»Natürlich suchen sie nach uns. Aber ...« Ich hörte das Zögern in seiner Stimme, er schien zu überlegen, ob er mir die Wahrheit schonend beibringen oder sie mir ohne Umschweife ins Gesicht sagen sollte. »Wir müssen uns trotzdem darauf einstellen, dass sie uns vielleicht nicht gleich heute finden.«

»Aber wann denn dann? Morgen? Übermorgen?« Meine Stimme klang ungerechtfertigt anklagend, als sei alles Logans Schuld. »Wie lange, glaubst du, wird es dauern?«

Wir wussten beide, dass niemand diese Frage beantworten konnte.

»Das weiß keiner, Hannah. Ich will bloß nicht, dass du dir falsche Hoffnungen machst und dann enttäuscht wirst.«

Ich zuckte zurück und gab ihm erneut und wider jegliche Vernunft die Schuld an allem, auch wenn ich tief im Inneren wusste, dass er recht hatte. Es gab zu viele Variablen, die bei unserer Rettung berücksichtigt werden mussten. Wie weit waren wir vom Kurs abgekommen? Hatte man den Rest des Flugzeuges bereits gefunden? Wie groß war das Gebiet, in dem sie suchten? Wie weit lag der nächste Ort entfernt? Ich versuchte, sämtliche Zeitungsberichte über die Opfer von Flugzeugabstürzen zu vergessen, die Wochen und teilweise sogar Monate ausharren mussten, ehe man sie schließlich fand.

Logan begann wieder zu sprechen, ehe mich die Hoffnungslosigkeit endgültig übermannen konnte.

»Aber in der Zwischenzeit gibt es einiges zu tun. Wir werden ständig beschäftigt sein, bis endlich Hilfe eintrifft.« Er wartete geduldig darauf, dass ich den Kopf hob und etwas erwiderte, doch ich tat nichts dergleichen, denn plötzlich konnte ich nur noch an die anderen Passagiere denken, die mit uns in dem Flugzeug gesessen hatten. Wo waren sie jetzt? Waren sie ebenfalls verschollen und allein und warteten darauf, gerettet zu werden? Waren einige von ihnen verletzt oder ... Schlimmeres?

»Hannah, wir sind keine *Opfer*. Wir sind *Überlebende*, und wir werden die Sache überstehen, weil wir stark, erfinderisch und entschlossen sind, und nicht bloß, weil wir Glück hatten.«

Ich schüttelte traurig den Kopf. »Aber das hatten wir, oder etwa nicht? Wir sind nur hier, weil wir verdammtes Glück hatten.«

Er sah mich fragend an, und meine Stimme begann unwillkürlich zu zittern, als ich fortfuhr: »Wenn der kleine Junge neben mir nicht ständig geschrien hätte und der Kerl auf der anderen Seite in seinem Leben weniger Burger und etwas mehr Salat zu sich genommen hätte, hätte ich keinen anderen Platz zugewiesen bekommen und überhaupt nicht in der letzten Reihe gesessen. Und du auch nicht – hättest du dich nicht auf die Suche nach mir begeben. Verstehst du, was ich damit sagen will? Wir sind bloß hier, weil wir verdammtes Glück hatten. Gerade so, als hätten wir in der Lotterie gewonnen.«

Ich ließ meinen Blick niedergeschlagen über die karge, eisige Landschaft und die herumliegenden Wrackteile gleiten. »Wenn man in einer solchen Situation überhaupt von Glück sprechen kann.«

»Doch, du hast verdammt recht, wir sollten es Glück nennen!«, erwiderte Logan und wirkte plötzlich richtig wütend. »Weißt du, was der Hauptgrund ist, warum Menschen in solchen Situationen sterben?« Er gab mir keine Zeit, zu antworten, sondern sprach mit donnernder Stimme weiter: »Weil sie aufgeben! Das gibt ihnen den Rest. Schwäche und eine negative Einstellung. Doch darauf werden wir uns nicht einlassen, denn das können wir uns einfach nicht leisten.« Es klang wie eine Kampfansage, und die Intensität seiner Stimme jagte mir ein wenig Angst ein. »Die Situation, in der wir uns befinden, ist furchtbar und tragisch. Ein wahr gewordener Alptraum. Und falls du es wirklich wissen willst: Ja, ich vermute tatsächlich, dass das Flugzeug über den Bergen abgestürzt ist und sehr viele Menschen ums Leben kamen.«

Ich schnappte nach Luft, denn auch wenn mir klar war, dass er recht hatte, war es trotzdem brutal, es laut auszusprechen.

»Aber *wir* sind nicht gestorben. Und du musst aufhören, dir darüber Gedanken zu machen, warum es sie und nicht uns erwischt hat, denn nichts davon bringt uns weiter. Du versinkst in Selbstmitleid. Doch das ist die vollkommen falsche Einstellung.«

Ich zuckte zusammen, denn seine Standpauke traf mich unvorbereitet.

»Tut mir echt leid«, erwiderte ich und spürte, dass ich langsam ebenfalls wütend wurde. »Das hier war mein erster Flugzeugabsturz, und ich weiß leider nicht, wie man sich in einer solchen Situation angemessen verhält.« Ich atmete schwer und spürte, wie das Adrenalin durch meinen Körper jagte und die Wut befeuerte. Ich fühlte mich *lebendig*.

Ich brauchte einige Zeit, um zu erkennen, dass Logan diese Reaktion absichtlich provoziert hatte. Er wartete, bis die Wut ein wenig verraucht war.

»So ist es schon besser. So klingen Überlebende. Wir brauchen Leidenschaft, Zorn und Wut auf das, was passiert ist, denn so etwas macht dich stark. Und du *musst* stark sein. Also halte daran fest und nutze diese Gefühle zu deinem Vorteil.«

Ich schüttelte fassungslos den Kopf. Wie hatte er es nur geschafft, mir so schnell die Hoffnungslosigkeit und die Verzweiflung auszutreiben? Plötzlich sah ich es als meine Pflicht, mir selbst, meiner Familie und all den anderen Passagieren gegenüber, am Leben zu bleiben. Und mir kam der Gedanke, dass Logan im wirklichen Leben womöglich Motivationstrainer war.

Logan stand auf und streckte mir die Hand entgegen, um mich hochzuziehen. Ich legte meine Hand in seine und ließ es zu. Er würde uns aus dieser Sache hinausführen, denn er war der Stärkere von uns beiden, und ich würde ihm dabei helfen.

Es war kein Ärger und keine Kritik mehr in seiner Stimme zu vernehmen, als er weitersprach, bloß beruhigende Autorität und Zuversicht. »Bis wir gefunden und gerettet werden, stehen vier Hauptpunkte auf unserer Liste, um die wir uns kümmern müssen: eine Unterkunft, Wasser, Wärme und Sicherheit.«

Es erschien mir unpassend, auch noch »Essen« auf die Liste zu setzen, doch in diesem Moment knurrte ohnehin mein Magen und sprach damit für sich.

Logan lächelte. »Und natürlich Nahrung, falls wir etwas finden sollten. Aber das steht nicht ganz oben auf der Liste.«

Ich war mir nicht sicher, ob mein immer noch knurrender Magen dem zustimmte.

»Menschen können mehrere Wochen ohne feste Nahrung überleben«, erklärte Logan, auch wenn ich das bereits wusste, »aber nur einen oder zwei Tage ohne Wasser, weshalb ich vorschlage, dass wir uns zunächst darauf konzentrieren. Ich weiß nicht, wie es dir geht, aber ich bin ziemlich durstig.«

Ich erkannte überrascht, dass er recht und ich ebenfalls großen Durst hatte. Mein Hals fühlte sich rauh und geschwollen an, und ich hatte einen seltsamen, metallischen Geschmack im Mund und ein unangenehmes Gefühl auf der Zunge.

Aber es sollte wohl nicht allzu schwer werden, Trinkwasser aufzutreiben, nicht wahr? Immerhin waren wir mitten in einem See gelandet.

Ich wandte mich in Richtung Ufer, und die Wasseroberfläche glitzerte in der sanften Brise.

»Ich glaube, ich habe Wasser gefunden«, erklärte ich und machte einen Schritt auf den See zu. Ich konnte das eiskalte Nass bereits schmecken und spüren, wie es meinen rauhen, trockenen Hals beruhigte. Logan legte eine Hand auf meinen Oberarm, um mich zurückzuhalten.

»Wir sollten dieses Wasser lieber nicht trinken. Zumindest nicht, ohne es vorher abzukochen«, riet er.

»Glaubst du wirklich, dass das notwendig ist? Würden wir nicht am Geschmack erkennen, ob es verunreinigt ist?«

Logan zuckte mit den Schultern. »Vielleicht, vielleicht aber auch nicht. Wir dürfen das Risiko allerdings auf keinen Fall eingehen. Das Letzte, was wir jetzt gebrauchen können, ist, dass uns übel wird.«

Es war vermutlich ratsam, ein wenig vorsichtig zu sein, und ohne seine Warnung wäre ich bereits zum Ufer gelaufen, hätte mich niedergekniet und wie ein Hund das eiskalte Wasser aus dem See geschlabbert. Es war keine schöne Vorstellung, und die Möglichkeit, dass wir uns den restlichen Tag lang übergaben, war es ebenso wenig.

Ich warf einen sehnsüchtigen Blick auf das Wasser, bevor ich mich mit einem Seufzen an Logan wandte. »Aber was dann? Hoffen wir, dass durch Zufall ein Topf aus der Bordküche in unserer Nähe gelandet ist?«

Logan grinste, und um seine Augen bildeten sich kleine Fältchen. Das gefiel mir, denn es bedeutete, dass er oft lachte und nicht eitel war. Ich bezweifelte, dass *er* sich über seine Falten Gedanken machte oder sich heimlich an der Augencreme seiner Freundin bediente, wenn sie gerade nicht hinsah.

»Dann warst du also nicht bei den Pfadfinderinnen?«

»Doch«, antwortete ich verlegen, »aber trotzdem haben mich Bibliotheken und Bücher immer schon mehr interessiert, fürchte ich. Und ich war nie mit, wenn sie zum Campen gingen.«

»Was für ein Glück, dass ich da bin«, erwiderte Logan, allerdings ohne eingebildet zu wirken.

Du hast ja keine Ahnung, dachte ich. Er war ganz offensichtlich sehr kompetent und übernahm gern das Kommando, und ich war das genaue Gegenteil. Ohne ihn hätte ich nicht die blasseste Ahnung gehabt, was zu tun war.

Er schickte mich los, damit ich zwischen den Wrackteilen nach einer Art Gefäß suchte, mit dem wir das Wasser auffangen konnten. Er selbst ging derweil zum Waldrand, um nach Holz für eine Halterung Ausschau zu halten. Ich war nicht gerade glücklich darüber, dass er sich in die Nähe des Gebiets begab, in dem möglicherweise allerlei wilde Tiere auf uns lauerten, doch Logan wirkte nicht beunruhigt, als er am Rand der Lichtung entlangschritt.

Trotzdem kam es mir ein wenig seltsam vor, dass er scheinbar darauf achtete, ständig mit mir im Gespräch zu bleiben, während wir getrennt waren.

»Dann bist du also ein Stadtmensch?«

»Ja, mittlerweile schon«, erwiderte ich und sah die elegante Wohnung in den Londoner Docklands vor mir, die ich mir mit William teilte. Ich erinnerte mich an den Tag, als ich die Wohnung zum ersten Mal betreten hatte. Die Miete war viel zu hoch, und unser Plan, uns sämtliche Kosten zu teilen, bedeutete, dass wir sie uns eigentlich gar nicht hätten ansehen dürfen, doch in dem Augenblick, als ich einen Fuß hineinsetzte und sich London in einem atemberaubenden Panorama vor den riesigen Fenstern ausbreitete, wusste ich, dass wir nichts annähernd Vergleichbares finden würden. William, der in der Londoner City arbeitete und nie etwas kaufte, ohne vorher über den Preis zu verhandeln, warf einen Blick auf mein Gesicht und wandte sich entschlossen an den Immobilienmakler. »Wir nehmen sie.«

Ich schnappte vollkommen unpassend nach Luft und zog an seinem Arm. »Ich kann mir nicht einmal die Hälfte der Miete leisten! Wirklich nicht. Wir hätten sie uns gar nicht erst ansehen sollen.«

Ich erinnerte mich daran, wie er mich daraufhin direkt unter den Augen des Maklers küsste. »Mach dir keine Gedanken. Zahl einfach, was du kannst, und ich übernehme den Rest. Du liebst diese Wohnung bereits jetzt, das ist dir deutlich anzusehen.«

Ich schloss die Augen bei der Erinnerung daran. Ich hatte vergessen, wie spontan er damals gewesen war und wie sehr ich ihn in jenem Moment geliebt hatte. Aber das war lange her.

»Und woher kommst du ursprünglich?« Logans Frage brachte mich zurück in die Gegenwart.

»Ich bin in einem umgebauten Bauernhaus auf dem Land aufgewachsen. Es war ein herrlicher Ort für Kinder, und Kate und ich hatten eine wunderbare Kindheit. Ich habe dort gewohnt, bis ich zur Uni ging.«

»Kate ist also deine Schwester? Die in Kanada lebt?«

»Hm.« Ich beugte mich hinunter und hob ein verbeultes Wrackteil hoch. Es bestand aus Aluminium, war etwa einen halben Meter breit und auch lang und vom Aufprall so in Mitleidenschaft gezogen, dass es leicht konisch und auf jeden Fall dazu geeignet war, Wasser aufzufangen. Als ich es vorsichtig umdrehte, achtete ich darauf, mir nicht die Finger an den scharfen Kanten zu verletzen. Auf der Rückseite war das leuchtend rote Logo der Fluglinie zu erkennen, das das Wrackteil wie eine blutende Wunde durchschnitt.

»Was war denn dein Hauptfach an der Uni? Und wo warst du?«

»An britischen Universitäten gibt es keine ›Hauptfächer‹. Aber ich habe einen Abschluss in Marketing, daher auch mein derzeitiger Job.«

Ich stieg über die anderen Wrackteile hinweg und hielt meinen Fund in die Höhe. »Passt das hier?«

Logan warf einen Blick in meine Richtung und nickte, dann wandte er seine Aufmerksamkeit wieder dem langen Ast vor sich zu. Er lehnte sich darauf, um ihn nach unten zu drücken, und plötzlich brach der Ast ab, und das Geräusch hallte wie ein Gewehrschuss über die Lichtung. Er hob ihn gemeinsam mit einigen anderen Ästen hoch, steckte sie sich unter einen Arm und überquerte die Lichtung, um neben mich zu treten.

»Du willst eine Menge wissen«, sagte ich und legte neugierig den Kopf schief, denn ich fragte mich plötzlich, ob er vielleicht Journalist war.

»Das war wegen der Bären«, erwiderte Logan und befreite mich mit seiner leeren Hand von dem Wrackteil mit den scharfen Kanten, um es näher zu begutachten. Er nickte erneut, weshalb ich annahm, dass es seinen Vorstellungen entsprach.

»Wie bitte? Wegen der Bären? Aber warum? Wollen sie vielleicht mehr über mich wissen, bevor sie entscheiden, ob sie mich fressen oder nicht?«

Logans Lachen hallte über die Lichtung.

»Nein. Aber der Lärm schreckt sie ab.«

»Ah, natürlich«, erwiderte ich und tat so, als hätte ich das bereits gewusst. »Und einen Augenblick lang dachte ich tatsächlich, du wärst überaus interessiert an meiner Lebensgeschichte ...«

Er sah mir in die Augen, und seine Stimme klang mit einem Mal sehr viel ernster. »Wer sagt, dass ich das nicht bin?«

Logan ließ die Äste, die er gesammelt hatte, auf den steinigen Boden neben dem Feuer fallen. Ich setzte mich auf einen flachen Stein, der angenehm warm vom Feuer war, und sah ihm zu. Logan betrachtete die Äste einige Minuten lang und legte sie mehrere Male in verschiedenen Formationen auf.

Plötzlich erinnerte ich mich an das einzige Mal, dass William sich ein Möbelstück gekauft hatte, das er selbst zusammenbauen musste. Drei Stunden und einen scheußlich aufgeschrammten Daumen später hatte er die Einzelteile gemeinsam mit der zerknüllten Bauanleitung wieder in die Schachtel gestopft, die ich das nächste Mal auf dem Müllplatz in unserer Tiefgarage zu Gesicht bekam. Am nächsten Tag lieferte ein großer Möbelhersteller ein sehr viel teureres, bereits zusammengebautes Möbelstück. Ich beschloss, nichts zu sagen.

Logan wirkte nicht wie ein Mann, der angesichts einer einfachen Bauanleitung aufgab. Tatsächlich brauchte er nur kurze

Zeit, bis er die Äste so angeordnet hatte, dass eine Vorrichtung entstanden war, die über das Feuer ragen würde. Er ging zu dem Koffer, den wir vorhin durchwühlt hatten, und öffnete ihn erneut.

»Brauchst du vielleicht Hilfe?«, fragte ich, denn ich fühlte mich ziemlich nutzlos. Ich saß bloß herum, während er die ganze Arbeit erledigte.

Logan hatte sich niedergekniet und mir den Rücken zugewandt. Dann warf er einen Blick über die Schulter. »Nein, schon okay, ich wollte nur nachsehen, ob Bob vielleicht ... o ja, da sind sie ja. Die müssten gehen.«

»Bob? Wer ist Bob?« Ich hatte kein Namensschild an dem Koffer gesehen.

»Na ja«, meinte Logan, während er die Schnürsenkel ausfädelte, »er heißt vielleicht nicht wirklich Bob, aber irgendwie kleidet er sich wie ein *Bob*, findest du nicht auch?« Ich warf einen Blick auf die Klamotten, die wir trugen, und musste lächeln.

»Ja, da könntest du recht haben.«

»Und auch wenn ich nicht undankbar erscheinen möchte, fürchte ich, dass Bobs Schuhe dir bei weitem zu groß und mir bei weitem zu klein sind.« Er zog den zweiten Schnürsenkel aus den Ösen. »Dafür haben die Schnürsenkel genau die richtige Länge.«

Ich sah fasziniert zu, wie er die beiden Bänder über einem scharfen Stein wetzte, bis daraus vier Stück geworden waren. Dann begann Logan flink, die Äste miteinander zu verknoten, während er immer wieder überprüfte, ob der jeweilige Knoten festsaß, bevor er zum nächsten überging.

Ich selbst kannte bloß einen einzigen Knoten, mit dem ich meine Schuhe und Geschenke verschnürte, doch Logans Knoten waren um einiges kunstvoller. Seine Finger bewegten sich jedoch so schnell, dass ich nicht genau sehen konnte, was er tat. Solche Knoten kannten doch nur Pfadfinderführer oder Fischer, oder etwa nicht? Ich schüttelte den Kopf. Es erschien mir ziemlich unwahrscheinlich, dass er eines von beidem war.

»So, das sollte reichen«, erklärte Logan schließlich, stemmte sich hoch und stellte die Vorrichtung über das Feuer. Die Äste waren weit genug entfernt, dass die Flammen keinen Schaden anrichten konnten, aber nahe genug, dass wir unseren behelfsmäßigen Topf über dem Feuer befestigen konnten. Ich rappelte mich hoch und griff nach dem Wrackteil.

»Ich hole Wasser«, bot ich an. Ich lief zum See, drückte das Wrackteil unter Wasser und hob es vorsichtig wieder hoch. Etwas Wasser schwappte heraus, und ich hielt den behelfsmäßigen Topf so weit wie möglich von mir gestreckt, um den Verlust zu minimieren.

Ich richtete mich gerade vorsichtig auf, als plötzlich im Wasser etwas meine Aufmerksamkeit erregte. Es war bunt gemustert, und ich erkannte es sofort wieder, denn es war der Schal, den ich mir am Flughafen gekauft hatte. Ich hatte ihn an den Griff meiner Tasche geknotet, und als ich den Platz gewechselt hatte, hatte ich den Riemen der Tasche um den Fuß meines Vordersitzes geschlungen.

Ich versuchte angestrengt, etwas unter der glitzernden Wasseroberfläche zu erkennen. Der Schal befand sich etwa vier Meter vom Ufer entfernt, doch es war unmöglich auszumachen, ob meine Tasche noch daran hing oder ob er immer noch am Vordersitz befestigt war.

»Alles okay bei dir?« Ich fuhr zusammen, als Logan neben mich trat, und verschüttete das restliche Wasser, das sich noch im Topf befunden hatte.

»Sieh mal, dort drüben«, sagte ich und deutete in Richtung des bunten Stoffes, der auf der Wasseroberfläche trieb. »Das ist mein Schal! Ich hatte ihn an meiner Handtasche und diese am Vordersitz befestigt.« Ich stellte den Topf ab und beugte mich hinunter, um meine Turnschuhe auszuziehen.

»Hannah, was machst du da?«

»Da im Wasser ist meine Tasche, das weiß ich bestimmt! Sie enthält alle meine persönlichen Gegenstände. Und mein Handy.«

»Das Handy funktioniert hier ohnehin nicht«, erklärte Logan geduldig. »Erstens haben wir keinen Empfang, und zweitens ist es sicher vollkommen durchnässt.«

Doch ich hörte nicht zu. Meine Socken landeten neben den Turnschuhen, und schon machte ich einen Schritt auf das eiskalte Wasser zu.

In diesem Moment trat Logan hinter mich und schlang seine Arme wie einen Schraubstock um meine Mitte, um mich zurückzuhalten.

»Wir haben es beim ersten Mal gerade geschafft, nicht an Unterkühlung zu sterben. Willst du das jetzt tatsächlich noch einmal riskieren, verdammt noch mal? Und das alles für eine *Tasche*?«

»Aber das ist *meine* Tasche«, erwiderte ich trotzig und spürte, wie mir die Tränen über die Wangen liefen. »Mit meinem Pass«, fügte ich albernerweise hinzu, als sei dies das ausschlaggebende Argument, den Weg ins Wasser zu wagen.

»Weißt du was? Ich denke, angesichts der Umstände würde man dich im Moment in jedes Land lassen, ohne dass du deinen Pass vorweisen musst«, erklärte Logan, doch sein Versuch, witzig zu sein, brachte mich nicht von meinem Vorhaben ab. Ich wehrte mich gegen seine Umklammerung, aber er hielt mich viel zu fest und machte keine Anstalten, mich loszulassen.

»Das dort ist meine Tasche«, wiederholte ich traurig, und wir starrten beide auf den Schal hinaus, der wie eine Boje auf dem Wasser trieb.

»Ist sie dir wirklich so wichtig?«

Ich wandte ihm mein tränennasses Gesicht zu und nickte.

»Okay. Dann hole *ich* sie für dich.«

Er ließ mich los und zog seine Stiefel aus.

»Nein, Logan. Ich gehe.«

Er schüttelte entschieden den Kopf. »Der Sitz befindet sich unter Wasser, was bedeutet, dass man vermutlich hinuntertauchen muss, um die Tasche zu befreien.«

»Noch ein Grund mehr, warum ich gehen sollte«, merkte ich an. »Ich habe dir ja gesagt, dass ich eine gute Schwimmerin bin. Ich habe als Rettungsschwimmerin gearbeitet und kann tauchen, Leute bergen und wiederbeleben und so was alles.«

»Gut«, antwortete Logan, der gerade Bobs Pullover auszog und unwillkürlich erschauderte, als die kalte Luft seinen nackten Oberkörper traf. »Denn vermutlich musst du mich tatsächlich wiederbeleben, wenn ich wieder hier bin.«

Ich war mir nicht sicher, ob das ernst gemeint war oder nicht, aber ich wurde auch einen Moment lang abgelenkt, denn mittlerweile hatte Logan den Reißverschluss seiner Jeans geöffnet und hatte sie ausgezogen. Er verschwendete keine Zeit darauf, noch länger zu debattieren, sondern watete sofort ins kalte Wasser, und das Zischen, mit dem er die Luft einzog, bewies, dass es tatsächlich so eisig war, wie ich es mir vorgestellt hatte.

Das Wasser reichte ihm bereits bis zur Mitte seiner Oberschenkel, als er schließlich einen Moment lang innehielt.

»Logan, komm wieder raus. Es war eine blöde Idee. Vergiss die Tasche. Komm raus.«

»Nein, so schlimm ist es gar nicht. Eigentlich ist es sogar richtig erfrischend«, erwiderte er. Zumindest *glaubte* ich, dass er es sagte, denn seine Zähne klapperten mittlerweile ziemlich stark.

»Logan«, beschwor ich ihn, doch es war zu spät. Er machte noch einen Schritt nach vorn, bevor er sich ins Wasser warf und untertauchte.

Ich starrte hilflos auf die konzentrischen Kreise, die sich um die Stelle ausbreiteten, an der er verschwunden war.

Sekunden vergingen. Ein durchschnittlicher Mensch kann an Land etwa sechzig Sekunden lang die Luft anhalten und unter Wasser sogar noch ein wenig länger. Doch das gilt nur, wenn er sich nicht anstrengt, und vermutlich sollte das Wasser auch nicht so eisig sein wie hier. Dummerweise hörte ich irgendwann auf, die Sekunden mitzuzählen, doch am Ende erschien es mir, als sei Logan bereits sehr viel länger als zwei Minuten unter Wasser.

Ich hatte keine Ahnung, was sich unter der Oberfläche des Sees verbarg. Vielleicht fiel er direkt hinter dem Stuhl plötzlich in die Tiefe ab. Vielleicht hatte Logan sich den Kopf angeschlagen, als er untertauchte, oder er hatte sich in dem Stuhl verkeilt und ertrank nun langsam, während ich am Ufer stand und zusah.

Warum hatte ich bloß einen solchen Wirbel um meine dämliche Tasche veranstaltet? Was spielte es schon für eine Rolle, ob ich sie wiederbekam oder nicht?

Meine Hände zitterten, als ich schließlich meine Jeans öffnete, aus ihr schlüpfte und sie neben Logans Hose auf den Boden warf. Ich zog mir den Pullover über den Kopf, hielt mich jedoch nicht mit den restlichen Klamotten auf. Wie lange war er bereits fort? Drei Minuten? Oder noch länger? Ich stieg ins Wasser und kämpfte gegen den Instinkt an, der mich drängte, sofort umzukehren. Wie war es möglich, dass sich das Wasser sogar noch kälter anfühlte als in der Nacht zuvor?

Ich ging zwei Schritte weiter. Das Wasser stand mir mittlerweile bis zu meiner Spitzenunterwäsche.

Ich schnappte nach Luft, als es mit jedem Schritt höher schwappte. »Scheiße! Scheiße! Scheiße! Scheiße! Scheiße!«, rief ich, doch ich ging zitternd weiter, bis mir das Wasser bis zur Hüfte reichte. Ich hatte gehofft, etwas unter der Oberfläche erkennen zu können, je näher ich dem Punkt kam, an dem Logan untergetaucht war, doch das Wasser war tiefschwarz und die Oberfläche genauso undurchdringlich wie vom Ufer aus. Der See verbarg seine Geheimnisse gut.

»Okay, ich schaffe das«, erklärte ich und zwang mich, einige Male stoßweise ein- und auszuatmen, um meine Lungenkapazität zu erhöhen. Ich machte mich gerade bereit, mich nach vorn zu stürzen, als die Wasseroberfläche vor mir plötzlich explodierte und Logans Kopf auftauchte.

»Logan, Gott sei Dank!«, rief ich und trat unsicher und mit ausgestreckten Armen nach vorn. Er griff nach meiner Hand, und ich versuchte, nicht zusammenzuzucken, als sich seine eiskalten Finger um meine schlossen. Er schüttelte sich das Wasser aus den Haaren, und die Wassertropfen, die auf meiner Haut landeten, fühlten sich an wie Tausende Nadelstiche. Logans Haut war nicht mehr golden und sonnengebräunt, sondern von der Eiseskälte vollkommen bleich.

Wir wateten gemeinsam ans Ufer, doch erst als uns das Wasser nur noch bis zu den Knien stand, sah ich, dass er erfolgreich gewesen war und meine tropfnasse Umhängetasche bei sich trug.

»Meine Tasche! Du hast sie gefunden!«

Logans Lippen verzogen sich zu einem schiefen Grinsen, als er sie mir überreichte. Nach der Nacht im Seewasser sah sie wirklich furchtbar aus. Und sie war auch um einiges schwerer als zuvor. Logan sah, wie ich zusammenzuckte, sobald sich der Riemen in meine Schulter grub.

»Also, entweder hast du einen Goldbarren geschmuggelt, oder sie hat sich komplett voll Wasser gesogen.«

Ich wollte sie gerade öffnen, als er hinzufügte: »Vielleicht hat es sich aber auch ein Aal darin gemütlich gemacht. Oder zwei.«

Ich stieß ein kurzes »Bäh!« aus und streifte mir die Tasche eilig von der Schulter, sodass sie mit einem lauten Klatschen wieder ins Wasser fiel. Logan hob sie mit einem leisen Kichern hoch, behielt sie jedoch bei sich.

Wir zogen uns ungeschickt die Uferböschung empor und hielten uns dabei immer noch an den Händen, um im Gleichgewicht zu bleiben. Ich warf der Tasche immer wieder misstrauische Blicke zu, als könnte sich tatsächlich ein blinder Passagier aus dem See darin befinden.

»Hey, das wäre sogar super!«, erklärte Logan, während ich mich bückte, um unsere Kleidungsstücke hochzuheben. »Dann hätten wir gleich etwas zum Frühstück«, fügte er hinzu, und mein »Bäh!« kam dieses Mal noch mehr von Herzen.

Wir traten schnell in die magere Hitze unseres Feuers und schlüpften in unsere Sachen, um den Schaden unseres kurzen Ausflugs ins kalte Wasser so gering wie möglich zu halten.

Sobald ich fertig angezogen war, ließ ich mich auf die Knie nieder, öffnete die Tasche und drehte sie um. Glücklicherweise schwamm oder glitt nichts daraus hervor außer einem dicken Schwall Wasser. Während ich nacheinander den gesamten triefenden Inhalt auspackte, merkte ich kaum, dass Logan in der

Zwischenzeit zum See zurückgekehrt war, unseren behelfsmäßigen Topf gefüllt und ihn an der Vorrichtung über den Flammen befestigt hatte.

Ich musterte betrübt die einzelnen Gegenstände aus meiner Tasche, und Logan war so freundlich, sich in der Zwischenzeit auf einen Stein zu setzen und mich schweigend zu beobachten. Zuerst griff ich nach dem Mobiltelefon, aus dem noch immer Wasser ran. Natürlich erwartete ich nicht, dass irgendetwas passieren würde, wenn ich auf den Knopf drückte, um es einzuschalten, aber ich tat es dennoch. Es erschien weder das Logo des Telefonherstellers auf dem Bildschirm, noch wurde ich von einer fröhlichen Tonfolge begrüßt. Dieses Telefon hatte am Tag zuvor unwiderruflich seine letzte Nachricht gesendet und den letzten Anruf getätigt, und nun war es nur noch ein sehr teures Stück Elektromüll.

Ich biss mir auf die Lippe, die mittlerweile zu zittern begonnen hatte. Es hätte an ein Wunder gegrenzt, wenn das Telefon tatsächlich noch funktioniert hätte, und vermutlich hatten wir die uns zustehenden Wunder bereits aufgebraucht, indem wir den Flugzeugabsturz überlebten.

Ich schleuderte das nutzlose Ding zu Boden und hörte ein lautes Knacken, als das Display auf einem kleinen Stein aufschlug und zerbarst.

»O nein, jetzt hast du es kaputt gemacht!«, witzelte Logan, ohne eine Miene zu verziehen.

»Sehr lustig«, erwiderte ich mit einem traurigen Lächeln. Logan erhob sich von seinem Stein, trat neben mich und legte mir tröstend einen Arm um die Schulter.

»Wir brauchen weder ein Telefon noch irgendeinen anderen neumodischen Kram, um das hier zu überstehen. Wir werden einfach auf die gute, altmodische Art überleben.«

Ich sah ihn fragend an.

»Wir müssen unseren Verstand, unseren Einfallsreichtum und unsere Entschlossenheit einsetzen, um den Elementen zu trotzen, bis Hilfe eintrifft«, erklärte er ernst. »Und wir werden es schaffen, Hannah. Ganz sicher.« Er drückte meine Schulter, um das Gesagte zu betonen, dann ließ er den Arm sinken. »Also, was hattest du noch so in deiner Tasche?«, fragte er und warf einen Blick auf den vollkommen durchnässten Inhalt.

»Meinen zerstörten Reisepass«, erwiderte ich und hielt das Dokument mit dem braunen Einband in die Höhe. Es war nur noch eine klebrige Masse, deren Seiten zusammenpappten.

»Den brauchst du ohnehin nicht mehr«, erklärte Logan.

»Mein Make-up-Täschchen«, fuhr ich fort und zeigte ihm den bunten Beutel, der beinahe aus allen Nähten platzte.

»Und das brauchst du definitiv auch nicht. Du siehst toll aus, so wie du bist.«

Auch wenn es albern war, spürte ich, wie ich aufgrund des unerwarteten Kompliments rot wurde, und ich senkte den Kopf, so dass mir meine blonden Haare ins Gesicht fielen und meine Röte verdeckten.

»Mein neues Buch«, erklärte ich und hob den mittlerweile unleserlichen Thriller hoch, den ich mir erst am Abend zuvor im Duty-Free-Shop gekauft hatte. »Ich denke, es hat wohl keinen Sinn mehr, es zu Ende zu lesen«, ergänzte ich trocken, denn das Buch war etwa zur dreifachen Größe angeschwollen, und die einzelnen Seiten klebten aneinander.

»Ich habe das Buch gelesen. Ich kann dir gern sagen, wie es ausgeht«, bot Logan an.

Ich ließ meine Hand über die Gegenstände aus meiner Tasche gleiten und schob den Kalender, die Haarbürste und die

Geldbörse zur Seite, bis ich auf einen dünnen, grünen Plastikbeutel stieß.

»Aber zumindest haben wir jetzt eine Erste-Hilfe-Ausrüstung!«, erklärte ich aufgeregt und hob den Beutel hoch.

»Ja, die könnte tatsächlich hilfreich sein«, erwiderte Logan. »Das hast du äußerst wohlüberlegt eingepackt.«

Ich lächelte wehmütig. »Eigentlich war es Kates Idee und nicht meine. Sie sorgt immer dafür, dass ich eines dieser Täschchen im Handgepäck habe. ›Bloß für den Fall‹, sagt sie dann. Sie ist sehr praktisch veranlagt, die vernünftige große Schwester. Während ich die leichtsinnigere und albernere von uns beiden bin, die sich ständig in seltsame Situationen bringt und ihr Leben nicht wirklich im Griff hat.«

Logans Blick wurde plötzlich ernst. »Ich bin mir sicher, dass das nicht ganz der Wahrheit entspricht.«

Ich dachte an William, der in London darauf wartete, dass ich ihm verzieh, damit wir unser gemeinsames Leben fortführen konnten. Gerade so, als wäre es möglich, seinen Verrat zu vergessen, indem ich einfach einen Knopf drückte und alles wieder auf null stellte. Doch das konnte ich nicht.

»Du kennst mich doch gar nicht«, erwiderte ich, und selbst ich hörte, wie bitter meine Stimme klang.

»Nein, das tue ich nicht«, gab Logan zu. »Aber bis wir hier fortkommen, hat sich das hoffentlich geändert.«

Aus irgendeinem Grund kehrte die Röte, die sich gerade erst verabschiedet hatte, wieder auf meine Wangen zurück.

»Was ist denn das?«, fragte Logan und stieß mit dem Finger gegen eine leuchtend rosafarbene Plastikdose. Sie lag ein wenig abseits.

Einen Moment lang runzelte ich die Stirn, weil ich den Gegenstand nicht sofort wiedererkannte, doch dann musste ich unwillkürlich lächeln.

»Lily«, sagte ich leise, als mir einfiel, dass sie es gewesen war, die mir die Dose in allerletzter Sekunde zugesteckt hatte. »Meine Nichte«, erklärte ich an Logan gewandt.

Er schüttelte den Kopf, doch anstatt noch etwas hinzuzufügen, griff ich nach der Plastikdose und öffnete sie. Ich hielt vor lauter Vorfreude den Atem an, und als der Deckel schließlich aufsprang, wurden meine Erwartungen nicht enttäuscht. Die Dose war wasserdicht und der Inhalt vollkommen trocken. Ich drehte die Dose herum, um sie Logan zu zeigen. Er wirkte genau im richtigen Maße beeindruckt und aufgeregt.

»Das war ihr Abschiedsgeschenk.«

»Was für ein wunderbares Mädchen«, sagte Logan feierlich.

»Ja, und ich liebe sie sehr«, erwiderte ich und spürte, wie das Herz in meiner Brust anschwoll, als ich an Lilys wundervolles Lächeln und ihr vertrauensvolles Gesicht dachte.

Logan reagierte erneut viel vernünftiger, als ich es je getan hätte, wenn ich allein gewesen wäre. Er schlug vor, die Schokolade zu rationieren, und nachdem wir die Riegel jeder Tafel gezählt hatten, beschlossen wir, nicht mehr als zwei auf einmal zu essen. Es war zwar kein üppiges Mahl, aber ich schwöre, dass diese beiden Stücke Schokolade das Beste waren, was ich jemals gegessen hatte – dabei schmeckt mir ausländische Schokolade normalerweise nicht sonderlich gut. Doch schon während ich das äußere Papier entfernte und die Goldfolie zurückschlug, lief mir das Wasser im Mund zusammen, und als ich endlich vorsichtig daran zu knabbern begann, sabberte ich mehr oder weniger.

Logan steckte sich beide Stücke gleichzeitig in den Mund und begann sofort zu kauen, doch ich schaffte es, den Genuss zu maximieren, indem ich immer wieder kleine Stückchen von meiner Ration abbiss.

Als ich schließlich fertig war, ließ ich meine Zunge noch ein letztes Mal über die Lippen gleiten, bloß für den Fall, dass mir ein winziges Stückchen entgangen war.

Ich hob den Blick und sah, dass Logan mich neugierig beobachtete, und der Ausdruck auf seinem Gesicht schnürte mir vollkommen unerwartet die Kehle zu. Ich schluckte hörbar, doch als ich ihm erneut den Blick zuwandte, war der Ausdruck verschwunden.

Das Wasser in dem Behälter über dem Feuer kochte mittlerweile, und Logan hob ihn vorsichtig herunter und stellte ihn auf einen kleinen Steinhaufen, den er bereits dafür vorbereitet hatte. Ich hatte die Vision, dass wir wie durstige Tiere einfach aus dem Topf schlabbern würden, doch Logan hatte eine bessere Idee.

»Sehen wir mal nach, was Bob noch so in seinem Koffer hat, einverstanden?«

Ich kniete mich vor den offenen Koffer und war mir ziemlich sicher, dass mir etwaige Trinkbecher schon vorher aufgefallen wären. Als ich Logan meine Gedanken mitteilte, lächelte er bloß und schüttelte den Kopf. »Du musst über den Tellerrand blicken, Hannah. Es geht darum, zu improvisieren.«

Für meinen Geschmack klang er zu sehr nach einem der Mitarbeiter meiner Firma während einer unserer Brainstorming-Sitzungen. Wenn er jetzt auch noch davon anfing, dass »Phantasie keine Grenzen kannte« und ich meine »inneren Barrieren überwinden« musste, konnte es sein, dass ich meine Meinung über ihn noch einmal vollständig revidieren würde, denn diese abgedroschenen Phrasen gingen mir unsäglich auf die Nerven. Ich wollte auf keinen Fall, dass er einer dieser Klone aus einem Wirtschaftsunternehmen war, die keiner mehr voneinander unterscheiden konnte.

»Ich hoffe bloß, dass Bob vielleicht ein Kerl ist, der sich nicht weiter um die Umwelt oder die Ozonschicht kümmert«, erklärte Logan jedoch stattdessen und beugte sich an mir vorbei, um einen Blick in den Koffer zu werfen.

»Hä?«

Logan hatte mittlerweile offensichtlich gefunden, wonach er suchte, öffnete den Reißverschluss des Kulturbeutels im Zebra-look und zog eine Dose Rasierschaum und ein Deodorant hervor, von denen er die Verschlusskappen aus Plastik abnahm.

»Guter Mann«, lobte er und hielt mir die beiden winzigen, behelfsmäßigen Becher hin.

Wir tauchten sie einige Male in den See, damit sie nicht mehr so intensiv nach Rasierschaum und Deo rochen und schmeckten.

»Noch ein Tässchen?«, scherzte Logan, und ich nickte dankbar und reichte ihm meinen leuchtend roten Plastikdeckel. Ich hatte bereits fünf davon getrunken und war noch immer unglaublich durstig.

Mittlerweile war es endgültig hell geworden, und ich hielt immer wieder Ausschau nach möglichen Rettungsflugzeugen.

»Wie spät es wohl ist?« Logan und ich trugen zwar noch unsere Armbanduhren, doch sie waren nach unserem gestrigen Bad im See stehengeblieben.

»Acht Uhr, vielleicht auch etwas später.«

»Dann werden sie vermutlich bald mit der Suche beginnen, oder?«

Logan wirkte ein wenig besorgt. »Ja, vermutlich.« Er warf einen Blick zum Himmel. Anstatt Hubschraubern und Suchflugzeugen waren nur unheilvolle graue Wolken zu sehen. »Das kommt wohl aufs Wetter an.«

»Aber schlechtes Wetter wird sie doch nicht davon abhalten, nach Überlebenden zu suchen!«

Logan zuckte mit den Schultern. »Ich weiß es nicht, Hannah.

Ich bin kein Pilot und habe keine Ahnung, wann es zu gefährlich ist, aufzusteigen.«

Noch ein Beruf, den ich von meiner ständig länger werdenden Liste streichen konnte.

»Trotzdem sollten wir sicherstellen, dass sie uns auf jeden Fall entdecken, falls sie vorbeikommen.«

Ja, das stand natürlich außer Frage. Wir würden beide unser Möglichstes geben, um aus der Luft gesehen zu werden, oder etwa nicht? Ich für meinen Teil hatte jedenfalls vor, wie eine Verrückte auf und ab zu springen und mir die Seele aus dem Leib zu brüllen, sobald ich den Motor eines Flugzeuges hörte. Aber das hatte Logan nicht gemeint, und wieder einmal war ich froh, dass er scheinbar sehr viel logischer denken konnte als ich.

»Wir müssen dafür sorgen, dass das Feuer ständig weiterbrennt, und außerdem feuchte Äste mit genügend Blättern oder grünes Holz in der Nähe lagern, damit wir es in die Flammen werfen können, sobald wir etwas hören oder sehen.«

Da dies die genau gegenteilige Art Holz war, nach der er mich vergangene Nacht hatte suchen lassen, war ich ein wenig verwirrt, was er mir wohl ansah.

»Von dort oben ist Feuer nicht so leicht zu erkennen wie Rauch«, erklärte Logan geduldig. »Also müssen wir bereit sein, im Falle des Falles eine lange, weiße Rauchsäule zu erzeugen. Denn der Rauch wird sicher bis über die Baumspitzen zu sehen sein.«

Ich schüttelte den Kopf. Darauf hätte ich auch allein kommen können, denn immerhin handelte es sich nicht um Expertenwissen, sondern bloß um gesunden Menschenverstand.

Einen Moment lang fragte ich mich, wie William wohl in dieser Situation zurechtgekommen wäre. Er war auf seine eigene Art ebenfalls sehr kompetent. Er konnte den besten Tisch in einem Restaurant organisieren, den größten Nachlass bei einem Geschäft aushandeln und den meisten Profit für seine Firma erzielen. Aber konnte er auch Feuer machen und Rauchsignale senden? Es hatte einmal eine Zeit gegeben, in der ich mich in seiner Gegenwart sicher und geborgen gefühlt hatte, aber das war lange her, und ich konnte mich kaum noch erinnern, wie es sich angefühlt hatte.

»Alles okay mit dir?«, fragte Logan, der offensichtlich erkannt hatte, dass mich etwas beschäftigte. Scheinbar hatten die Erinnerungen an William einen Schatten über mein Gesicht gelegt.

»Alles in Ordnung«, log ich und sprach sofort weiter, weil ich Angst hatte, dass er womöglich weiterbohren würde. »Vielleicht sollten wir mit Ästen oder Wrackteilen die Buchstaben SOS auf dem Boden auslegen. Ich habe das einmal in einem Film gesehen, nachdem Leute mit einem Flugzeug abgestürzt waren.«

»Das ist eine sehr gute Idee«, erwiderte Logan, und plötzlich war ich ziemlich stolz auf mich. Dann war ich also doch nicht vollkommen nutzlos und inkompetent.

»Kannst du dich vielleicht noch an andere Details aus dem Film erinnern, die uns helfen könnten?«

Ich legte die Stirn in Falten, während ich versuchte, mir die Handlung in Erinnerung zu rufen, doch als es mir wieder einfiel, verzog ich angewidert das Gesicht. »Nein, ich erinnere mich an nichts Hilfreiches, denn am Ende haben sie einander aufgegessen, um nicht zu verhungern. Und das war ehrlich gesagt ziemlich ekelig.«

Logan verzog sein attraktives Gesicht. »Du kannst vollkommen sicher sein, dass ich dich nicht aufessen werde«, versprach er mit scherzhaftem Ernst in der Stimme.

Ich sprang hoch. »Ich sehe mal die Wrackteile durch. Vielleicht können wir etwas davon verwenden, um die Nachricht zu schreiben.«

»Okay, ich helfe dir«, erwiderte er und gesellte sich zu mir.

Es war tatsächlich um einiges schwerer als angenommen. Obwohl so viele verbeulte Metallstücke herumlagen, mussten wir zunächst einmal eine große Fläche frei machen, so dass unsere Nachricht auch aus großer Höhe zu lesen sein würde.

Vielleicht war es der Hunger oder die dünne Bergluft, auf jeden Fall keuchte ich schon nach kurzer Zeit vor Anstrengung, nachdem ich einige Male mit einer Armladung voller Wrackteile zum Waldrand gelaufen war. Logan atmete nicht einmal schwerer und schwitzte auch nicht, was man von mir leider nicht behaupten konnte, weshalb ich mir trotz der niedrigen Temperaturen den dicken Pullover über den Kopf zog und nur in meinem dünnen Unterhemd weiterarbeitete.

»Du solltest vorsichtig sein, sonst holst du dir noch eine Erkältung.«

»Nein, schon in Ordnung«, versicherte ich ihm und bückte mich, um ein besonders schweres Teil aus verbogenem Metall aufzuheben. Ich grunzte ziemlich unattraktiv, und Logan ließ alles liegen und stehen, um das Wrackteil auf der anderen Seite zu packen und mir zu helfen.

Wir schleiften es bis zum Waldrand, wo wir den Großteil der Metallstücke abgelegt hatten, und ich fragte mich, ob die Barriere wohl hoch genug war, um die Bären fernzuhalten. Vermutlich nicht. Bei dem Gedanken an unseren nächtlichen Besucher erschauderte ich und warf einen misstrauischen Blick in den dunklen Wald.

»Es ist wohl nicht sehr wahrscheinlich, dass ein Bär auftaucht, wenn wir solchen Lärm machen«, versicherte Logan mir.

»Wie du meinst«, entgegnete ich skeptisch.

Mir fiel auf, dass wir wunderbar als Team zusammenarbeiteten, während wir die restlichen Wrackteile zu jenen drei Buchstaben anordneten, die vielleicht den Unterschied ausmachen würden zwischen Leben und … Nun, ich hatte zu viel Angst, um den Satz zu Ende zu denken.

Ich richtete mich auf und massierte sanft den unteren Teil meiner Wirbelsäule, während ich mein S betrachtete, das eher wie eine 5 aussah. Logan hob den Blick von seinem Buchstaben.

»Also, wie heißt er?«

Es war vermutlich kindisch, so zu tun, als wüsste ich nicht, wovon er sprach, aber ich versuchte es dennoch.

»Wer?«

Logan legte ein langes Stück Metall auf den Boden, um den Kreis seines O zu vervollständigen.

»Der Kerl, wegen dem du um die halbe Welt geflogen bist, bloß um nicht mehr in seiner Nähe sein zu müssen.«

»Was bringt dich auf die Idee, ich würde vor jemandem davonlaufen?«, erwiderte ich. »Ich habe dir doch gesagt, dass ich meine Schwester besucht habe.«

»Ja, das stimmt«, entgegnete Logan gelassen und begann, den letzten, zwei Meter großen Buchstaben zu legen. »Aber es geht mehr um das, was du *nicht* gesagt hast. Ich bin ziemlich gut darin, andere Menschen einzuschätzen, und dein Gesichtsausdruck, als ich dich fragte, ob du Urlaub bei deiner Schwester gemacht hast, brachte mich auf den Gedanken …« Er brach ab.

Ich sagte nichts, aber ich spürte, wie sich in meinem Inneren etwas vor ihm verschloss.

»Aber hey, ich kann mich natürlich auch täuschen.« Er lächelte und zuckte mit den Schultern, als sei er durchaus bereit, das Thema wieder fallenzulassen. »Zwei und zwei ergibt nicht immer vier.«

Okay, dann war er also ganz offensichtlich *kein* Mathematiklehrer.

»Doch, tut es«, erwiderte ich leise. »Wenn man davon ausgeht, dass etwas wahr ist, dann ist es auch ausnahmslos so.«

Logan wartete geduldig darauf, dass ich weitersprach, und drängte mich nicht, mehr preiszugeben, als ich bereit war.

»Sein Name ist William. Und ich glaube nicht, dass ich darüber reden will, wenn es dir nichts ausmacht.«

Er trat neben mich und umarmte mich, und es kam mir absolut nicht seltsam vor, dass ich müde meinen Kopf an seine Schulter lehnte.

»Ist schon okay, Hannah«, meinte er sanft. »Alles gut.«

Außer, dass es natürlich nicht gut war – und das wussten wir beide. Trotzdem beschloss ich, die Realität einen Moment lang zu ignorieren.

»Stell doch mal neues Wasser auf, und ich mache das hier in der Zwischenzeit fertig«, schlug er vor, und ich nickte, denn ich war dankbar für die Ablenkung. Ich war bereits drei oder vier Meter entfernt, als Logan noch eine letzte Bemerkung machte.

»Eine Sache noch, wenn du erlaubst: Wer auch immer William ist und was er getan hat – es ist offensichtlich, dass er ein ziemlicher Mistkerl ist.«

Ich warf Logan über die Schulter einen Blick zu und lächelte traurig. »Ja, da hast du recht.«

Um für ein wenig Abwechslung zu sorgen, beschlossen wir, einen Riegel Schokolade im kochenden Wasser aufzulösen. Das half, den etwas metallischen Geschmack zu übertönen, der unserer ersten Ration noch angehaftet hatte. Hoffentlich wurden wir gerettet, bevor wir uns Gedanken darüber machen mussten, wie leichtsinnig es gewesen war, dieses Stück zu opfern! Wir sahen uns über das Feuer hinweg in die Augen, während wir langsam an der braungefärbten Flüssigkeit nippten, im Vergleich zu der sogar die heiße Schokolade aus dem Automaten im Büro vorzüglich schmeckte.

»Also, was machen wir als Nächstes, während wir darauf warten, dass uns jemand abholt?«, fragte ich, als würden die Rettungsmannschaften jederzeit eintreffen und als gäbe es bis dahin nur noch einen kurzen Zeitraum totzuschlagen. Vielleicht wusste ich damals schon, dass ich mir etwas vormachte, aber es war einfach noch zu früh, um es zuzugeben.

»Wir sollten uns eine Art Unterschlupf bauen«, schlug Logan vor. »Ich will nicht noch eine Nacht vollkommen schutzlos verbringen, vor allem, wenn vielleicht tatsächlich ein neuer Sturm aufzieht.«

Ich spürte, wie sich mein Magen zusammenzog, während die warme, wässrige Flüssigkeit darin hin und her schwappte, und für einen schrecklichen Moment hatte ich das Gefühl, als müsste ich mich übergeben.

»Dann glaubst du also, dass wir noch eine Nacht hier festsitzen?«, fragte ich flüsternd, als hätte ich zu viel Angst, die Frage in normaler Lautstärke auszusprechen.

»Es wäre nicht gerade schlau, diese Möglichkeit außer Acht zu lassen«, erwiderte Logan. »Ich verschwende lieber meine Zeit damit, einen Unterschlupf zu bauen, den wir letztendlich nicht brauchen, als noch eine Nacht ohne ein Dach über dem Kopf zu verbringen.«

Was er sagte, ergab durchaus Sinn, doch ich war enttäuscht und hatte große Angst, obwohl ich das nicht zugab. Wie sollten wir es schaffen, noch eine weitere Nacht zu überleben? Wie sollten wir uns vor den Bären schützen, falls sie wiederkamen? Was würden unsere Familien zu Hause denken, wenn sie eine weitere Nacht ohne eine Nachricht von uns ausharren mussten? Befürchteten sie vielleicht sogar das Schlimmste? Und welche Hoffnung blieb ihnen noch?

»Das bedeutet aber nicht, dass wir die Zuversicht aufgeben, gefunden zu werden«, meinte Logan sanft, denn offensichtlich hatte er erkannt, dass ich gerade wieder in die Mutlosigkeit abzustürzen drohte. Ich traute meiner Stimme nicht, also nickte ich bloß.

»Warum setzt du dich nicht ein wenig ans Feuer und ruhst dich aus?«, schlug er freundlich vor. »Und ich sehe mich in der Zwischenzeit nach Ästen und Wrackteilen um, aus denen wir einen Unterschlupf bauen können.«

»Du lässt mich aber nicht allein, oder?«, fragte ich und schaffte es nicht, die Panik in meiner Stimme zu unterdrücken, auch wenn ich sie noch so sehr verabscheute.

»Nein, natürlich nicht«, erwiderte Logan, stemmte sich hoch und drückte schnell und beruhigend meine Schulter. »Ich gehe bloß bis zum anderen Rand der Lichtung, um nachzusehen, ob dort noch abgebrochene Äste herumliegen.«

Ich lächelte unsicher, doch ich schaffte es nicht, ihn auch nur einen Moment lang aus den Augen zu lassen, als er sich schließlich von mir entfernte und sich auf den Weg zum gegenüberliegenden Ende der Lichtung machte.

Meiner Meinung nach brauchte er viel zu lange, um geeignete Materialien für diesen Unterschlupf zu finden, und einige Male bewegte er sich gefährlich nahe an die Schatten am Waldrand heran und geriet sogar aus meinem Blickfeld. Und in diesem Moment erkannte ich panisch, wie schrecklich es gewesen wäre, wenn er sich nicht im Flugzeug zu mir gesetzt hätte und ich den Absturz allein überlebt hätte.

Letztlich war ich viel zu unruhig, um noch länger an Ort und Stelle auf ihn zu warten, und stemmte mich gerade hoch, um ihm zu folgen, als er wieder aus dem dunklen Wald heraustrat. Er hatte mehrere lange Äste gefunden, und ich lief schnell zu ihm, um ihm zu helfen, wobei ich erneut darüber staunte, wie er es geschafft hatte, das schwere und sperrige Holz aus dem Wald zu zerren. Er war auf jeden Fall sehr stark. Ich überlegte einen Augenblick lang, ob er vielleicht Handwerker war, doch dann schüttelte ich den Kopf. Das schien auch nicht zu passen.

Wir legten die Äste in der Nähe des Feuers ab, wo wir die vorige Nacht verbracht hatten, und obwohl ich mehr oder weniger nichts getan hatte, ließ ich mich vollkommen erschöpft auf einen Stein sinken. Ich hatte den Pullover immer noch nicht wieder angezogen, und mein dünnes Baumwollunterhemd klebte unangenehm an meinem Rücken. Wie war es möglich, dass mir trotz der kalten Temperaturen so warm war?

»Kann ich dir helfen?«, fragte ich, während Logan nachdenklich die gesammelten Äste und Wrackteile betrachtete.

Er wandte sich mir mit einem freundlichen Lächeln zu. »Nein, danke. Ich muss zuerst überlegen, wie der Unterschlupf aussehen soll und was ich dazu verwenden kann.« Ich schaffte es, etwa zwanzig Sekunden den Mund zu halten, ehe ich die Stille erneut durchbrach. »Glaubst du denn, dass es funktioniert?«

Er lachte leise. »Du bist nicht sehr vertrauensselig, oder? Hast du als Kind nie eine Höhle gebaut?«

Ich schloss die Augen und befand mich plötzlich wieder in dem weitläufigen Garten rings um das Haus meiner Eltern, wo es zahllose Bäume zum Klettern und Hunderte Orte gab, an denen man sich verstecken konnte. Ich war sechs Jahre alt, und es war ein brütend heißer Tag mitten in den Sommerferien.

Kate und ich hatten beinahe den ganzen Nachmittag damit verbracht, einen geheimen Unterschlupf im Schatten einer ausladenden Eiche zu bauen. Genau wie Logan hatten wir gerade gewachsene Äste gesucht, und in einem Anfall von Genialität war ich auf die Idee gekommen, die Bambusrohre aus dem Gemüsegarten meiner Mutter zu holen, die ich meiner großen Schwester wenig später stolz präsentierte.

Ich erinnerte mich noch ganz genau an das entsetzte Kreischen meiner Mutter, als sie einen Blick durchs Küchenfenster warf und sah, dass die Pflanzen, die sie monatelang sorgsam gehegt und hochgezogen hatte, in einem Haufen auf dem Boden lagen. Sämtliche Stiele waren gebrochen. Sie eilte hinaus in den Garten und hielt empört inne, als sie sah, dass wir eine ihrer besten Tischdecken als Dach verwendet und dafür die Ecken mit den spitzen Enden der Bambusrohre durchstoßen hatten. Ich spüre noch heute, wie die Sonne auf meinen Kopf herunterbrannte und ich dennoch vor Scham und Angst zitterte, als sie schließlich losdonnerte: »*Wer von euch war das?*« Ich spürte, wie ich die Hand hob, als wollte ich eine Frage in der Schule beantworten, doch Kate packte sie und drückte sie wieder nach unten. »Das war ich, Mummy. *Ich* hatte die Idee. Und es tut mir wirklich sehr, sehr leid. Schrei Hannah bitte nicht so an, es war nicht ihre Schuld. Sie ist ja noch so klein.«

Die Wucht dieser Erinnerung raubte mir beinahe den Atem. Ich hatte über zwanzig Jahre lang nicht mehr an den Vorfall gedacht. Schon damals hatte Kate auf mich aufgepasst, für mich den Kopf hingehalten und mich beschützt. Ich wurde von dem plötzlichen Verlangen nach meiner Schwester überwältigt und hatte mir noch nie so sehr gewünscht, dass sie bei mir wäre, wie in diesem Moment.

Nachdem er die zur Verfügung stehenden Teile begutachtet hatte, legte Logan systematisch alles zusammen, was notwendig war, um einen Unterschlupf zu bauen.

Ich fragte erneut, ob er meine Hilfe benötigte, doch er warf mir bloß einen langen, prüfenden Blick zu und schüttelte schließlich den Kopf.

»Ich komme schon zurecht«, erklärte er, ehe er hinzufügte: »Ich fange einfach mal an und wir schauen, was daraus wird. Aber es gibt etwas anderes, was du tun könntest.«

Ich wollte schon aufstehen, doch er bedeutete mir, sitzen zu bleiben. »Du könntest mir mehr über dich erzählen, während ich arbeite.«

Das schien mir nicht gerade eine gerechte Arbeitsaufteilung zu sein, doch dann erinnerte ich mich daran, was er vorhin gesagt hatte, als er am Waldrand nach Holz suchte.

»Oh, ja klar. Wegen der Bären.«

Er beugte sich gerade hinunter und griff nach dem längsten und stabilsten Ast in dem Haufen, doch dann hielt er plötzlich inne und warf einen Blick über die Schulter. »Nein. Dieses Mal nicht wegen der Bären. Sondern wegen *mir*.«

Es war tatsächlich sehr viel schwerer als gedacht, mein Leben für ihn zusammenzufassen, ohne William zu erwähnen. Immer wieder brach ich mitten in einem Satz ab und ließ meine Worte in die kalte Bergluft ziehen. Wir waren die letzten fünf Jahre ein Paar gewesen, und es war beinahe unmöglich, ihn aus den anderen Bereichen meines Lebens herauszuhalten, denn seine Anwesenheit und sein Einfluss auf mich zogen sich wie ein Rankengewächs durch mein ganzes Leben.

»Gut, dann lebst du also in London, arbeitest im Marketing, hast ein ausgezeichnetes Gedächtnis und versuchst, sooft es geht, deine Schwester in Kanada zu besuchen«, fasste Logan zusammen, und ich nickte. »Hast du denn noch andere Geschwister oder Familie in England?«

Ich schloss kurz die Augen, ehe ich antwortete. Die Erinnerung an den Tod meiner Mutter vor zwei Jahren trieb mir immer noch die Tränen in die Augen.

»Nein. Inzwischen nicht mehr. Und du? Hast du eine Frau? Eine Freundin? Eltern?«, erwiderte ich, denn ich wollte nicht weiter über die Familie sprechen, die Kate und ich verloren hatten und die wir so schmerzlich vermissten, als hätte uns jemand einen Fuß oder eine Hand amputiert.

»O nein, das lässt du schön bleiben. Du darfst mich nicht einfach ablenken«, erwiderte Logan, der gerade einen Schritt zurückgetreten war, um die sechs senkrechten Äste zu begutachten, die er direkt vor einem großen grauen Felsbrocken in den Boden gerammt hatte. »Wir können später über mich reden. Aber jetzt will ich erst einmal Weiteres über dich erfahren.«

»Aber warum? Ich bin doch ziemlich uninteressant.«

Logan sah mir tief in die Augen. »Wer sagt denn so was? Wer immer es war, er lag damit vollkommen falsch.«

In diesem Moment hörte ich eine andere Stimme in meinem Kopf. Sie sprach mit britischem Akzent, der von einer teuren Ausbildung zeugte, und sagte Worte, die mir damals, in jener Nacht vor so langer Zeit, einen Schauer über den Rücken gejagt hatten: »*Du bist so vollkommen anders als alle Frauen, mit denen ich bisher zusammen war. Und genau das macht dich so interessant und faszinierend, Hannah Truman.*« Ich hatte nicht gewusst, was ich darauf antworten sollte, doch es stellte sich heraus, dass William ohnehin keine Antwort erwartete, denn im nächsten Moment küsste er mich. Es war genau zwei Wochen nachdem wir uns in einer Weinbar kennengelernt hatten, und wir hatten gerade unsere zweite Verabredung hinter uns. Es war nichts Außergewöhnliches gewesen: Pasta und Chianti in einem italienischen Restaurant und danach ein Spaziergang im Mondlicht entlang der Themse. Wir standen auf der Westminster Bridge, und die funkelnden Lichter entlang des Embankments glitzerten auf dem tiefschwarzen Wasser des Flusses. Es war unser erster Kuss, und noch bevor wir uns wieder voneinander lösten, wusste ich, dass William eine sehr wichtige Rolle in meinem Leben spielen würde.

Jetzt spürte ich, wie sich die Erinnerung daran plötzlich in ein spitzes Messer verwandelte, das die Macht hatte, mich zu verletzen, wenn ich es zu fest umklammerte. Also ließ ich es los.

»Gut, und wie soll unsere Unterkunft nun eigentlich aussehen?«, fragte ich, nachdem ich mich hochgestemmt hatte, und legte eine Hand auf einen der senkrecht in die Erde gerammten Äste. Er wirkte überraschend stabil, und Logans Idee, ein Wrackteil zu einem Hammer umzufunktionieren, schien ziemlich effektiv.

»Was willst du denn als Dach verwenden?«, wollte ich wissen, denn es war klar, dass dieses Mal keine Tischdecke zur Verfügung stand.

»Was glaubst du?«, fragte Logan. »Sieh dich doch mal um.«

Ich ließ den Blick über die wenigen Gegenstände schweifen, die bei unserem kleinen Lager auf dem Boden lagen. Meine Umhängetasche und ihr gesamter Inhalt, ein Haufen Brennholz und kleineres Geäst für das Feuer und ein großes Bündel grüner Äste mit Blättern, das bereitlag, um einen Hilferuf abzusetzen, wenn die Zeit gekommen war. Sonst war außer dem Koffer, den wir bereits einige Male durchwühlt hatten, nichts zu sehen, und abgesehen von dem Morgenmantel, in den wir uns in der vergangenen Nacht gewickelt hatten, stach mir darin ebenfalls nichts ins Auge, das als Dach von Nutzen hätte sein können ... Doch dann wurde mir plötzlich klar, was Logan gemeint hatte.

»Meinst du vielleicht den Koffer?«, fragte ich aufgeregt und wandte mich strahlend um, als hätte ich gerade bei einem sehr schwierigen Quiz gewonnen. »Du willst den Koffer als Dach verwenden, nicht wahr?«

Er grinste mich an. »Sehr gut erkannt, Hannah. Jetzt denkst du endlich wie eine Überlebenskünstlerin.«

Wir machten uns gemeinsam daran, den Koffer auseinanderzunehmen. Glücklicherweise hatte Bob offensichtlich Wert auf die Qualität seines Reisegepäcks gelegt, denn der Koffer war sehr stabil. Im Inneren befanden sich zwei getrennte, mit einem Reißverschluss verschließbare Fächer, die wir herausrissen, genauso wie die beiden Verstärkungen aus dickem Karton, die wir von der leichten Glasfaserhülle trennten.

»Entschuldige, Bob«, sagte ich leise.

»Wir kaufen ihm für seine nächste Reise einen neuen Koffer«, versprach Logan, doch dann hielten wir beide plötzlich inne und warfen uns einen intensiven Blick zu. Es bestand durchaus die Möglichkeit, dass Bob – wo auch immer er sich gerade befand – nie wieder einen Koffer benötigen würde, und der kurze Moment der Ungezwungenheit war schlagartig vorüber.

Logan hatte offensichtlich ein hervorragendes Augenmaß, denn der Koffer passte genau auf die senkrechten Stützen. Wir traten einen Schritt zurück und betrachteten unser Werk. Unsere Unterkunft sah irgendwie aus wie eine kleine Gartenlaube und war etwa zwei Meter breit und nicht ganz so hoch. Sie bot nicht gerade viel Platz für zwei überdurchschnittlich große Menschen, und es würde sicher ziemlich eng im Inneren werden, aber es war in jedem Fall besser als nichts. Logan hatte die Hütte klugerweise so ausgerichtet, dass der große Felsbrocken eine stabile Rückwand bildete, so dass nur noch drei offene Seiten übrig blieben.

Wir benutzten das Innenleben des Koffers, um die beiden Seitenwände abzudichten, und verwendeten die kleinen, goldenen Sicherheitsnadeln aus meinem Erste-Hilfe-Täschchen, um den Stoff zu befestigen. Ich murmelte einen lautlosen Dank an Kate, weil sie darauf bestanden hatte, dass ich das Täschchen einpackte, und schickte auch noch ein kurzes »*Ich bin am Leben, und es ist alles okay*« hinterher, bloß für den Fall, dass es tatsächlich eine Art mentale Verbindung zwischen Angehörigen gab – auch wenn ich eigentlich nicht daran glaubte.

Ich stellte mir Kate vor, wie sie auf dem großen, gemütlichen Sofa in ihrem Wohnzimmer saß, das Telefon anstarrte und auf Neuigkeiten wartete. Vielleicht spürte sie gerade in diesem Moment, dass ich an sie dachte, und hörte mich leise flüstern, dass ich am Leben war und mir vorgenommen hatte, es auch zu bleiben, bis wir uns wiedersahen. Gott sei Dank gab es Stephen und Lily, die ihr zur Seite standen und ihr Kraft gaben.

Logan und ich behielten ständig den Himmel im Auge, während langsam die Dämmerung heraufzog. Ich hielt nach Rettungsflugzeugen Ausschau und er nach Sturmwolken, und nachdem keine Flugzeuge, dafür aber umso mehr Wolken zu sehen waren, kamen wir langsam zu dem Schluss, dass wir vermutlich noch eine Nacht in unserem Lager verbringen mussten.

»Sie werden nicht mehr kommen, oder?«

»Nein, heute nicht mehr«, erwiderte Logan. »Aber vielleicht morgen, wenn das Wetter besser ist. Und wenn sie das Suchgebiet erweitern.«

Für meinen Geschmack gab es viel zu viele *Wenn* in seiner Antwort, und ich wollte bereits erneut vorschlagen, uns zu Fuß einen Weg aus unserer misslichen Lage zu bahnen, doch ich wusste, dass ich große Mühe haben würde, ihn davon zu überzeugen, uns in möglicherweise tödliches Gelände zu begeben.

Allerdings war unsere derzeitige Situation ebenfalls nicht ideal, wie mir erneut bewusst wurde, als ich Logan dabei zusah, wie er zwei besonders stabile Äste auswählte. Mit Hilfe zweier Krawatten, die er im Koffer gefunden hatte, befestigte er daran zwei besonders scharfkantige Wrackteile.

Ich musste ihn nicht fragen, was er damit vorhatte. Es war offensichtlich, selbst wenn ich nicht gesehen hätte, wie er ein paar Übungsstöße mit seinem selbstgebastelten Speer ausführte. Ich bezweifelte allerdings ernsthaft, dass ich den Mut und auch die Kraft aufbringen konnte, mich gegen einen Bären zur Wehr zu setzen, und es war nicht sehr realistisch, dass Logan uns beide beschützen konnte. Trotzdem nahm ich den Speer wortlos und mit einem grimmigen Nicken entgegen.

Kurz bevor die Dämmerung endgültig hereinbrach, begann es zu schneien. Zuerst waren es nur einige Flocken, die im Wind um unsere Köpfe tanzten. Wir hatten einen zweiten Wasserbehälter gefunden, und ich hatte freiwillig angeboten, Wasser aus dem See zu holen, es zu kochen und in den zweiten Topf umzufüllen, so dass wir ständig gut versorgt waren. Wir tranken beide so viel wie möglich, doch auch wenn wir auf diese Weise zumindest nicht verdursteten, wurde es immer schwerer, das nagende Hungergefühl zu ignorieren, das das Wasser einfach nicht stillen konnte.

Schließlich löste ich vorsichtig die Folie von unserer nächsten Schokoladenration. »Abendessen«, erklärte ich mit einem verzagten, kaum merklichen Lächeln. Ich legte mir ein Stück auf die Zunge und beschloss, es einfach schmelzen zu lassen, um so viel wie möglich davon zu haben. Es ging doch nichts über ein wenig Abwechslung. Logan hingegen schüttelte den Kopf, als ich ihm seine beiden Stücke hinhielt.

»Nein, nimm du den Rest. Ich bin noch voll vom Mittagessen.«

»Ha, ha. Auf keinen Fall. Die beiden hier gehören dir, also nimm sie auch.«

»Ist schon okay, Hannah. Du kannst sie haben. Du brauchst die Kalorien.«

»Und du etwa nicht?«, erwiderte ich.

»Ich denke, du brauchst sie im Moment mehr als ich. Du siehst ziemlich erschöpft aus.«

Dagegen konnte ich nichts einwenden. Ich war tatsächlich vollkommen kaputt, dabei hatte ich viel weniger getan als er, doch als wir zuvor das letzte Mal die Lichtung überquert hatten und endlich der Meinung gewesen waren, genügend Feuerholz für die Nacht gesammelt zu haben, hatten sich meine Beine wie Gummi angefühlt, und ich musste mich zehn Minuten hinsetzen, ehe das Zittern aufhörte.

Logan griff nach meiner Hand, die ich ihm noch immer ausgestreckt entgegenhielt, und schloss sanft meine Finger um die beiden Schokoladenstücke. Dann sah er mir in die Augen, und ich erkannte nichts als Sorge und Wohlwollen darin.

»Bitte, Hannah. Iss sie einfach.«

Ich merkte, wie wichtig es ihm war, und wusste instinktiv, dass er die Schokolade trotzdem nicht anrühren würde, selbst wenn ich sie jetzt ablehnte. Also nickte ich zögernd.

»Aber wenn ich fett werde, bist du schuld«, erklärte ich und schob mir ein Stück in den Mund.

»Männer mögen dürre Frauen ohnehin nicht besonders«, erwiderte Logan mit einem wissenden Funkeln in den Augen. Ich dachte an die junge Praktikantin, mit der sich mein Freund gerade vergnügte, und die an »fetten Tagen« vermutlich Größe 34 trug.

»Ja, das habe ich auch schon gehört«, erwiderte ich und begann zu kauen.

Wir hatten uns sehr bemüht, unseren Unterschlupf so bequem wie möglich zu gestalten, doch als der Sturm immer stärker wurde, bekam ich tatsächlich Angst, dass die Rettungskräfte am nächsten Morgen bloß noch zwei steifgefrorene Leichen vorfinden würden.

Glücklicherweise war Logan weit positiver eingestellt, was unsere Überlebenschancen anging. Er hatte das Feuer auf etwa das Doppelte seiner ursprünglichen Größe aufgeschichtet, und es befand sich nahe genug am Eingang unseres Unterschlupfs, dass wir die Wärme auch noch im Inneren spüren konnten. Wir beschwerten die beiden Seiten unserer kleinen Baracke mit Steinen, doch der Wind fuhr immer wieder hinein, so dass sie sich aufblähten wie die Segel eines Bootes auf stürmischer See.

Den Boden unserer Höhle hatten wir mit einer dicken Schicht Farnkraut ausgelegt, doch auch wenn es sich etwas bequemer anfühlte, war es nicht mit einer Matratze zu vergleichen, und ich befürchtete ernsthaft, dass wir uns bis zum nächsten Morgen nicht mehr würden rühren können. *Falls wir am nächsten Morgen überhaupt noch am Leben waren*, wie sich die pessimistische Stimme in meinem Kopf zum wiederholten Male zu Wort meldete.

Als ich sah, wie Logan den Morgenmantel aufschüttelte und ihn schließlich wie in der vergangenen Nacht auf dem Boden ausbreitete, fühlte ich mich plötzlich seltsam unsicher.

»Schlafen wir wieder gemeinsam dadrin?«

Logan hob den Kopf. Er kauerte bereits im Unterschlupf und hatte gerade zwei sehr hübsche Hosen zu Kissen gefaltet.

»Ja, natürlich. Es ist die beste Methode, um uns warm zu halten und unsere Körperwärme optimal zu nutzen.«

Ich nickte und erschauderte, als einige Schneeflocken in den Kragen meines geborgten Pullovers fielen. Das Wetter wurde zusehends schlechter.

»Und müssen wir uns wieder ... sollen wir wieder ... ich meine, ist es notwendig, dass ...« Ich spürte, wie ich rot wurde, während ich verzweifelt versuchte, meine Frage zu formulieren, ohne die Wörter »nackt« und »ausziehen« zu verwenden.

Nun funkelten Logans Augen definitiv belustigt auf, während er aus dem Unterschlupf kroch und sich vor mir aufrichtete. »Du willst wissen, ob du deine Klamotten anbehalten darfst?«

Ich nickte und senkte beschämt den Kopf, weil ich so kindisch reagierte, vor allem, wo ich doch bereits eine Nacht in seinen Armen verbracht und dabei ebenfalls nur hauchdünne Unterwäsche getragen hatte. Was zum Teufel spielte es für eine Rolle, was wir anhatten? Immerhin ging es hier ums nackte Überleben. Selbst wenn Logan mir auftragen sollte, mich sofort nackt auszuziehen, sollte ich ihm lieber Folge leisten.

Ich spürte, wie er seinen Finger unter mein Kinn legte und meinen Kopf hob, damit ich ihm in die Augen sah. »Die Klamotten bleiben an. Und zwar so viele wie möglich. Also, lass uns nachsehen, wie viele von Bobs Sachen wir anziehen können, ehe wir aussehen wie Sumo-Ringer, in Ordnung?«

Ich bat Logan, noch einen kleinen Spaziergang zum See zu unternehmen, während ich dem Ruf der Natur folgte, und war letztlich froh darüber, alles erledigt zu haben, bevor ich mich in zwei weitere Pullover gezwängt und eine dicke Jogginghose über meine Jeans gezogen hatte, denn in dieser Aufmachung konnte ich mich kaum noch bewegen, und es war eine ziemliche Herausforderung, auch noch vier Paar Socken überzuziehen. Ich streckte meine Beine aus und betrachtete sie amüsiert. Sie erinnerten mich an Kates während der letzten Wochen ihrer Schwangerschaft.

In diesem Moment trat Logan vor unseren Unterschlupf und schirmte einen Moment lang die Wärme des Feuers ab.

»Bist du fertig?«, fragte er, und ich nickte. »Okay, dann ab ins Bett«, verkündete er, und ich spürte, wie sich mein Herzschlag unwillkürlich beschleunigte. Glücklicherweise war ich so dick eingepackt, dass Logan es sicher nicht bemerkte.

»Soll ich mich hinter dich legen?«

Ich schluckte geräuschvoll und fragte mich, ob er eigentlich bemerkte, wie zweideutig seine Frage geklungen hatte. In diesem Moment sah ich seinen verschmitzten Gesichtsausdruck, und ich musste unwillkürlich lachen. Er hatte es geschafft, dieser vollkommen schrägen Situation die Peinlichkeit zu nehmen. Ich schüttelte den Kopf. Scheinbar war er fähig, seine Mitmenschen äußerst geschickt zu manipulieren. Vielleicht war er ja Politiker. Daran hatte ich noch gar nicht gedacht.

»Nein. Leg du dich lieber vorn hin«, schlug ich vor. »Denn falls irgendetwas …« – wie etwa ein fünfhundert Kilo schwerer Bär mit messerscharfen Zähnen – »… aus dem Wald gestürzt kommt, kannst du dich gleich darüber hermachen.«

»Oder ich werde als Erstes gefressen«, führte Logan eine schreckliche Alternative ins Feld, an die ich noch gar nicht gedacht hatte.

»Nein, das meinte ich nicht, ich meinte …« Als er den ehrlich bestürzten Ausdruck auf meinem Gesicht sah, ließ er sich neben mir auf den Morgenmantel sinken, legte mir einen Arm um die Schulter und drückte mich kurz und beruhigend an sich.

»Keine Sorge, ich weiß, was du gemeint hast. Aber ich bin mir ziemlich sicher, dass wir unsere Ruhe haben werden, solange das Feuer hoch genug brennt.«

Das war in der vergangenen Nacht zwar auch der Fall gewesen, aber ich beschloss, mir vor dem Einschlafen keine weiteren Gedanken darüber zu machen. Stattdessen rutschte ich einfach so weit zurück, bis ich den Felsbrocken im Rücken spürte. So konnte mich wenigstens nichts von hinten packen.

Logan legte sich ebenfalls auf den Mantel und schlang den Stoff um uns, ehe er ihn unter sich feststeckte. Wir lagen so nahe beieinander, dass es unmöglich war, uns nicht aneinanderzuschmiegen. Also beugte ich meine Knie, bis sie sich seinen Beinen perfekt anpassten, und rückte noch näher an ihn heran. William und ich schliefen ebenfalls immer in dieser Stellung, doch obwohl mir die Haltung vertraut vorkam, war es der Mann vor mir ganz und gar nicht. Ich hatte keine Ahnung, was ich mit meinen Armen anstellen sollte, und hielt sie unschlüssig vor meinem Körper, bis Logan nach hinten griff und meinen freien Arm über seinen Oberkörper zog.

»Mein Gott, deine Hände sind ja eiskalt«, stellte er fest und hob sie an seine Lippen, so dass sein warmer Atem meine kalte Haut wärmte. Die Situation hatte etwas sehr Intimes an sich, und als die Nervenenden in meinen gefrorenen Fingern schließlich wieder prickelnd zum Leben erwachten, war ich mir nicht sicher, ob das Blut dafür verantwortlich war oder doch etwas vollkommen anderes.

Kurz nachdem wir uns in unseren Unterschlupf zurückgezogen hatten, wurde der Schneefall erheblich stärker, und die vorhin noch so zarten Flocken verdichteten sich zu scharfkantigen Eiskristallen, die jeden Bürgersteig innerhalb von Sekunden in eine Eislaufbahn verwandelt hätten – und die auch die Kraft hatten, ein Feuer zu löschen. Das ständige Zischen der Schneeflocken, die in die Flammen fielen, stellte jedenfalls sicher, dass wir beide keinen Gedanken mehr ans Einschlafen verschwendeten. Dafür zu sorgen, dass das Feuer weiterbrannte, hatte nun oberste Priorität, denn die Flammen sorgten schließlich nicht nur dafür, dass wir nicht erfroren, sondern hielten auch wilde Tiere ab, die womöglich bereits auf ein paar ungewöhnliche Leckerbissen warteten.

»Ich übernehme die erste Wache«, bot Logan an und sah gleich nach, ob sich die Abdeckung, die wir über unserem Feuerholz ausgebreitet hatten, noch an Ort und Stelle befand. »Ruh dich ein wenig aus, Hannah.«

»Aber nur, wenn du mir versprichst, nicht irgendeinen Macho-Scheiß abzuziehen und mich die ganze Nacht schlafen zu lassen.«

»Nein, dazu bin ich viel zu egoistisch«, widersprach Logan, doch sein Tonfall verriet mir, dass er genau das vorgehabt hatte.

»Ich bin zwar von keinem großen Nutzen, wenn es darum geht, ums Überleben zu kämpfen, aber ich habe durchaus Übung darin, die ganze Nacht wach zu bleiben«, erklärte ich, und meinem Tonfall war leider nur allzu deutlich anzuhören, dass ich in letzter Zeit einige schlaflose Nächte verbracht hatte.

Logans Antwort war so leise, dass seine Worte beinahe von dem immer stärker werdenden Sturm davongetragen wurden. »Ich weiß zwar nicht, was er dir angetan hat, aber er ist es definitiv nicht wert, Hannah.«

Ich versteifte mich, und Logan spürte wohl, dass ich mich innerlich zurückzog und instinktiv von ihm fortrückte.

»Es tut mir leid«, entschuldigte er sich, noch bevor ich die Gelegenheit hatte, etwas zu sagen oder jemanden zu verteidigen, den ich gar nicht verteidigen wollte. »Das war absolut unpassend. Die Sache geht mich wirklich nichts an, bitte entschuldige.«

Ich schwieg, denn ich wusste nicht, was ich darauf erwidern sollte.

»Aber nur fürs Protokoll: In einem Punkt irrst du dich gewaltig«, fuhr Logan fort.

Ich hatte mich in letzter Zeit in so vielen Dingen geirrt, dass es schwer zu sagen war, worauf er anspielte.

»Du hast gesagt, dass du von keinem großen Nutzen bist, wenn es ums Überleben in der Wildnis geht, aber mir war vom ersten Moment an klar, dass du die geborene Kämpferin bist, Hannah.« Und mit dem Gedanken an diese sonderbaren Worte schlief ich schließlich ein.

Für jemanden, der vorgab, aufgrund von Beziehungsproblemen unter Schlaflosigkeit zu leiden, gelang es mir beschämend gut, eine ganze Zeit lang durchzuschlafen, doch meine Sorge, meine Pflicht zu versäumen, mich um das Feuer zu kümmern, ersetzte schließlich jeden Wecker. Es ist schon seltsam, wie der menschliche Körper funktioniert, denn ich wachte tatsächlich, einige Sekunden bevor Logan mich sanft an der Schulter berührte, von selbst auf.

»Jetzt bist du an der Reihe«, meinte er verschlafen und ließ sich auf unsere Matratze aus Farnkraut sinken. »Ich kann kaum noch die Augen offen halten«, fuhr er fort, und seine Worte gingen in einem gigantischen Gähnen unter.

Ich kämpfte mich unter dem Morgenmantel hervor und kletterte über seine Beine, um noch ein paar Äste ins lodernde Feuer zu werfen. Logan hatte sich gut darum gekümmert, und obwohl der Sturm den Schnee in weißen Wolken um unseren

Unterschlupf tanzen ließ, spürte ich dennoch die Wärme der Flammen. Da ich Angst hatte, womöglich einzuschlafen, legte ich mich nicht wieder zu Logan, sondern setzte mich stattdessen neben seine Füße, zog die Beine hoch und schlang die Arme darum, um mich warm zu halten.

»War alles ruhig?«, fragte ich und hielt auf der Schneedecke vor unserem Unterschlupf nach unwillkommenen Pfotenabdrücken Ausschau.

»Ja und nein«, erwiderte Logan verschlafen. »Dein Schnarchen war jedenfalls laut genug, um sogar die entschlossensten Bären von uns fernzuhalten.«

Ich spürte, wie meine Wangen rot wurden, und wusste nicht, ob das Feuer oder vielleicht doch Logans Worte daran schuld waren. Ich starrte in die Flammen, als plötzlich eine Erinnerung daraus emporstieg.

»Du schnarchst«, hatte William am Morgen nach unserer ersten gemeinsamen Nacht erklärt. Es war ein großer Schritt für mich gewesen, mich derart an ihn zu binden. Wir hatten nicht so lange gewartet, wie ich eigentlich vorgehabt hatte, aber es war trotzdem einige Wochen länger gewesen, als er es sich gewünscht hatte.

Diese erste Nacht war jede Sekunde wert gewesen, auch wenn ich mich unsicher und irgendwie fehl am Platz fühlte, als ich am nächsten Morgen in dem riesigen Bett und den ungewohnt seidigen Laken erwachte. War es in Ordnung, dass ich über Nacht geblieben war, oder hätte ich mich davonschleichen sollen, während er schlief? Wie verhielten sich coole, selbstbewusste Frauen in solchen Situationen? Ich hatte keine Ahnung, denn ich war weder cool noch selbstbewusst. William hatte mich vollkommen in den Bann gezogen, und alles an ihm wischte meine übliche Vorsicht und Zurückhaltung und sämtli-

che Hemmungen beiseite. Und als wir uns in der Nacht schließlich geliebt hatten, musste ich mir tatsächlich auf die Lippe
beißen, um nicht jene drei Worte auszusprechen, für die es
noch viel zu früh war.

»Also wirklich«, hatte William gesagt, bevor er sich zu mir
beugte und einen sanften Kuss auf meine immer noch ge-
schwollenen Lippen drückte. »Ich hätte nie gedacht, dass ich
mich einmal in eine Frau verlieben würde, die schnarcht.«

Logan schlief, ohne sich ein einziges Mal zu bewegen oder
ein Geräusch von sich zu geben, und ich verbrachte sehr viel
mehr Zeit meiner Wache damit, ihn anzusehen und mir Gedanken über ihn zu machen, als gut für mich war. Seltsamerweise wirkte er im Schlaf sogar noch attraktiver und jünger als
sonst, aber ich vermisste das Funkeln seiner grünen Augen und
die Art, wie sich kleine Fältchen um seine Augenwinkel bildeten, wenn er lachte. Er hatte die Lippen ein wenig geöffnet, und
sie wirkten ohne das aufmunternde Lächeln, mit dem er mich
den ganzen Tag über bedacht hatte, irgendwie fremd. Ich fragte
mich, ob er eigentlich immer so positiv und optimistisch war.
Oder gehörte er womöglich zu jenen Leuten, die angesichts einer Notlage erst richtig über sich hinauswuchsen?

Es war, als hätte Logan etwas von meinen Gedanken mitbe-
kommen, denn plötzlich bewegte er den Kopf auf dem behelfsmäßigen Kissen hin und her und runzelte die Stirn. Das Verlangen, die Hand auszustrecken und die Falte zwischen seinen
Augen fortzuwischen, war überraschend stark – und auch ziemlich unangemessen.

Vielleicht war er verheiratet. Und womöglich wartete irgendwo seine Frau verzweifelt auf die Nachricht, dass er den Absturz
überlebt hatte. Er trug zwar keinen Ring, aber das musste nichts
bedeuten. Entgegen jeglicher Vernunft gefiel mir der Gedanke,

dass er zu jemand anderem gehörte und womöglich Teil einer Familie war, ganz und gar nicht. Ich wollte, dass er nur für mich existierte, während wir hier gemeinsam nach einem Ausweg aus unserer gefährlichen Lage suchten. Der Gedanke, dass wir beide in der realen Welt vollkommen andere Leben führten, war beunruhigend und verwirrend. Deshalb schwor ich mir, Logan schon morgen Antworten auf die Fragen zu entlocken, denen er bis jetzt so geschickt ausgewichen war.

Ich bemerkte gar nicht, dass ich eingedöst war, bis schließlich ein Heulen durch den Nebel drang, der sich wie ein Tuch über mich gebreitet hatte. Ich richtete mich ruckartig auf und merkte, dass meine Unterschenkel vollkommen taub waren, da ich stundenlang unbeweglich in der Kälte gesessen hatte. Mein Blick schoss zunächst zum Waldrand, wo unser letzter Angreifer verschwunden war, und dann zu dem felsigen Gelände am anderen Ende der Lichtung, von wo das Geräusch gekommen war.

Das Heulen erklang erneut, und ich erkannte erleichtert, dass es noch nicht allzu nahe war. Ich tastete blind nach einem der Speere, die Logan zu beiden Seiten des Eingangs abgelegt hatte, doch noch während sich meine Finger um den dicken Ast schlossen, sah ich etwas, das mir noch mehr Angst einjagte als das Heulen in der dunklen Nacht.

Das Feuer war beinahe ausgegangen.

Wie konnte ich nur so dumm sein? Ich ließ den Speer sinken, und er fiel mit einem Klappern zu Boden, während ich bereits nach einer Hand voll trockener Flechten griff, die wir gesammelt hatten.

Meine Hände zitterten, als ich die Flechten zusammen mit einigen Blättern auf den langsam verlöschenden Glutnestern verteilte, die alles waren, was von dem Feuer, auf das ich hätte aufpassen sollen, noch übrig war.

Ich beugte mich nach unten und blies sanft in die glühende Asche. Mir fiel nicht einmal auf, dass ich laut mit dem Feuer sprach. »Bitte. Bitte geh nicht aus. Bitte fang wieder an zu brennen.«

Ich blies erneut in die Glut, doch mein Atem ging viel zu unruhig, während mir Tränen der Angst über die Wangen liefen. Logan hatte mir bloß eine einzige Aufgabe übertragen, um unser Überleben zu sichern – und ich hatte es vollkommen vermasselt.

»Beruhige dich«, hörte ich plötzlich seine Stimme hinter mir. »Du tust genau das Richtige. Mach einfach weiter.«

Ich hob den Blick. Ich hatte gar nicht bemerkt, dass Logan aus dem Unterschlupf gekrochen war und sich auf der gegenüberliegenden Seite der Feuerstelle auf den Boden gekauert hatte. Sein Gesicht befand sich ebenfalls auf einer Höhe mit den angesengten Ästen, die längst nicht mehr orangerot glühten. Ich griff blind nach einer weiteren Hand voll Flechten und berührte dabei Logans Finger, der gerade dasselbe vorgehabt hatte. Gemeinsam warfen wir die Flechten auf das immer noch warme Holz.

»Ganz sanft«, befahl Logan, der die Lippen gespitzt hielt, als wolle er das Feuer mit einem Kuss wieder zum Leben erwecken. »So, als würdest du Seifenblasen machen.« Ich nickte und erkannte sofort, was ich falsch gemacht hatte. Ich schloss die Augen, um sie von der Asche zu schützen, die aufgewirbelt wurde, während wir beide sanft auf die trockenen Flechten bliesen.

»Wünsch dir etwas«, forderte Logan mich auf.

»Ich wünsche mir, dass das Feuer wieder zum Leben erwacht.«

In diesem Moment hörte ich ein Knacken, und eine winzige Flamme tauchte zwischen uns auf.

»Schon geschehen«, erwiderte Logan und hob langsam den Kopf. »Auch wenn man seine Wünsche eigentlich nicht laut aussprechen darf.«

Dann begann er, vorsichtig dünne Zweige aufzuschichten. Die kleine Flamme stürzte sich sofort hungrig auf sie, und Logan lächelte zufrieden, während ich neues Holz nachlegte.

»Es tut mir leid, dass ich mich nicht gut genug um das Feuer gekümmert habe«, sagte ich zerknirscht.

»Kein Problem«, antwortete er und ließ mich damit meiner Meinung nach viel zu leicht vom Haken.

Wir saßen Schulter an Schulter im Eingang unseres Unterschlupfs und hatten den Morgenmantel über uns ausgebreitet, während das Feuer wieder zu seiner ursprünglichen Stärke zurückkehrte. Bereits nach kurzer Zeit spürte ich, wie meine Augen langsam zufielen, und irgendwie fühlte es sich plötzlich gar nicht mehr seltsam an, den Kopf an Logans starke Schulter zu lehnen. Sein Arm glitt um meine Taille, und er drückte mich an sich, als wollte er mir Halt geben. Es hätte sich unbequem und unnatürlich anfühlen sollen, doch irgendwie tat es genau das Gegenteil, und schließlich schlief ich ein.

Tag drei

Irgendwann während ich schlief, musste Logan von mir abgerückt sein und mir eines der behelfsmäßigen Kissen unter den Kopf geschoben haben, denn als ich erwachte, lag ich an den Felsbrocken gedrückt am hinteren Ende unseres Unterschlupfs.

Logan stand unten beim See und hatte den Blick in den wolkenverhangenen Morgenhimmel gerichtet. Ich kroch aus unserer kleinen Baracke, und sämtliche Muskeln und Gelenke in meinem Körper schrien empört auf.

Trotzdem humpelte ich steif zu Logan und sah ebenfalls hoffnungsvoll in den Himmel empor, obwohl mir die Stille, die über der schneebedeckten Lichtung hing, eigentlich bereits verraten hatte, dass keine Flugzeuge in der Nähe unterwegs waren.

Logan streckte die Hand aus und drückte beruhigend meine Schulter, als hätte er meine Gedanken gelesen. »Bloß weil wir sie nicht sehen können, heißt das nicht, dass sie nicht nach uns suchen.«

Ich nickte, denn es war noch zu früh am Morgen, um bereits alle Hoffnung aufzugeben. Schließlich musste ich mir etwas für den restlichen Tag aufheben. Ich hatte einen unserer Wasserbehälter mitgebracht und begann, ihn mit Wasser zu füllen.

»Gut, dann mache ich jetzt mal Frühstück«, erklärte ich, doch es klang bei weitem nicht so witzig wie geplant.

Dieses Mal sorgte ich dafür, dass Logan seinen Schokoladenanteil auch tatsächlich aß. Anschließend saßen wir einträchtig nebeneinander und nippten an dem heißen Wasser.

Logan wartete, bis wir beide so viel getrunken hatten wie nur irgendwie möglich, ehe er sich auf dem flachen Stein zurücklehnte, den er als Sitzgelegenheit nutzte.

»Wir müssen unseren Vorrat an Brennholz aufstocken und unsere SOS-Nachricht ausgraben, sie ist unter dem ganzen Schnee nicht mehr zu sehen.«

Ich runzelte die Stirn, während ich den Blick über die makellose Oberfläche der schneebedeckten Lichtung gleiten ließ. Der Schnee hatte wirklich alles unter sich begraben, nicht nur unsere Botschaft, sondern auch die restlichen Wrackteile. Aus der Luft sah es vermutlich so aus, als sei hier nie ein Mensch gewesen. Und wenn es in der kommenden Nacht wieder schneite, würden wir morgen erneut alles ausgraben müssen. Es war wie in dem Film »Und täglich grüßt das Murmeltier« – wenn auch weitaus weniger lustig.

»Logan, ich glaube wirklich, wir sollten versuchen, von hier wegzukommen. Womöglich sind wir kilometerweit von der anderen Absturzstelle entfernt, und in Wahrheit können wir nicht einmal sicher sein, ob die Rettungsflugzeuge über dieses Gebiet fliegen.«

Logan schüttelte den Kopf, doch mittlerweile schien er ein wenig unsicher. »Ich glaube immer noch, dass es das Beste ist, hier beim Wrack zu bleiben.«

»Aber wir können es unter dem Schnee ja *selbst* nicht mehr sehen, wie soll es dann ein Rettungsflugzeug entdecken?«, erwiderte ich. »Außerdem ist diese Lichtung auch nicht gerade der sicherste Ort für uns. Ich meine, wir wissen bereits, dass sich Bären in der Nähe aufhalten, und letzte Nacht haben ich Wildhunde oder Kojoten oder sonst etwas in den Bergen heulen gehört.«

Logan brauchte einen Augenblick zu lange, um die offensichtliche Sorge in seinem Blick zu verbergen. »Wie bitte? *Was* hast du gehört?«

»Hunde?«, meinte ich vorsichtig. »Oder vielleicht Kojoten?«

Er schüttelte den Kopf. »Hier gibt es keine Kojoten. Dafür sind wir viel zu weit im Norden.« Er zuckte hilflos mit den Schultern. »Glaube ich zumindest.«

»Und was war es dann? Was habe ich dann gehört?«

Er sah mir eindringlich in die Augen, um mir zu verstehen zu geben, dass ich ganz genau wusste, worum es sich gehandelt hatte, und natürlich wusste ich es. Ich wusste es – ich wollte es bloß nicht wahrhaben.

»Wölfe«, flüsterte ich leise, als würde sich bereits ein ganzes Rudel hinter dem nächsten Felsen verstecken und zuhören, wie ich über sie sprach.

Logan seufzte besorgt. »Dann können wir nur hoffen, dass wir uns nicht zufällig in ihrem Jagdrevier aufhalten«, erklärte er düster.

»Und woher sollen wir das wissen?«

Er zuckte erneut mit den Schultern. »Keine Ahnung.«

Unsere SOS-Botschaft auszugraben dauerte sehr viel länger als erwartet. Es war wahnsinnig anstrengend für den Rücken, und obwohl ich anstatt Handschuhen ein Paar von Bobs Socken an den Händen trug, waren meine Finger schon taub und gefroren, ehe wir die Hälfte ausgegraben hatten. Logan warf einen besorgten Blick in meine Richtung, als ich die nassen Wollsocken von meinen Fingern zog.

»Ist dir warm? Und schwitzt du?«

Ich rümpfte die Nase, denn das roch man wohl eindeutig.

»Gut«, antwortete er. »Dann steck die Hände unter deine Achseln.«

»Igitt«, erwiderte ich.

»Da kannst du sie am besten aufwärmen. Oder willst du sie vielleicht unter meine stecken?«, bot er amüsiert an. Anstatt darauf einzugehen, verschränkte ich lieber die Arme vor der Brust und steckte mir die Hände unter die Achseln, wie Logan es vorgeschlagen hatte. Selbst durch den dicken Pullover spürte ich, dass sie sofort wieder warm wurden.

»Besser?«

»Ja, auf alle Fälle«, bestätigte ich. »Auf die Idee hätte ich wirklich selbst kommen können. Aber du hast ja dauernd die besten Einfälle. Und wo wir schon dabei sind: Womit verdienst du eigentlich deinen Lebensunterhalt? Ich zerbreche mir nämlich schon die ganze Zeit den Kopf darüber, welcher Beruf zu dir passen könnte.«

»Wie ich mit achtzehn«, erwiderte er lachend.

Ich mochte sein Lachen und die Art, wie er den Kopf dabei in den Nacken legte und sich scheinbar keine Gedanken darüber machte, wie er auf andere wirkte. Irgendwie hatte ich den Eindruck, dass das seine Art zu leben war. Es schien ihm absolut nicht wichtig, ob er die richtige Uhr und den richtigen Anzug trug, das richtige Auto fuhr und in den richtigen Restaurants aß. Es war erfrischend und unterschied sich sehr von dem, woran ich mich mittlerweile gewöhnt hatte. Und es erinnerte mich daran, wie ich vor langer, langer Zeit gewesen war.

»Bist du verheiratet, Logan?«

Wow. Das Lachen versiegte sofort.

»Wie kommst du jetzt auf einmal darauf?«, fragte er, doch seine Augen funkelten immer noch amüsiert.

Ich zuckte mit den Schultern, was unerwartet schwer ist, wenn gerade die Hände unter den Achseln klemmen.

»Keine Ahnung, ehrlich gesagt. Ich weiß bloß überhaupt nichts über dich, abgesehen von deinem Namen und der Tatsache, dass du von Kanada in die USA unterwegs warst und Mitleid mit einer einsamen, verängstigten Mitreisenden hattest, mit der du schon vor dem Abflug schamlos geflirtet hast.«

Bei meinen letzten Worten wurde ich plötzlich furchtbar rot und wäre am liebsten im Boden versunken. Logan hingegen blieb wie immer in solchen peinlichen Situationen überaus charmant.

»Ja, das habe ich, nicht wahr?«

Ich lächelte schüchtern. »Und ich auch, nehme ich an.«

Er nickte ernst. »Auf alle Fälle. Es war geradezu schockierend«, erwiderte er, und hätten meine Hände nicht festgesteckt, hätte ich ihm dafür wohl einen Schubs verpasst. Stattdessen begnügte ich mich damit, ihn mit der Schulter anzurempeln.

Ich mochte diese Seite an ihm. Das unkomplizierte Geplänkel und seinen Humor. Doch ich würde mich dadurch nicht von meinem Vorhaben abbringen lassen, mehr über ihn zu erfahren.

»Weißt du was? Wir könnten einander doch mal fünf Fragen stellen. So wie bei ›Wahrheit oder Pflicht‹, bloß ohne Pflicht. Alles, was du willst. Ohne Einschränkungen.«

Er sah mich fragend an, doch schließlich zuckte er mit den Schultern. »Okay, du zuerst.«

»Single oder vergeben?«

»Im Moment Single«, erwiderte er leichthin.

»Ehrlich? Das überrascht mich. Absichtlich oder situationsbedingt?«

»Ist das deine zweite Frage?«

»Nein«, erwiderte ich schnell. »Es hätte mich bloß interessiert.«

»Schummeln verboten!«, warnte er, während wir zum Waldrand aufbrachen, um dort nach Feuerholz zu suchen.

»Wie auch immer, jetzt bin ich dran. Filet Mignon oder Hamburger?«

Ich schnaubte überrascht. Offensichtlich war sein Interesse an mir eher oberflächlich.

»Also?«, drängte er.

Ich dachte an die vielen teuren Restaurants, in die William mich in den letzten fünf Jahren ausgeführt hatte. Restaurants, in denen einem bereits der Preis einer Vorspeise den Appetit verdarb. Restaurants, die sich nur Besitzer von goldenen Kreditkarten leisten konnten.

»Auf alle Fälle Hamburger«, erwiderte ich entschlossen. »Und zwar mit einem riesigen Haufen Fritten und viel Ketchup.«

»Das ist mein Mädchen«, erwiderte Logan begeistert. »Du lieber Himmel, unsere Kinder werden das Zeug in sich hineinstopfen!«

Ich lachte über den Scherz, den er ja zuvor schon einmal gemacht hatte, doch in diesem Moment erinnerten wir uns wohl beide, *wann* das gewesen war, und wir wechselten einen ernsten Blick.

»Was machst du beruflich?«

»Ich bin Architekt.«

»Ah!«, erwiderte ich, als hätte mir gerade jemand die Lösung eines besonders kniffligen Kreuzworträtsels verraten. »Ich glaube, das stand nicht auf meiner Liste.«

»Nicht einmal, nachdem ich uns dieses wunderbare Haus gebaut habe? Ich fühle mich in meiner beruflichen Ehre gekränkt. Okay. Jetzt ich. Was war dein Kindheitstraum?«

»Eine eigene Bäckerei zu haben.« Ich schlug mir die Hand vor den Mund. »Mein Gott, ich kann nicht glauben, dass ich das jetzt wirklich gesagt habe! Ich hab seit Jahren nicht mehr daran gedacht.«

»Du kannst also backen?«, fragte Logan. »Warum hast du das nicht gleich gesagt? Ich hatte ja keine Ahnung, dass du mehr draufhast, als Wasser mit einem Stückchen Schokolade zu kochen.«

»Ha, ha«, erwiderte ich und lächelte traurig. »Ich glaube schon, dass ich noch backen kann ... ich komme bloß kaum noch dazu.« *Kaum noch* hieß in diesem Fall allerdings eher: nie.

»Warum denn das? Wenn es dir Spaß macht und du gut darin bist?«

»Ich war wohl zu beschäftigt mit der Arbeit und anderem Kram«, erwiderte ich mit einem Schulterzucken. Dabei konnte ich mich noch ganz genau an die letzte Torte erinnern, die ich gebacken hatte.

Es war zwei Jahre her, und ich wollte William zum Geburtstag überraschen. Ich hatte beinahe den ganzen Nachmittag gebraucht, und er tat so, als wäre er hocherfreut, küsste mich und meinte, ich würde nach Schokoglasur schmecken – doch letztlich aß er nicht einmal ein kleines Stück davon. Und als wir schließlich am Abend mit Freunden feierten, erzählte er jedem, dass ich eine Torte gebacken hatte, für die er mindestens eine Woche im Fitnessstudio würde schuften müssen, um sie wieder abzutrainieren.

Am nächsten Tag nahm ich die Torte mit ins Büro, und als mich jemand fragte, ob ich sie selbst gebacken hätte, verneinte ich und erwiderte, ich hätte sie gekauft. Ich fand nie heraus, warum ich das Gefühl gehabt hatte, lügen zu müssen.

»Vielleicht sollten wir beide unser Leben noch einmal überdenken, wenn wir diese Sache hier überstanden haben. Vielleicht braucht es eine Ausnahmesituation wie diese hier, dass man sich das Leben, das man führt, einmal genauer ansieht und sich überlegt, ob man eigentlich dort ist, wo man immer hinwollte.«

»Bist du es denn? Bist du dort, wo du immer hinwolltest?«

»Jetzt gerade?«, fragte er und ließ seinen Blick über die schneebedeckte Lichtung schweifen. »Wohl eher nicht.« Er wirkte einen Augenblick lang nachdenklich, dann sah er mir wieder in die Augen. »Aber im Grunde genommen, ja. Ich denke, ich bin genau da, wo ich sein sollte.«

Und darum beneidete ich ihn. Ich beneidete ihn um das Wissen, dass sämtliche Teile an ihren Platz gefunden hatten, als sei das Leben ein riesiges Puzzle. Ich dachte früher auch, dass meine Zukunft bereits feststand. Ich wusste, wohin ich unterwegs war und wer mich auf meiner Reise begleiten würde. Doch die Ereignisse der letzten Monate hatten gezeigt, dass es keine Garantie gab. Und es war noch immer demütigend, dass ich die Letzte gewesen war, die erkannt hatte, dass meine Zukunft sich nicht so gestalten würde wie von mir geplant.

»Wo fühlst du dich zu Hause?«, fragte ich, um zu unserem Frage-und-Antwort-Spiel zurückzukehren.

»Ah, das ist schwierig«, erwiderte Logan mit einem schiefen Grinsen. »Ich wurde in Kanada geboren, habe meine Kindheit in Australien verbracht und bin in den USA aufs College gegangen.«

Das erklärte zumindest den seltsamen Akzent, den ich nicht hatte zuordnen können.

»Aber wenn ich einen Ort auswählen müsste, würde ich mich für Kanada entscheiden ... denn dort lebt Sadie.«

Seine Antwort hatte einen seltsamen Effekt auf mich. Ich hielt in meinen Bewegungen inne und richtete meine Aufmerksamkeit sorgsam auf die Äste und Zweige in meinen Armen, bis ich sicher war, dass nichts an meinem Gesichtsausdruck auf den seltsamen kleinen Stich deutete, den ich gerade verspürt hatte und den ich – hätte ich es nicht besser gewusst – wohl als Eifersucht bezeichnet hätte.

»Dann gibt es also doch jemand Besonderes in deinem Leben?«

Er hob die Augenbrauen, und ich erkannte, dass ich zwar vorgehabt hatte, interessiert zu klingen, mich dabei aber wohl eher wie eine Polizistin beim Kreuzverhör angehört hatte.

»Sadie ist mein Hund«, erwiderte Logan und musterte mich dabei neugierig. Ich gab mein Bestes, um nicht erleichtert auszusehen, und ich denke, es gelang mir einigermaßen gut.

»Sie ist ein fünf Jahre alter sibirischer Husky und käme vermutlich sehr viel besser mit unserer momentanen Situation klar als wir beide. Ich bin in letzter Zeit beruflich viel unterwegs gewesen, und deshalb lebt sie im Moment bei meiner Mom, die nach dem Tod meines Vaters nach Kanada zurückgekehrt ist, um in der Nähe ihrer Schwestern zu sein.«

Diese eine Frage hatte mir mehr über Logan verraten, als ich bis dahin herausgefunden hatte. Und es gefiel mir. Offensichtlich war ihm seine Familie wichtig, und er stand seiner Mutter sehr nahe. Und damit nicht genug, liebte er auch noch Hunde. Also echt, hatte dieser Mann denn *gar keine* Fehler?

»Bist du eher ein Hunde- oder ein Katzenmensch? Ich nehme an, du bist mit vielen Tieren aufgewachsen, da du deine Kindheit auf dem Land verbracht hast?«

»Ja, das stimmt«, erwiderte ich lächelnd und dachte liebevoll an all die pelzigen Familienmitglieder zurück, die wir im Laufe der Jahre geliebt und verloren hatten. »Und ich hätte vermutlich auch jetzt noch ein Haustier, wenn es unser Mietvertrag nicht ausdrücklich untersagen würde.«

Doch selbst wenn das nicht der Fall gewesen wäre, war es schwer vorstellbar, dass ein Hund oder eine Katze die klaren, in Schwarz-Weiß gehaltenen Konturen unserer Wohnung in den Docklands durcheinanderbrachte. William hatte kurz vor unserem Einzug einen Innenarchitekten engagiert – auch wenn ich eigentlich dagegen gewesen war –, der wirklich tolle Arbeit geleistet hatte. Vorausgesetzt, man wollte in einer Wohnung leben, in der es lediglich Schwarz und Weiß gab. Trotz der Farbtupfer, die ich über die Jahre hineingeschmuggelt hatte, hatte ich immer noch das Gefühl, dass die Wohnung selbst sehr viel glücklicher gewesen wäre, wenn ich mich nicht auf dem weißen Ledersofa niedergelassen hätte, die schwarze Küche mit der Arbeitsplatte aus Marmor benutzt oder in dem Bett mit den seidigen Laken geschlafen hätte. Und nach allem, was in letzter Zeit passiert war, bestand durchaus die Chance, dass die Wohnung letztlich ihren Willen bekam.

»Aha!«, bemerkte Logan und klang dabei so misstrauisch wie Sherlock Holmes, der gerade auf eine heiße Spur gestoßen war.

»Aha – und weiter?«

»Du hast von *unserem* Mietvertrag gesprochen. Das heißt also, ihr lebt zusammen ... du und der Kerl, vor dem du davonläufst?«

»Na ja, ich reise viel und hatte niemanden, der auf ihn aufpasst, während ich unterwegs bin, also ... ja.« Ich weiß, Sarkasmus ist eine sehr ungebührliche Eigenschaft, aber er war leider stets meine erste Reaktion, wenn ich mich in die Enge getrieben oder unwohl fühlte.

Logan trug es mit Fassung und auch mit Humor. »Okay, tut mir leid. Jetzt erinnere ich mich wieder. Du willst nicht über ihn reden.«

»Es tut mir leid, Logan. Ich wollte nicht grob sein. Aber ich habe in den letzten fünf Wochen mit Kate über nichts anderes gesprochen. Und nun habe ich einfach das Gefühl, als gäbe es nichts mehr zu sagen.«

»Gut, aber wenn du deine Meinung änderst oder einmal eine männliche Sicht der Dinge hören willst, dann sag es. Ich bin ein ziemlich guter Zuhörer.«

Ich lächelte, um ihm zu zeigen, dass ich sein Angebot durchaus zu schätzen wusste. »Ja, das bist du ganz bestimmt.«

»Also, nach meinen Berechnungen hast du noch eine Frage. Wähle sie mit Bedacht«, meinte er feierlich.

Ich wusste, dass er sich etwas Alltägliches erwartete, doch plötzlich interessierte es mich nicht mehr, welches sein Lieblings-Baseballteam war und ob er lieber Tee oder Kaffee trank. Selbst seine Lieblingsstellung beim Sex war nicht von Belang.

»Werden wir hier draußen sterben, Logan?«

Er ließ die Zweige fallen, die er im Arm hatte, und zupfte an meinem Ärmel, so dass ich meine Ladung ebenfalls losließ. Dann zog er mich an sich, umarmte mich und legte sein Kinn auf meinen Scheitel – was eine vollkommen neue Erfahrung für eine Frau meiner Größe war.

Logans Antwort kam ohne zu zögern und war unmissverständlich. »Nein, das werden wir nicht, Hannah. Nicht, wenn es nach mir geht. Du und ich werden das hier überleben.«

Ich nickte an Bobs wattierter Jacke. Wir hatten den Saum ein wenig aufgetrennt, damit sie über Logans breite Schultern passte, aber ich nahm an, dass unser Gönner nichts dagegen haben würde.

»Aber ich habe nachgedacht«, fuhr Logan fort, und sein warmer Atem strich über meine Stirn, während er in meine zerzausten Haare sprach. »Vielleicht hast du recht, und wir sollten uns wirklich ein wenig in der Gegend umsehen, sobald wir genügend Holz ins Feuer geworfen haben.«

Ich bin kein Mensch, der anderen gern unter die Nase reibt, dass er es ihnen ja gleich gesagt hat, doch diese Situation schrie geradezu danach.

Logan löste sich von mir und bückte sich, um das Feuerholz wieder aufzuheben, und ich half ihm.

»Was glaubst du, wie albern wir uns vorkommen werden, wenn wir entdecken, dass sich gleich hinter dem nächsten Hügel ein Fünf-Sterne-Ski-Resort befindet?«, fragte er mit einem Funkeln in den Augen.

Es fiel mir schwer, mich von dem wärmenden Feuer zu entfernen, obwohl es meine Idee gewesen war.

»Vermutlich bleiben gerade mal zwei Stunden, bis es schon wieder zu dämmern beginnt. Vielleicht sogar weniger«, erklärte Logan. »Wir müssen also nach spätestens fünfundvierzig Minuten umkehren, egal, ob wir etwas gefunden haben oder nicht.«

Ich war überrascht, wie viel Angst es mir plötzlich einjagte, die scheinbare Sicherheit unseres einfachen Quartiers hinter mir zu lassen. Und es wurde auch nicht besser, als Logan mir feierlich einen unserer beiden Speere überreichte.

Wir stapften schweigend durch den frischen Pulverschnee, der so hoch war, dass er oben in meine knöchelhohen Turnschuhe fiel.

»Und was machen wir, wenn wir uns verirren?«, fragte ich, während wir uns immer weiter vom See entfernten und mich langsam die Panik packte. »Wie finden wir je wieder hierher zurück?«

Logan lächelte und drehte mich sanft um, so dass ich unsere Fußabdrücke im Schnee sehen konnte. Meine eigenen – ebenfalls nicht gerade kleinen – Abdrücke wirkten neben Logans beinahe zwergenhaft. In diesem Moment fiel mir plötzlich ein Ratschlag ein, den Kate mir einmal gegeben hatte: »Such dir einen Mann, der dich gut behandelt und der gute Zukunftsaussichten, ein gut gefülltes Bankkonto und riesige Füße hat!« Ich erkannte mit einem Lächeln, dass Logan alle diese Vorgaben erfüllte, auch wenn Kates Meinung nach im Moment ohnehin *jeder* Mann besser zu mir passte als William.

Ich entdeckte das Ding einige Sekunden vor Logan, packte seinen Arm und schnappte so laut nach Luft, dass es in der schneebedeckten Landschaft beinahe ohrenbetäubend klang.

»Was ist das?«, fragte ich, und meine Stimme war bloß noch ein angsterfülltes Quieken. Ich deutete zitternd auf das Teil, das hoch oben in dem Baum vor uns hing. Es war groß und dunkel, und von unserem Standort aus gesehen wirkte es wie etwas, mit dem wohl keiner von uns beiden zurechtkommen würde.

»Ich bin mir nicht sicher«, erwiderte Logan und löste sanft meine Hand von seinem Arm. »Warte hier, ich gehe mal hinüber und sehe es mir an.«

Seine Schritte wirkten um einiges zögerlicher, als er ohne mich weiterlief, und er hielt mehrere Male inne, um mir über die Schulter hinweg einen Blick zuzuwerfen und mir aufmunternd zuzulächeln, doch ich konnte sein Lächeln nicht erwidern. Nicht, bevor ich mir ganz sicher war, dass ich mich irrte und der dunkle, missgestaltete Umriss dort oben nicht das war, wovor wir am meisten Angst hatten ... nämlich der Körper eines der anderen Passagiere unseres Flugzeuges.

Es schien ewig zu dauern, bis Logan den Baum endlich von jedem möglichen Winkel aus begutachtet hatte, aber schließlich rief er mich zu sich.

»Alles okay. Ich glaube, es ist einer dieser großen Rucksäcke, die die Tramper dabeihaben. Er ist vermutlich aus dem Laderaum gefallen.« Ich rannte zu ihm, und der Schnee unter meinen Füßen wirbelte auf.

»Oh, Gott sei Dank, ich dachte schon ...«

»Ja, ich auch«, gab Logan zu und blickte in die Baumkrone hoch, in der sich der Rucksack verfangen hatte. Er befand sich mindestens fünfzehn Meter über uns, und von diesem Winkel aus war aufgrund der Äste und Blätter kaum zu erkennen, ob er noch heil war.

Ich hörte ein leises Rascheln, als Bobs wattierte Jacke in den Schnee fiel, gefolgt von dem Aufschlag des Speers.

»Was hast du vor?«, fragte ich, und meine Stimme wurde vor Angst um einige Dezibel lauter.

»Ich klettere hoch und hole den Rucksack«, erwiderte Logan leichthin und trat auf den Baum zu, um nach einem guten Ausgangspunkt Ausschau zu halten.

»Nein!«, rief ich und packte ihn an der Schulter.

Er wandte sich mit einem gutmütigen Blick zu mir um. »Es wird sicher viel schwerer, auf den Baum zu klettern, wenn du auch noch auf meinem Rücken hängst«, bemerkte er, ohne eine Miene zu verziehen.

»Du kannst da nicht rauf!«, protestierte ich. »Das ist viel zu gefährlich. Schau mal, wie hoch oben der Rucksack hängt und wie dünn die Äste sind. Du fällst bestimmt runter!«, fuhr ich mit ernster Stimme fort und klang dabei wie eine nervöse

Mutter, die eine Katastrophe auf dem Klettergerüst voraus-
ahnt.

»Nein, ganz sicher nicht«, erwiderte Logan und versuchte
sanft, mich fortzuschieben.

»Die Äste halten deinem Gewicht auf keinen Fall stand, und
dann fällst du und brichst dir das Bein, und ich werde es nicht
schaffen, dich zurück zum Lager zu schleifen, und dann stürzen
garantiert plötzlich Wölfe, Bären oder dieser verdammte Big-
foot aus dem Wald und reißen dich in Stücke, und wenn sie
fertig sind, werde ich aus Verzweiflung auch noch den Rest von
dir auffressen, um zu überleben.«

Logan wirkte ein wenig verblüfft, doch seine Augen funkelten amüsiert, als er erwiderte: »Oh, okay. Und ich dachte schon,
du würdest überreagieren.«

»Logan, ernsthaft. *Wenn* jemand auf diesen Baum klettert,
dann ich.«

»Und wie kommst du auf diese Idee?«

»Na ja, ich habe den Rucksack als Erste gesehen«, erklärte
ich.

»Das ist doch irrelevant«, winkte er ab.

»Gut. Aber ich bin leichter als du – und es wäre sehr unhöf-
lich, das abzustreiten.«

»Okay, dann lasse ich diesen Punkt gelten.«

»Und falls ich runterfalle, besteht vielleicht die Möglichkeit,
dass du mich auffängst oder meinen Sturz zumindest ein wenig
abschwächst. Wenn *du* hingegen runterfällst ...« Ich sprach den
Satz nicht zu Ende.

»Dann würdest du also einfach einen Schritt zurücktreten,
während ich auf dem Boden aufpralle?«

»Ja, so in der Art.«

Er bückte sich, hob die Jacke auf und schlüpfte wieder hinein – und in diesem Moment wusste ich, dass ich ihn überzeugt hatte.

»Weißt du denn überhaupt, wie man auf einen Baum klettert? Könnt ihr Mädchen aus dem Vereinigten Königreich das überhaupt?«

»Ich werde diesen Seitenhieb auf mein Geschlecht und meine Herkunft jetzt einfach ignorieren«, erwiderte ich und warf einen Blick auf den Baum vor mir. Aus der Nähe betrachtet schien es ein unglaublich langer Weg bis ganz nach oben. »Am besten wäre es, du sagst mir von hier unten aus, wohin ich klettern soll«, erklärte ich, und Logan schüttelte besorgt den Kopf. Ich wusste, dass ich nicht länger zögern durfte, sonst würde er meine Einwände doch noch beiseitewischen und selbst hochklettern.

»Hier«, sagte er und gab mir den Speer, den er vom Boden hochgehoben hatte.

»Ich glaube nicht, dass ich den brauchen werde. Es sei denn, ein Bär versteckt sich im Baum«, erwiderte ich vorlaut, aber dann drehte ich mich mit blassem Gesicht zu ihm um. »Das ist doch unmöglich, oder? Bären leben nicht in Bäumen, oder?«

»Soweit ich weiß, nicht«, bestätigte Logan. »Aber ich dachte, der Speer wäre vielleicht nützlich, um den Rucksack aus den Ästen freizubekommen.«

Ich lächelte matt und nahm das Teil an mich. »Daran habe ich nicht gedacht. Wie um alles in der Welt würde ich ohne dich überleben?«

»Ich glaube, du würdest das ganz gut hinbekommen«, erwiderte er überzeugt.

Doch ich war mir da nicht so sicher.

Ich schritt einmal um den Baum herum, um die beste Route in Erfahrung zu bringen, und schluckte nervös, als ich wieder am Ausgangspunkt ankam. Von hier aus schien mir die beste Möglichkeit zu bestehen, dass auch jemand nach oben kam, der in den letzten zwanzig Jahren keine solche Dummheit mehr begangen hatte. Ich nahm den Speer und legte ihn auf einen waagerechten Ast etwa einen Meter über meinem Kopf. Dann atmete ich einige Male tief ein und hörte Logan besorgt seufzen, als ich schließlich einen tiefhängenden Ast umklammerte. Ich hatte bereits eine Stelle ausgemacht, an der ich meinen Fuß aufsetzen konnte, und war froh, so lange Beine zu haben, dass ich sie ohne weiteres erreichte.

»Soll ich dich von hinten anschieben?«, fragte Logan.

Ich holte gerade mit dem zweiten Bein Schwung, doch ich nahm mir trotzdem die Zeit, mich umzudrehen und ihm ins besorgte Gesicht zu lächeln.

»Vielleicht später«, erwiderte ich frech. »Zuerst klettere ich mal auf den Baum.«

Sein lautes Lachen hallte durch den schneebedeckten Wald, während ich mich hochschwang.

Es ist schon seltsam, dass einen Dinge, die man als Achtjährige ohne nachzudenken tut, als Erwachsene derart in Angst versetzen können. Ich war ein äußerst wildes Kind gewesen. Ich war diejenige, die auf Bäume kletterte, um ein verirrtes Frisbee aus den Ästen zu holen, die am Meer über Felsen stieg, um die besten Krabbenplätze ausfindig zu machen, und die in der Schule sämtliche Sprossenwände bezwang, ohne einen Gedanken an mögliche Unfälle zu verschwenden. Ich versuchte, mit meiner inneren Achtjährigen in Kontakt zu treten, während ich langsam den Baum emporkletterte – doch sie hatte sich schon lange aus dem Staub gemacht und dabei vermutlich irgendetwas von gebrochenen Knochen und verstauchten Gliedmaßen gemurmelt.

Glücklicherweise befanden sich im unteren Abschnitt einige stabil wirkende Äste, doch ich beging ein einziges Mal den Fehler, nach unten zu blicken, während ich eine kurze Pause einlegte, um wieder zu Atem zu kommen. Eine grauenhafte Übelkeit packte meinen mehr oder weniger leeren Magen, als ich sah, wie weit unter mir sich der Boden bereits befand. Ein Teil von mir wollte sofort Berechnungen anstellen, wie hoch meine Chancen standen, dass ich einen Sturz vom Baum unbeschadet überstand, doch der Rest wollte es gar nicht so genau wissen. Wenn man bedachte, dass Logan und ich wortwörtlich aus dem Himmel gefallen waren, ohne uns dabei ernsthaft zu verletzen, war es vermutlich verrückt, sich darüber Gedanken zu machen, aus so geringer Höhe abzustürzen.

Doch noch schlimmer als die Vorstellung, ich könnte vom Baum fallen, war die Tatsache, dass Logan nirgendwo zu sehen war. Er schien einfach verschwunden zu sein. Plötzlich war ich starr vor Angst, und meine Beine auf dem Ast unter mir begannen zu zittern, was nicht nur auf die Anstrengung zurückzuführen war.

War vielleicht ein Bär aufgetaucht und hatte ihn still und leise fortgeschleppt? Hatte die wahre Gefahr am Boden auf Logan gelauert, während ich mir bloß Sorgen gemacht hatte, vom Baum zu stürzen? Und wenn ich jetzt wieder hinunterkletterte – würden an der Stelle, an der Logan gestanden hatte, bloß noch Blutspuren von ihm zeugen?

»Logan! Logan!«, rief ich panisch, und vermutlich dauerte es nur fünf Sekunden, ehe er in meinem Blickfeld auftauchte, doch ich schwöre, es waren die längsten fünf Sekunden meines Lebens.

»Was ist los? Steckst du fest?«

Ich schüttelte den Kopf und spürte, wie mir Tränen der Erleichterung in die Augen stiegen. Ich hatte allerdings keine Hand frei, um sie fortzuwischen.

»Ich konnte dich nicht sehen und wusste nicht, wo du warst. Ich dachte, ich wäre allein zurückgeblieben.«

»Ich gehe nicht fort, und du bist ganz sicher nicht allein«, erwiderte er beruhigend. »Ich war nur auf der anderen Seite des Baumes, weil ich nachsehen wollte, wo es am sichersten für dich ist.«

Während Logan vom Boden aus ein Auge auf mich hatte, brachte ich den nächsten Abschnitt ohne Probleme hinter mich, doch je höher ich kam, desto dünner wurden die Äste, und ich spürte, wie sie sich unter mir bogen, so dass ich nur noch sehr vorsichtig kletterte.

»Der Rucksack ist jetzt beinahe über dir, etwas weiter rechts!«, rief Logan von unten und hielt sich dabei die Hände wie einen Trichter vor den Mund, damit der eisige Wind seine Worte nicht davontrug. Ich umschlang den immer dünner werdenden Baumstamm mit beiden Händen wie eine eifrige Umweltschützerin angesichts eines nahenden Bulldozers. Dann hob ich den Blick und sah den schwarzen Rucksack über mir. Seltsamerweise schien es aus der Nähe sogar schwerer, ihn zu erreichen, als vom Boden aus. Um zu ihm zu gelangen, musste ich noch einige Äste hochklettern, die kaum dicker waren als das Feuerholz, das wir gesammelt hatten. Ich schluckte nervös und umfasste weiterhin den Baumstamm, während ich meinen linken Fuß vorsichtig auf einen Ast zu meiner Rechten stellte. Doch als ich langsam mein Gewicht verlagerte, hallte plötzlich und ohne Vorwarnung ein lautes Knacken durch den Wald, und der Ast brach ab, so dass mein Fuß in der Luft baumelte.

»Hannah! Alles in Ordnung?« Die Panik in Logans Stimme war deutlich zu hören. Der Schock, den mir mein Beinahe-Absturz bereitet hatte, verschlug mir einen Augenblick lang die Sprache, und mein Atem ging nur noch stoßweise.

Ich tastete mit dem Fuß immer noch hektisch nach dem Ast, der nicht mehr da war. Es war äußerst wichtig, dass ich wieder festen Halt fand, doch ich war vor Angst wie erstarrt – so ähnlich wie ein Hase, der mitten auf der Landstraße sitzt, während die Scheinwerfer eines Autos auf ihn zurasen – und konnte mich einfach nicht bewegen.

»Halte durch, Hannah!«, rief Logan. Ein wirklich wunderbarer Rat, den ich unbedingt befolgen wollte. »Ich komme rauf.« Und diese Worte rissen mich endlich aus meiner Starre.

»Nein, Logan! Auf keinen Fall. Es geht schon. Gib mir nur einen Moment, um wieder zu Atem zu kommen. Ich habe mich erschrocken, das ist alles.«

»Nun, da bist du nicht die Einzige«, erwiderte er aufrichtig. »Ich hätte nicht zulassen dürfen, dass du da hochkletterst. Es ist viel zu gefährlich.«

Vielleicht brauchte ich genau das, um wieder zur Besinnung zu kommen. Ich rutschte mit dem linken Fuß zur Seite, so dass auch der rechte auf dem großen Stumpf Platz fand, auf dem ich stand, und fühlte mich gleich viel besser, als ich wieder festen Halt unter den Füßen hatte.

»Bitte komm runter«, bat Logan. »Was auch immer in der Tasche ist, es ist es nicht wert.«

Ich schüttelte entschlossen den Kopf, bis mir einfiel, dass er diese kleine Geste vom Boden aus vermutlich gar nicht sehen konnte.

»Ich bin diesen verdammten Baum nicht hochgeklettert, um auf den letzten Metern aufzugeben«, erwiderte ich und machte damit den Aufstieg zu einem persönlichen Wettbewerb zwischen mir und dem Baum. »Wie weit unter mir ist der Speer?«

Während ich hochgeklettert war, hatte ich Logans selbstgebastelten Speer immer wieder abgelegt, aber ständig darauf geachtet, dass er sich in Griffweite befand.

»Etwa auf Kniehöhe«, antwortete Logan unsicher. »Aber du müsstest dich bücken, um an ihn ranzukommen, und ich glaube nicht, dass es ratsam wäre –«

»Okay, in Ordnung«, unterbrach ich ihn, um dann wie eine altersschwache Balletttänzerin das wohl langsamste und uneleganteste Plié der Weltgeschichte zu vollführen. Als ich mich hinreichend gebückt hatte, nahm ich eine Hand von dem Baumstamm und tastete blind nach dem Speer.

»Vorsichtig«, warnte Logan von unten. Ich blies scharf die Luft aus und spürte dabei die Rinde des Stammes an meinen Lippen. *Eine Beschreibung, wo genau sich der Speer befindet, würde mir jetzt mehr helfen als besorgte Worte*, dachte ich gereizt, und es war beinahe, als hätte Logan meine Gedanken gelesen, denn das, was er als Nächstes sagte, war schon sehr viel nützlicher.

»Okay ... etwas weiter nach links. Und ein Stück nach unten. Gut, wenn du jetzt die Hand ausstreckst, solltest du ihn zu fassen bekommen.«

Ich folgte seinen Anweisungen, und plötzlich berührten meine Finger Bobs Krawatte, die Logan verwendet hatte, um das Wrackteil am Ast zu befestigen.

»Hab ihn!«, rief ich triumphierend, und unter mir jubelte Logan, als stünde ich als Gewinnerin ganz oben auf einem Podium. Ich richtete mich langsam wieder auf und blickte dann durch die Blätter hinunter in Logans besorgtes Gesicht. »Hannah, ich weiß immer noch nicht, ob das eine gute Idee ist.«

»Unsinn«, erwiderte ich angeberisch, obwohl Prahlerei hier vermutlich vollkommen fehl am Platz war. »Leite mich einfach zum Rucksack.«

Es dauerte eine Ewigkeit. Vermutlich deshalb, weil Logan Angst hatte, mich geradewegs in eine Lage zu manövrieren, die mit einem Sturzflug aus dem Baum endete, und weil ich Angst

hatte, ihn bei diesem Sturz auch noch mit dem Speer aufzuspie-
ßen. Doch schließlich gelangte ich in eine Position, in der ich
es mit ausgestrecktem Arm schaffte, den Rucksack mit dem
Speer zu berühren. Der Triumph, den ich verspürte, als sich die
Spitze in den Leinenstoff bohrte, stand allerdings in keinem
Verhältnis zu meiner Leistung. Eigentlich hatte ich nichts getan, was nicht auch ein mäßig talentierter Schimpanse im Halb-
schlaf beherrschte. Und da wollte noch jemand behaupten, wir
wären die herrschende Spezies auf diesem Planeten? Unter diesen Umständen ganz sicher nicht.

»Versuch lieber nicht, den Rucksack hochzuheben. Dafür
bist du vermutlich nicht stark genug. Versuch lieber, ihn auszu-
hebeln.«

Ich folgte Logans Ratschlag, doch obwohl der Rucksack hin
und her schwang, wenn ich ihn mit meinem Speer anstieß,
rührte er sich nicht von der Stelle. Die Tatsache, dass ich so
nahe am Ziel war und dennoch nichts erreichte, ließ mich
leichtsinnig werden. Ich zog den Speer zurück, lehnte mich un-
vernünftig weit nach vorn und stach mit voller Wucht auf den
Rucksack ein.

In diesem Moment passierten zwei Dinge gleichzeitig, und
das eine war gut, das andere eher weniger. Der Rucksack kippte
nach vorn, und sein Gewicht und die gute alte Schwerkraft er-
ledigten den Rest. Er fiel aus den Ästen und hinunter auf den
Boden, wobei er einige dünnere Äste mit sich riss und schließlich mit einem lauten Rums aufkam, so dass der Schnee in alle
Richtungen stob.

Die zweite Sache, die passierte, war ebenfalls der Schwerkraft
geschuldet, denn ich verlor plötzlich das Gleichgewicht.

Der Speer rutschte mir von einem Moment auf den anderen
aus der Hand und fiel zu Boden, so dass ich nicht einmal mehr

die Gelegenheit hatte, Logan zu warnen, der unter mir stand und zu mir hochsah. Eigentlich hatte ich keine Zeit mehr, um *irgendetwas* zu tun, denn in diesem Moment begann ich, den Baumstamm hinunterzurutschen, den ich so mühevoll hochgeklettert war. Meine Füße suchten panisch nach Halt, doch ich glitt immer tiefer und tiefer, und kleine Äste brachen, während ich versuchte, irgendetwas zu fassen zu bekommen. Im nächsten Augenblick fuhr ein brennend heißer Schmerz in meine Rippen.

Ich hörte lautes Geschrei von unten, doch ich konnte keine einzelnen Worte ausmachen und kam erst etwa vier Meter unter meinem Ausgangspunkt endlich zum Stillstand. Es grenzte an ein Wunder, dass ich nicht vom Baum gefallen war, doch ich war viel zu geschockt, um es angemessen zu würdigen.

»Nicht bewegen! Ich komme zu dir hoch!«, schrie Logan.

Eine Ewigkeit später schaffte ich es schließlich, die Augen zu öffnen und meine Stirn zu heben, die ich an den Baumstamm gepresst hatte. Logans besorgtes Gesicht befand sich genau vor mir. Ich blinzelte benommen.

»Alles in Ordnung? Bist du verletzt?«, fragte er ängstlich.

»Ich glaube, ich habe mir die Seite aufgeschrammt«, erwiderte ich mit zitternder Stimme.

»Okay. Kannst du dich trotzdem bewegen?«

Na ja, ich hatte wohl keine andere Wahl, es sei denn, ich beschloss, in dem Baum hocken zu bleiben, bis alles wieder verheilt war.

Im Laufe der Jahre hatte ich offensichtlich verdrängt, dass das Hinunterklettern von einem Baum sehr viel schwieriger war als das Hinaufklettern, und ich empfand es als grob fahrlässig von meinem ansonsten außergewöhnlichen Gedächtnis, mir gerade dieses Wissen vorzuenthalten. Ohne Logans Hilfe hätte ich es wohl nie geschafft, wieder nach unten zu kommen – verletzt oder nicht. Aber gemeinsam schafften wir es, hinunterzuklettern, während er mir genau sagte, wo ich meine Füße und Hände plazieren musste.

Sobald ich sicheren Boden unter den Füßen hatte, brach ich keuchend im Schnee zusammen. Logan sprang den letzten Meter hinunter und landete neben mir. Er ließ sich sofort auf die Knie sinken und schloss mich in die Arme, und ich weinte mich mehrere Minuten lang an seiner Schulter aus, auch wenn mein achtjähriges Ich wohl entsetzt gewesen wäre, mich so zu sehen. Er wiegte mich sanft hin und her und versuchte mich zu beruhigen, bis der Schock langsam verging und das Adrenalin, das durch meine Adern raste, nicht mehr unmittelbar einen Herzinfarkt auszulösen drohte.

Ich hob mein tränennasses Gesicht von Logans Schulter, und er strich mir sanft die Haare von den fleckig roten Wangen, die von einer Mischung aus Tränen und Schweiß bedeckt waren. Ich sehe nicht gerade toll aus, wenn ich weine, und an dem, was Logan vor sich sah, war ganz bestimmt nichts Anziehendes, doch das hätte angesichts seines zärtlichen und besorgten Blicks wohl niemand vermutet.

Er wischte mir sanft über das Gesicht, dann hielt er plötzlich inne, und ich sah in seinen Augen, was er als Nächstes vorhatte. Ich hätte also genügend Zeit gehabt, ihn von mir zu schieben, etwas zu sagen oder ihn erschrocken anzusehen, doch ich tat nichts dergleichen, und als ich seine weichen Lippen auf meinen spürte, konnte ich bloß daran denken, dass dieser Mund genauso war, wie ich ihn mir vorgestellt hatte, und genauso, wie er sein sollte.

Logan entschuldigte sich nicht für den Kuss, und dafür war ich ihm sehr dankbar, denn das hätte alles ruiniert. Ich kann zwar nicht behaupten, dass es die Art von Kuss war, die es rechtfertigte, dass ich mich beinahe selbst umgebracht hätte, indem ich von einem Baum stürzte, aber er kam dem schon sehr nahe.

»Bist du schwer verletzt?«, fragte Logan, nachdem sich seine Lippen wieder von meinen gelöst hatten. Er öffnete vorsichtig meine Jacke.

»Ich weiß nicht. Es brennt jedenfalls ziemlich«, erwiderte ich und zuckte zusammen, als er sanft den zerrissenen und blutbe-schmierten Pullover von der Wunde wegzog. Ich schaute nicht hinunter. Das war auch nicht nötig. Ich brauchte Logan bloß ins Gesicht zu sehen, und mir war klar, dass meine Seite nicht sonderlich gut aussah.

»Wir müssen die Wunde reinigen«, stellte er fest, und seine Stimme klang ein wenig düster. »Aber das muss warten, bis wir wieder beim Unterschlupf sind. Kannst du laufen, oder soll ich dich tragen?«

Es fühlte sich an, als würden sich tausend stechende Nadeln in meine Haut bohren, und um ehrlich zu sein war meine Schmerzgrenze noch nie besonders hoch gewesen, trotzdem lehnte ich instinktiv ab.

»Nein. Es geht mir gut. Ich kann laufen.«

Ich stemmte mich zitternd hoch und presste die Lippen auf-einander, damit ich nicht ungewollt aufschrie. Einen Moment lang schwankte alles um mich herum bedenklich, und als ich die Hand ausstreckte, um mich irgendwo festzuhalten, wartete Logans Hand bereits auf mich.

»Vielleicht muss ich mich doch ein wenig an dich lehnen.« Meine Stimme zitterte, und Logan legte seinen Arm behutsam um meine unverwundete Seite.

»Dafür bin ich ja da«, erklärte er.

Wir kamen nur langsam voran, denn Logan zog auch noch den schweren Rucksack hinter sich her. Sein Gesicht war so nahe, dass sein warmer Atem jedes Mal sanft über mein Gesicht strich, wenn er ausatmete. Wenn ich auch nur ein wenig den Kopf zur Seite gedreht hätte, hätten sich unsere Lippen berührt. Hätte er mich in diesem Fall noch einmal geküsst? Und hätte ich es zugelassen? Ich hatte Angst vor den Antworten, weshalb ich den Blick starr auf den schneebedeckten Boden vor uns gerichtet hielt, während wir langsam unsere Spuren zurückverfolgten.

Es dämmerte bereits, als wir endlich die Flammen unseres Lagerfeuers entdeckten, die die schneebedeckte Lichtung erhellten und uns wie ein Leuchtfeuer willkommen hießen. Durch meine Verletzung waren wir nur schleppend vorangekommen, und während der letzten zehn Minuten hatte ich immer wieder nervöse Blicke in die Schatten geworfen, überzeugt, dass jeden Moment eine wilde Bestie daraus hervorspringen würde, die ihre ganz eigene Vorstellung davon hatte, an welchem Platz in der Nahrungskette sich Überlebende von Flugzeugabstürzen befanden.

Die Notwendigkeit, praktisch zu denken, überlagerte alles andere, weshalb sich Logan, nachdem er mich vorsichtig auf einem flachen Stein abgesetzt hatte, zunächst einmal daranmachte, das Feuer wieder zu entfachen. Danach warteten wir beide angespannt, bis der frische Zunder Funken warf und zu knacken und schließlich zu brennen begann. Ich zog den Rucksack an den Schultergurten zu mir, doch Logan legte seine Hand auf meine, um mich davon abzuhalten.

»Das kann warten. Zuerst müssen wir deine Wunde reinigen.«

»Ehrlich gesagt fühlt sie sich im Moment gar nicht so schlecht an«, sagte ich. »Vielleicht hat die Kälte sie ein wenig betäubt. Sie kann ruhig noch ein Weilchen warten.«

Logan schüttelte den Kopf. »Nein, auf keinen Fall. Wir müssen die Wunde verbinden und sämtliche blutbeschmierten Klamotten so schnell wie möglich entsorgen.«

Ich sah ihn einen Moment lang verständnislos an, doch dann erinnerte ich mich plötzlich an eine farbige Doppelseite in einem Buch, die mein eigenwilliges fotografisches Gedächtnis als wertvoll genug eingestuft hatte, um sie sich zu merken, und schloss die Augen. Ich sah das seitengroße Bild eines riesigen Grizzlybären (*Ursus arctos horribilis*, wie mein Gedächtnis mir mitteilte) mit dem Maul voller blutdurchtränkter Stofffetzen vor mir, und mein Magen krampfte sich zusammen, so dass ich beinahe meine letzte Mahlzeit erbrochen hätte – hätte ich denn in letzter Zeit etwas gegessen. Ich warf einen Blick in den dunklen Wald und das Unterholz. Waren sie bereits da und reckten schnuppernd die Nasen in die Luft, während ihnen der Duft nach 0 Negativ das Wasser im Maul zusammenlaufen ließ?

Ich zog Kates Erste-Hilfe-Täschchen aus meiner Tasche und gab es Logan, bevor ich mich vorsichtig aus meiner Jacke schälte.

»Ich fürchte, der Pullover muss dran glauben«, meinte Logan, während er auf mich zutrat, um mir zu helfen. Ich nickte und ließ zu, dass er ihn mir über den Kopf zog. Ich zuckte zusammen, als er sich von der Wunde löste, in der bereits einige Wollfetzen klebten.

»Entschuldige«, murmelte Logan und kniff besorgt die Augen zusammen, während er die Wunde zum ersten Mal genauer untersuchte. Dazu hob er äußerst sanft meinen Arm an und kniete sich neben mich, um die aufgeschrammte Haut besser in Augenschein nehmen zu können. Ein seltsamer Ausdruck legte sich über sein Gesicht, und ich war froh, dass er *kein* Arzt war, denn wenn ein Arzt sich derart sorgenvoll auf die Lippe biss, war das wirklich ein Grund, in Panik zu geraten.

Ich riskierte einen schnellen Blick hinunter und wünschte sofort, ich hätte es nicht getan. Ich sah zwei tiefe Schrammen, aus denen wohl der Großteil des Blutes geflossen war, und ein ziemlich großes Stück, das aussah wie rohes Fleisch, so dass es wahrlich kein Wunder gewesen wäre, wenn die Bären darauf Appetit bekommen hätten.

»Das wird jetzt höllisch weh tun«, erklärte Logan und nahm eine Handvoll Schnee.

»Und genau deshalb haben sie dich aus dem Medizinstudium geworfen«, erwiderte ich in dem Versuch, es mit Humor zu nehmen, denn wenn ich es nicht tat, würde ich womöglich wieder zu weinen beginnen. »So etwas sagt man einfach nicht zu einer Patientin.«

»Entschuldige«, erwiderte er. »Ich weiß bloß, dass wir die Wunde reinigen müssen, damit sie sich nicht infiziert.«

»Mach einfach«, sagte ich und biss die Zähne zusammen.

»Sieh mich an, Hannah«, erwiderte Logan leise. »Sieh mir in die Augen und schau nirgendwo sonst hin.«

An einem anderen Ort und zu einer anderen Zeit wäre das wohl eine sehr verlockende Einladung gewesen. Doch wenn diese Worte von einem Mann kommen, der gerade deinen blutigen, zerschundenen Oberkörper mit Schnee einreibt, erzielen sie nicht unbedingt dieselbe Wirkung. Trotzdem befolgte ich seinen Vorschlag und hielt meinen schmerzverzerrten Blick auf seine intensiv grünen Augen gerichtet, während er sich um die Wunde kümmerte.

»Zumindest hat es aufgehört zu bluten«, stellte er fest, nachdem er die Wunde vorsichtig mit einem Stück Stoff trockengetupft hatte, das verdächtig nach einer von Bobs Unterhosen aussah. Der Schnee hatte alles angenehm betäubt, und als Logan schließlich antiseptische Creme auf seinen Finger drückte, um sie darauf zu verteilen, wagte ich zu hoffen, dass ich es vielleicht gar nicht merken würde. Ich hatte mich geirrt. Ich spürte seine sanften Berührungen mit jeder zerstörten Nervenzelle, und meine Rippen schienen zu vibrieren, als sei mein Körper ein Instrument, auf dem er spielte.

Logan hatte mich angewiesen, meinen Arm auf seine Schulter zu legen, doch als ich ihn schließlich herunternehmen wollte, hielt er mich zurück.

»Hannah, wir müssen *alle* Klamotten entsorgen, die mit dem Blut in Berührung gekommen sind.«

Ich warf einen Blick auf Bobs zerrissenen, blutigen Pullover, der auf dem Boden neben den flackernden Flammen lag. Auch wenn ich nur noch meinen BH trug, hatte mich das Feuer angenehm warm gehalten, doch als ich schließlich Logans Finger auf dem Gummiband auf meinem Rücken spürte, wurde mir noch aus einem ganz anderen Grund heiß.

»Der ist auch voller Blut.«

Ich senkte den Blick und sah, dass er recht hatte. Ein rostig brauner Fleck zog sich von meinem Arm bis über das Spitzenkörbchen des BHs.

»Oh«, erwiderte ich und spürte, dass ich so rot wurde wie ein Teenager. »Oh. Ja, natürlich. Okay. Ja … okay.«

»Ich schaue in die andere Richtung«, erklärte Logan kavalierhaft, wandte sich von mir ab und starrte auf den schwarzen See hinaus.

Wir Frauen verrenken uns oft sogar mehrmals am Tag auf eine Art, die es uns ermöglicht, einen Verschluss zu öffnen, den wir nicht sehen können. Doch wenn die eine Körperhälfte blutig geschrammt ist und die Hände zittern – ob aus Kälte, Angst oder einem anderen Grund, vor dem ich Angst hatte, ihn zu benennen –, ist es mehr oder weniger unmöglich zu bewerkstelligen. Ich schaffte es nicht, und es hatte auch keinen Sinn, es noch eine halbe Stunde lang zu versuchen. Ich wurde den BH nicht ohne Logans Hilfe los.

»Logan«, sagte ich leise. Er drehte sich um, und seine Augen reflektierten das Licht des Feuers auf eine Art, die mich plötzlich an Sterne am tiefschwarzen Nachthimmel denken ließ. »Kannst du mir bitte helfen?«

Seine Finger waren überraschend warm, als er meinen Rücken berührte. Sie wanderten zum Verschluss, und ich hielt unwillkürlich den Atem an. Plötzlich wurde es ungewöhnlich still, und ich fragte mich, ob er wohl ebenfalls den Atem anhielt. Er öffnete den Haken ohne weitere Schwierigkeiten. *Das war wohl nicht sein erster BH*, dachte ich, und mir gefiel das Gefühl, das diese Erkenntnis in mir auslöste, gar nicht. Vielleicht hätte ich den Rest auch ohne ihn geschafft, doch er hielt nicht inne, und ich sagte nichts.

Er streifte mir beinahe ehrfurchtsvoll die Träger von den Schultern und nahm mir das hauchdünne Stück Stoff ab. Ich verschränkte die Arme vor meinen entblößten Brüsten, aber ich sah genau, dass sein Blick zuvor noch schnell zu ihnen gehuscht war. Mein Atem ging ein wenig abgehackter, und die Brustwarzen zogen sich zusammen. Mein Körper hatte leider die nervende Angewohnheit, viel zu viele Geheimnisse preiszugeben.

Logan knüllte den Spitzen-BH in einer Hand zusammen.

»Ich vergrabe die Klamotten besser irgendwo in der Nähe des Sees«, sagte er, bevor er den Pullover hochhob und ihn sich über den Arm legte. »Such dir doch etwas von Bobs Sachen aus, während ich weg bin.«

Er drehte sich nicht noch einmal um, während ich aufstand und die Klamotten durchwühlte, die wir aus dem Koffer geholt hatten. Er respektierte meine Privatsphäre und machte keine Anstalten, wieder in meine Richtung zu sehen, ehe ich mich ordentlich bedeckt hatte. Das war gut. Es war rücksichtsvoll, ehrenwert und wirklich bewundernswert. Und auch ein wenig enttäuschend ...

»Willst du diese besondere Aufgabe übernehmen?«, fragte ich und deutete mit dem Kopf auf den Rucksack. Logan hatte meine blutigen Klamotten so tief vergraben, wie es in dem gefrorenen Boden überhaupt möglich war, und danach hatten er und ich genügend heißes Wasser getrunken, um unseren Mägen eine Zeitlang weiszumachen, sie wären satt. Der Rucksack lag vor meinen Füßen, doch ich hob ihn hoch und hielt ihn Logan hin.

»Nein, mach du das. Immerhin hast du ihn als Erste entdeckt«, erinnerte er mich amüsiert.

Ich zog den Rucksack noch näher, doch bevor ich ihn öffnete, griff ich nach dem in Leder gebundenen Namensschild, das daran befestigt war.

»Vincent Morris aus Iowa«, sagte ich feierlich.

Im nächsten Moment wünschte ich, ich hätte seinen Namen nicht gelesen, denn die Tatsache, dass wir die Habseligkeiten eines weiteren Menschen durchwühlten, dessen Familie vermutlich bereits um ihn trauerte, erschien mir so ungehörig, als wären wir Grabräuber oder Piraten.

Logan legte seine Hand auf meine. »Wenn dieser Rucksack *mir* gehören würde und ich die Sachen selbst nicht mehr brauchte, würde ich trotzdem wollen, dass jemand etwas damit anzufangen weiß«, bemerkte er, als hätte er wieder einmal auf verblüffende Art meine Gedanken gelesen.

»Ich weiß«, erwiderte ich mit einem Seufzen. »Ich hoffe bloß, Bob und Vincent sitzen gerade irgendwo zusammen in einer Hotelbar und unterhalten sich darüber, was für ein Glück sie hatten, überlebt zu haben, während sie auf den nächsten Flug warten, der sie an ihren ursprünglichen Bestimmungsort bringt.«

»Keine Ahnung, wie die beiden ticken ..., aber wenn ich bei ihnen wäre, würde ich vermutlich vorschlagen, dass wir beim nächsten Mal lieber den Zug nehmen.«

Logan hatte tatsächlich die seltsame Fähigkeit, mich um einiges schneller zum Lachen zu bringen, als es unter den gegebenen Umständen zu vermuten gewesen wäre, weshalb ein Lächeln meine Lippen umspielte, als ich den Rucksack schließlich öffnete.

Überraschenderweise war er mehr oder weniger unversehrt und scheinbar von jemandem gepackt worden, der schon öfter übereifrigen Flughafenbediensteten dabei zugesehen hatte, wie sie Gepäckstücke in den Laderaum eines Flugzeugs schleuderten.

In meinem Kopf hatte sich die Vorstellung festgesetzt, dass Bob ein Geschäftsmann war, doch Mr Vincent Morris, dessen private Habseligkeiten ich nun durchwühlte, war offensichtlich aus anderen Gründen auf Reisen gewesen. Er war jünger und scheinbar gern in der Natur und in den Bergen unterwegs. Und sollte ich eines Tages das Glück haben, ihn persönlich kennenzulernen, werde ich ihm von ganzem Herzen dafür danken.

Der erste Gegenstand, den ich aus dem Rucksack holte, war in zwei Paar dicke, schützende Wandersocken gewickelt. Um ehrlich zu sein, versetzten mich bereits die Socken in helle Aufregung, doch die funktionstüchtige und extrem starke Taschenlampe, die sich darin verbarg, erschien mir wie der Hauptgewinn in der Lotterie.

Ich ließ den Lichtstrahl durch die Gegend streifen, und er durchschnitt die Dunkelheit wie ein Suchscheinwerfer auf der Jagd nach entflohenen Häftlingen ... oder Bären. Danach machte ich die Lampe sofort wieder aus, um nicht die Batterie zu vergeuden.

Vincent hatte nur wenige Klamotten eingepackt, aus denen ich schloss, dass er vermutlich Anfang zwanzig war – und höchstwahrscheinlich Single, denn aus der Seitentasche zog ich schließlich mehrere eindeutige und offensichtlich oft zur Hand genommene Magazine.

»Oh.« Ich verzog das Gesicht und reichte sie an Logan weiter. »Ich denke, das hier entspricht wohl eher deinem Geschmack als meinem.«

Er nahm die Zeitschriften mit einem Grinsen entgegen. »Ach, Vincent. Ehrlich?«, fragte er etwas enttäuscht, nachdem er gesehen hatte, worum es sich handelte.

Ich lachte, und ein Teil von mir war überaus froh, dass Logans Augen beim Anblick der Magazine nicht freudig zu leuchten begonnen hatten. Ich erinnerte mich daran, wie ich William vor langer Zeit einmal gefragt hatte, ob ihn solche Dinge scharfmachten. Vermutlich hatte ich in einer Frauenzeitschrift gelesen, dass eine ausgeglichene, moderne Frau kein Problem damit haben sollte, wenn sich ihr Freund an pornographischen Darstellungen erfreute, und nun wollte ich ihm beweisen, dass ich eine solche Frau war und verständnisvoll sein konnte. Auch wenn ich es eigentlich *nicht* sein konnte, weshalb ich vermutlich ein äußerst erleichtertes Gesicht aufsetzte, als William mich in die Arme zog und seinen Kopf an meinen Nacken schmiegte.

»Warum um alles in der Welt sollte ich mich allein in einem Zimmer einsperren, um mir mit Photoshop bearbeitete Bilder

anzusehen, wenn ich doch etwas viel Besseres hier im Bett liegen habe?«, fragte er mit kehliger Stimme. »Ich habe alles, was
ich will und brauche. Ich muss mich nicht woanders umsehen.«

Was sich letzten Endes allerdings als Lüge entpuppt hatte,
denn ganz offensichtlich *hatte* er sich anderswo umgesehen,
und zwar schon eine ganze Weile und direkt vor meiner Nase,
ohne dass ich etwas davon geahnt hätte.

»Aber die Dinger könnten nützlich sein, um das Feuer anzu-
fachen«, schlug Logan vor und bewies damit erneut, dass er vollkommen anders war als William.

Die nächsten Gegenstände waren für Vincents zweite und
ein wenig seriösere Freizeitbeschäftigung gedacht und trugen
dazu bei, sein Ansehen in meinen Augen wieder zu steigern.
Ich legte eine Wasserflasche, einen Kompass und ein multi-
funktionales Taschenmesser zwischen Logan und mir auf den
Boden, so ehrfurchtsvoll, als hätte ich gerade einen wertvollen
Schatz ausgegraben. Und in gewisser Weise war das auch der
Fall.

»Also, *das hier* können wir auf alle Fälle gebrauchen«, bestätigte Logan.

»Und die hier auch«, ergänzte ich und legte eine Erste-Hilfe-
Tasche dazu, die sehr viel größer war als Kates.

»Ist sonst noch etwas in dem Rucksack, das wir gebrauchen
könnten?«, fragte Logan eifrig, und meine Augen leuchteten vor
Aufregung, als ich erneut die Hand hineinsteckte und mich dabei fühlte wie ein kleines Kind an Weihnachten. Meine Finger
schlossen sich um einen in Zellophan eingewickelten Karton,
den ich schließlich aus den Tiefen emporzog. Es handelte sich
um eine Stange Zigaretten, und ich verzog enttäuscht das Gesicht. Logan hingegen wirkte hocherfreut, was meine Enttäuschung noch steigerte. Ich hätte nicht gedacht, dass er rauchte.

»Vincent«, sagte Logan tadelnd zu dem Rucksack, als würde der Geist seines Besitzers noch immer darin wohnen. »Diese Dinger sind sehr, sehr schlecht für dich, aber ich kann dir gar nicht sagen, wie froh ich bin, dass du sämtliche Gesundheitswarnungen ignoriert hast.«

»Hä?«

Logan warf mir einen bedeutungsschweren Blick zu. »Wenn Vincent Zigaretten dabeihat, ist es sehr wahrscheinlich, dass er auch ein ...«

Er musste den Satz nicht zu Ende sprechen, denn ich hatte ihn auch so verstanden. Meine Hand glitt hastig tief in den Rucksack, bevor ich sie mit einem triumphierenden Aufschrei wieder herauszog. Einen Moment lang sagte keiner von uns ein Wort, während ich das Feuerzeug wie eine Trophäe in die Höhe hielt. Ich schüttelte es und erkannte erfreut, dass es nahezu voll war.

»Nun, das ändert natürlich einiges«, sagte Logan, und ich nickte zustimmend. Dank Vincent Morris hatten wir nun die Möglichkeit, den Ort zu verlassen, an dem wir vom Himmel gefallen waren. Dank ihm konnten wir überall und zu jeder Zeit Feuer machen und uns auch im Dunkeln fortbewegen. Und außerdem hatten wir jetzt ein Messer mit so vielen Funktionen, dass ich sie gar nicht alle erfassen konnte.

In diesem Moment gab ich mir selbst das Versprechen, dass ich das nächste Mal, wenn ich einen Koffer packte, darauf achten würde, dass sich nützlichere Dinge darin befanden als ein zweiwöchiger Vorrat an Toilettenartikeln.

»Ganz am Boden befinden sich noch einige schwere Gegenstände, die er in Plastiktüten verpackt hat«, informierte ich Logan. Ich zog die Tüten heraus, und mein Blick fiel auf die kanadische Flagge und die Aufschrift »Souvenirs aus Kanada«. Ich legte die Gegenstände nebeneinander auf den Boden. Jedes Päckchen war sorgsam in mehrere Schichten braunes Packpapier gewickelt.

»Ich wette, es ist ein Elch aus Porzellan«, riet Logan. »Oder vielleicht ein Briefbeschwerer mit der Aufschrift ›I love Canada‹.«

Ich sah lächelnd auf das Päckchen hinunter, das ich gerade ausgewickelt hatte, und hielt es in die Höhe.

»Ahornsirup«, stellte Logan mit sehnsüchtiger Stimme fest, und ich konnte nichts erwidern, denn mir lief bereits das Wasser im Mund zusammen. »Hat Vinnie vielleicht auch noch Pfannkuchen eingepackt?«

Ich lachte. »Nein, aber das hier kommt dem schon ziemlich nahe«, erwiderte ich und packte zwei Schachteln Kekse mit Ahorncremefüllung und ein Päckchen mit der Aufschrift *Ahorn-Toffee* aus, dessen Inhalt ebenfalls äußerst verlockend aussah.

»Ach wie herrlich, ein Mann, der auf Süßes steht«, sagte Logan glücklich.

Wir hätten vielleicht ein wenig umsichtiger sein und unsere Beute genauso rigoros rationieren sollen wie die Schokolade, doch es gab so viele Köstlichkeiten und wir waren so furchtbar hungrig, dass es schwer war, nicht zumindest ein Stück von jedem der Souvenirs zu probieren.

Ich lutschte noch immer an meinem vierten Ahornbonbon, als Logan und ich uns schließlich in den Unterschlupf zurückzogen. Logan bestand erneut darauf, die erste Wache zu übernehmen und sich ums Feuer zu kümmern.

Ich war gerade erst eingeschlafen, als ich von einem klagenden, langgezogenen Heulen geweckt wurde, das die Stille der Nacht durchschnitt. Ich fuhr ruckartig hoch und tastete nach der Taschenlampe, doch Logan war schneller. Er ließ den Strahl über die Lichtung gleiten, aber es war nichts zu sehen, und es folgte auch kein weiteres Geräusch oder weiteres Heulen, weshalb es unmöglich war zu sagen, ob sich der Wolf in der Nähe oder weiter entfernt befand.

Ich griff ängstlich nach Logans Arm. »Falls hier im Wald tatsächlich Bären leben, kommen die Wölfe sicher nicht näher.«

Logan warf mir über die Schulter einen Blick zu. »Und inwiefern soll mich das jetzt beruhigen?«

Ich dachte kurz nach. »Gar nicht, nehme ich an.«

Plötzlich nahm ich im Licht der Taschenlampe ein kurzes Aufblitzen wahr.

»Was war das? Dort drüben! Ein Stück am Ufer entlang. Hat da nicht etwas geglitzert ... oder geleuchtet?«

Logan richtete den Strahl auf die Stelle, auf die ich deutete, und ich erhaschte erneut einen Blick auf etwas Grüngoldenes, das das Licht reflektierte. *Tapetum lucidum* ... so lautete die Fachbezeichnung für dieses furchteinflößende Phänomen. Und während sich die Gänsehaut auf meinen Armen ausbreitete, fiel mir alles Mögliche über die Tatsache ein, dass die Augen zahlreicher Tiere im Dunkeln auf sehr unheimliche Weise Licht reflektieren. Es hatte irgendetwas mit einer Gewebeschicht hinter der Netzhaut zu tun – aber ehrlich gesagt: Wen interessierte das? Wirklich entscheidend war doch, dass ein Stück entfernt ein Tier lauerte und in unsere Richtung starrte.

Logan stand auf, und wenn ich seinen Arm nicht loslassen wollte, musste ich mit. Er versuchte, mich abzuschütteln, doch ich hielt ihn weiter fest umklammert.

»Glaubst du, es ist ein Bär oder ein Wolf?«, flüsterte ich, während ich überlegte, was mir lieber war, bloß um zu erkennen, dass mir beides gleich viel Angst einjagte.

»Ich bin mir nicht sicher«, flüsterte er zurück.

»Was hast du vor?«, fragte ich, als er sich langsam von dem sicheren Feuer entfernte – was meiner Meinung nach eine wirklich schlechte Idee war.

»Das weiß ich noch nicht genau, aber einfach stillzusitzen und zu warten, bis die Kreatur genügend Mut gesammelt hat, um herzukommen, scheint mir auch nicht gerade sinnvoll.«

Dem Tier bloß mit einer Taschenlampe und einem wackeligen, selbstgebastelten Speer bewaffnet gegenüberzutreten war zwar ebenfalls nicht ratsam, aber vermutlich hatte es keinen Sinn, Logan das zu sagen.

»Geh zurück zum Feuer«, drängte er, während er einen großen flachen Stein aus dem Schnee buddelte.

»Auf keinen Fall, wir ziehen diese Sache gemeinsam durch oder gar nicht.«

Ich war mir zwar nicht ganz sicher, was er vorhatte, aber ich würde mich ganz sicher nicht hinter dem Feuer verstecken, während Logan sich der Gefahr allein stellte.

Er ließ den Strahl der Taschenlampe noch einmal am Ufer entlang- und zurückgleiten, doch es war nichts mehr zu sehen.

»Vielleicht ist es verschwunden«, meinte ich hoffnungsvoll.

»Vielleicht aber auch nicht«, erwiderte Logan düster.

Ich war mir nicht sicher, ob mir diese neue, pessimistische Seite an ihm gefiel, aber mir war klar, dass sie durchaus den Unterschied zwischen Leben und Tod darstellen konnte.

»Sollen wir nachsehen?«, fragte er, ehe er ohne weitere Erklärung den Arm hob und den großen flachen Stein über den See schleuderte.

Ich hörte, wie er ein wenig entfernt aufschlug. Logan hob einen zweiten Stein hoch, machte noch ein paar Schritte in Richtung des Tieres und warf erneut. Sein Ziel war ziemlich weit entfernt, und die Chancen, im Dunkeln etwas zu treffen, waren gering, doch ich erkannte schnell, dass das gar nicht seine Absicht war. Er wollte bloß genügend Lärm erzeugen, um unseren Besucher zu verjagen. Also beugte ich mich hinunter und grub ebenfalls ein paar Steine aus.

Aufgrund meiner Verletzung konnte ich nicht so weit werfen wie Logan, und die meisten Steine landeten bloß mit einem Klatschen im Wasser, doch irgendwann schaffte es einer von uns aus schierem Glück, unser Ziel zu treffen, und ein lautes, schrilles Jaulen hallte zu uns herüber. Gleich darauf hörten wir ein Rascheln, als sich das Tier aus dem Staub machte. Was auch immer sich entlang des Sees an uns herangeschlichen hatte, war fort. Zumindest im Moment.

Den Rest der Nacht taten wir beide kaum ein Auge zu, doch das bedeutete zumindest, dass keine Gefahr mehr bestand, dass das Feuer ausging.

»Wir sollten gleich morgen früh von hier fortgehen, nicht wahr?«, fragte ich, während ich in den lodernden Flammen stocherte. »Nach allem, was gerade passiert ist, willst du doch sicher auch nicht länger hierbleiben.«

Logan seufzte, bevor er antwortete. »Nach allem, was ich bis jetzt über solche Situationen gelesen und gehört habe, würde ich sagen, dass wir hierbleiben sollten. Wenn wir losziehen, besteht die Gefahr, dass wir uns verirren.«

»Aber wir wissen doch ohnehin nicht, wo wir sind«, argumentierte ich. »Und ich glaube, wir laufen irgendwann ernsthaft Gefahr, dass uns ein Tier als Mitternachtssnack verspeist, wenn wir hierbleiben. Außerdem haben wir jetzt Vinnies Kompass, was bedeutet, dass wir wenigstens nicht im Kreis laufen.«

»Warum sollten wir im Kreis laufen?«

»Das passiert ständig«, erwiderte ich düster. »Das habe ich irgendwann mal gelesen ... irgendwo«, fügte ich mit einem kaum merklichen Schulterzucken hinzu.

Logan klopfte mir kurz auf den Rücken. »Dein Fachwissen ist wirklich sehr nützlich«, meinte er.

Ich drehte mich um und warf ihm einen beschämten Blick zu. »Nein, wohl eher nicht«, erwiderte ich mit einem traurigen Lächeln. »Denn ehrlich gesagt habe ich keine Ahnung, wie man einen Kompass verwendet.«

Logan zwinkerte mir zu und grinste schief. »Keine Sorge«, sagte er. »Ich schon. Ich habe es vermutlich irgendwann einmal irgendwo gelesen.«

Tag vier

Die Kälte war das Erste, was mir beim Aufwachen auffiel. Logan lag nicht mehr vor mir, und so bildete sein Körper auch keinen Schutz vor dem Wind, der in unseren Unterschlupf drang. Doch das war nicht der einzige Grund, warum ich fror, denn als ich mich mühsam aufrichtete, sah ich, dass unbedingt Feuerholz nachgelegt werden musste. Aber wo war Logan? Obwohl ich die letzten Tage eigentlich ständig in Angst verbracht hatte, brach sie jetzt erst richtig aus mir hervor.

Kein Wunder, dass es im Moment einfach war, in Panik zu geraten, denn immerhin warteten wir bisher nicht nur vergeblich darauf, gerettet zu werden, sondern mussten uns auch noch mit dem Wissen herumschlagen, dass wir von allen Seiten von Raubtieren belagert wurden.

Ich kroch aus unserem Unterschlupf, und mein Blick wanderte auf der Suche nach möglichen Anzeichen eines Angriffs über die Lichtung. Auf dem Schnee waren keinerlei Spuren zu erkennen, auch keine menschlichen. Vermutlich hatte es erneut geschneit, während ich geschlafen hatte. Ich drehte mich einmal im Kreis, doch ich sah Logan noch immer nicht. Erst als ich mir die Hände wie einen Trichter vor den Mund hielt und seinen Namen brüllte, entdeckte ich endlich seine dunkle Silhouette ein ganzes Stück entfernt am Ufer des Sees.

Er wanderte an der Stelle auf und ab, an der sich gestern unser Angreifer befunden hatte, und hielt dabei den Kopf gegen den eisigen Wind gesenkt. Dann hörte er mich rufen und hob den Arm. Es war dieselbe Geste, mit der er mich begrüßt hatte, als er am Flughafen aus dem Coffeeshop getreten war und mich zufällig wiedererkannt hatte. Bloß, dass Logan und der Mann am Flughafen mittlerweile zwei vollkommen unterschiedliche Menschen zu sein schienen.

Es gefiel mir absolut nicht, dass sich Logan so weit dort hinten aufhielt, also nahm ich die dicke Fleecejacke, die ich in Vincents Rucksack gefunden hatte – seine Klamotten entsprachen glücklicherweise eher meiner Größe als Bobs –, und machte mich auf den Weg zu Logan.

Ich warf noch schnell einen Arm voll Holz ins Feuer und griff automatisch nach dem Speer. Und während ich mich auf den Weg am Seeufer entlang machte, kam mir der Gedanke, wie schnell man die Gewohnheiten der modernen Zivilisation doch hinter sich ließ und sich an neue Situationen gewöhnte. Zu Hause hätte ich automatisch die Alarmanlage aktiviert und nachgesehen, ob ich mein Handy und meinen Schlüssel dabeihatte, bevor ich die Wohnung verließ, hier warf ich Holz ins Feuer und schnappte mir einen Speer. Man mochte meinen, die Menschheit hätte sich in jeder Beziehung immens weiterentwickelt, doch es bedurfte bloß eines seltsamen Zufalls wie diesem hier, und man erkannte, dass dem nicht wirklich so war.

Logan stand neben einer kleinen Baumgruppe, ein wenig vom Ufer entfernt. Er blickte hoch konzentriert auf den schneebedeckten Boden, und als ich näher trat, sah ich, was seine Aufmerksamkeit erregt hatte, und wurde instinktiv langsamer. Unter den Ästen der Bäume hatte der Neuschnee die Spuren, die unsere nächtlichen Besucher hinterlassen hatten, noch nicht bedeckt. Die Pfotenabdrücke waren deutlich zu sehen – und es waren eine ganze Menge.

Sie sahen so ähnlich aus wie die Abdrücke von Hunden, was zumindest bedeutete, dass es keine Bären gewesen waren. Die schlechte Nachricht war allerdings, dass die Abdrücke eben *nicht* von Hunden stammten – denn dafür waren sie viel zu groß. Ich bückte mich und legte meine Hand neben einen der Abdrücke. Sie war kaum größer als er. Mit besorgtem Gesicht sah ich zu Logan hoch. »Ich dachte immer, Wölfe wären in etwa so groß wie Hunde.«

»Ja, wie Hunde auf Steroiden«, erwiderte Logan, was vermutlich lustig sein sollte, es aber absolut nicht war. Er streckte die Hand aus, um mich hochzuziehen.

»Und außerdem dachte ich, es wäre nur einer gewesen«, fuhr ich ein wenig zitternd fort, während ich die vielen Abdrücke musterte, die sich um die Bäume schlängelten. »Aber es scheinen ziemlich viele gewesen zu sein.« Die Vorstellung, dass sich die Wölfe unbemerkt so nahe an unserem Lager versammelt hatten, um uns aus dem Verborgenen zu beobachten, war wirklich beängstigend.

»Wölfe sind soziale Tiere und leben in Rudeln«, erklärte Logan.

Ich musterte erneut die Abdrücke, die schließlich im Wald verschwanden. »Ja, da hast du wohl recht. Aber irgendwie bezweifle ich, dass das hier eine soziale Zusammenkunft war.«

Wir gingen schweigend zurück. Logan hielt die ganze Zeit über meine Hand, und obwohl keine Gefahr bestand, dass ich ausrutschte oder hinfiel, entzog ich sie ihm nicht.

Seine Finger, die meine fest umklammerten, gaben mir ein Gefühl der Sicherheit.

»Ich denke, das macht uns die Entscheidung sehr viel leichter«, erklärte Logan schließlich seufzend. »Wir können keine weitere Nacht hierbleiben.« Er hockte sich vor das Feuer, um seine Hände zu wärmen.

»Glaubst du, dass sie wiederkommen?«, fragte ich.

»Nein, ich *glaube* nicht, dass sie wiederkommen ...« Ich öffnete den Mund, um etwas zu erwidern, doch er fuhr bereits mit grimmiger Stimme fort: »Ich *weiß* es.«

Die Angst hätte uns vermutlich den Appetit rauben sollen, doch dazu hatten wir schon viel zu lange keine vernünftige Mahlzeit mehr zu uns genommen. Allerdings genossen wir die mittlerweile rationierte Portion an Keksen und Bonbons nicht mehr so wie letzte Nacht.

Ich mixte eine große Menge Ahornsirup in unser heißes Wasser und rührte mit einem kleinen Ast um, den ich von einem der umstehenden Bäume abgebrochen hatte. Das viel zu süße Getränk würde uns die Energie für unsere bevorstehende Wanderung liefern, doch ich befürchtete, dass wir eines Tages auf dem Zahnarztstuhl für unseren übermäßigen Zuckerkonsum bezahlen mussten.

Plötzlich sah ich Williams Seite des Badezimmerregals aus Muranoglas vor mir. Eine elektrische Zahnbürste, eine Mundspülung und allerlei andere Utensilien zeichneten für sein herrlich weißes Lächeln verantwortlich, und ich konnte mir nicht vorstellen, wie er damit zurechtgekommen wäre, wenn er sich auch bloß ein wenig Schnee über seine Zähne hätte reiben können, um sie zu säubern. Doch es gab viele Dinge, die ich mir in Bezug auf William nicht vorstellen konnte.

Obwohl ich endlich weiterziehen wollte, zögerte ich, als es schließlich daranging, unser Lager abzubrechen, und es fiel mir schwer, zu entscheiden, was wir mitnehmen und was wir den Bären und Wölfen zurücklassen sollten. Mit Logans Hilfe wählte ich schließlich einige Klamotten und Ausrüstungsgegenstände aus, die wir auf Vincents Rucksack und meine Umhängetasche verteilten.

Danach verharrten wir einen Moment lang neben dem Feuer und versuchten, so viel Hitze wie möglich in uns aufzunehmen, ehe wir erneut in das verschneite Ödland aufbrachen, auch wenn uns durchaus bewusst war, dass die Wärme des Feuers in fünf Minuten nur mehr eine entfernte Erinnerung sein würde.

Ich machte einen Schritt nach vorn, um die Flammen auszutreten, doch Logan hielt mich zurück.

»Lass es brennen. Falls ein Flugzeug über die Lichtung fliegt, sehen sie zumindest, dass jemand hier war«, erklärte er. »Auch wenn dein Zeichen ziemlich genial ist.«

Ich warf einen Blick hinüber zu den Wrackteilen. Ich hatte die ursprüngliche SOS-Nachricht zu einem Pfeil umgebaut, der in die Richtung zeigte, in die wir gehen wollten.

»Das alles hat doch bloß einen Sinn, wenn sie noch nach uns suchen«, antwortete ich mürrisch. »Aber wir haben bis jetzt noch kein einziges Flugzeug gesehen oder auch nur *gehört*«, fuhr ich fort, als hätte er es selbst noch nicht bemerkt.

»Der Absturz ist noch nicht lange her, Hannah. Sie blasen die Suche sicher noch nicht ab. Außerdem bezweifle ich, dass deine Schwester das zulassen würde.«

Ich lächelte, denn es hörte sich an, als würde Logan meine ältere Schwester, deren oberste Priorität es immer schon gewesen war, mich zu beschützen, persönlich kennen.

»Ich freue mich schon darauf, sie kennenzulernen«, fuhr er fort. »Ich bin mir sicher, dass Kate und ich wunderbar miteinander auskommen werden.«

Meine Stimme klang ein wenig sarkastisch, obwohl ich versuchte, die schlechte Stimmung, die mich schon seit dem Aufwachen plagte, endlich loszuwerden. »Ja, *dich* mag sie ganz bestimmt«, bestätigte ich.

Logan hob den Blick vom verschneiten Boden und sah mich mit seinen smaragdgrünen Augen an. »Dann ist sie also kein großer Fan von William, nehme ich an?«

»Oh, eine Zeitlang fand sie ihn durchaus nett«, erzählte ich. »Bloß jetzt nicht mehr. Verständlicherweise.«

Logan blieb so abrupt stehen, dass ich beinahe in ihn hineingerannt wäre. »Ich weiß, du willst nicht darüber reden, aber ich muss dich das jetzt trotzdem fragen: Was zum Teufel hat er getan?« Seine Stimme klang ungewöhnlich wütend.

»Spielt das denn eine Rolle?«, fragte ich müde und resigniert.

»Natürlich. Denn wenn ich den Mistkerl schon zu Boden strecke, will ich wenigstens wissen, warum genau.«

Mir entfuhr ein unerwartetes Kichern, und dann erzählte ich ihm endlich, was er sich vermutlich ohnehin bereits gedacht hatte.

»Das Übliche. Er hat mir den Himmel auf Erden versprochen und mir geschworen, dass ich das Wichtigste auf der Welt für ihn bin – und wer weiß, vielleicht war ich das ja auch einmal. Doch das alles hat ihn nicht davon abgehalten, hinter meinem Rücken mit einer Frau aus dem Büro ins Bett zu gehen. Und dann war er auch noch so dumm, sich erwischen zu lassen.«

»Ja, du hast recht. Er ist wirklich dumm. Unglaublich dumm«, bestätigte Logan. »Aber nicht, weil er sich hat erwischen lassen.«

Ich spürte überrascht, wie ich rot wurde. Wieder einmal hatte es Logan geschafft, dass ich stolz war. Auf mich selbst, auf das, was ich war, und auf meine Fähigkeit, mit allem zurechtzukommen, was das Leben für mich bereithielt.

Er legte einen Arm um meine Schulter und zog mich an sich. Meine verletzte Seite hätte vermutlich protestieren sollen, doch ich spürte keinen Schmerz, als wir Arm in Arm durch den Schnee stapften.

Ich hätte damals schon wissen sollen, dass er mir niemals weh tun würde.

»Du isst doch Sushi, oder?«

»Hier gibt es doch kein *Sushi!*«

Logan drehte sich mit dem Speer in der Hand zu mir um. Er saß auf einem flachen Stein und hatte eine vielsagende Miene aufgesetzt.

»Siehst du vielleicht irgendwo Reis, getoastetes Seegras oder Wasabi?«, fragte ich.

»Du bist vielleicht wählerisch«, meckerte Logan und wandte seine Aufmerksamkeit wieder dem an uns vorbeischießenden kleinen Bach zu, in dem gerade etwas silbern aufgeblitzt hatte. Er hob den Speer und stach damit ins Wasser, wobei er vor Übereifer beinahe das Gleichgewicht verlor.

Ich richtete mich ein wenig auf dem Baumstamm auf, auf dem ich Platz genommen hatte, und rieb meine wund gelaufenen, schmerzenden Füße. Vermutlich hatte Logan recht gehabt, und ich hätte die Turnschuhe gar nicht erst ausziehen sollen, doch nachdem wir drei Stunden durch den Schnee gestapft waren, hatte ich das Gefühl, es keine einzige Sekunde mehr in ihnen auszuhalten.

Es hatte nicht lange gedauert, bis wir erkannt hatten, dass Vincents Kompass zwar sehr nützlich war, dass uns letzten Endes jedoch die Natur selbst den Weg aus der Wildnis weisen würde.

Der See, in den unser Teil des Flugzeuges gestürzt war, war um einiges größer, als wir beide vermutet hatten, und nachdem wir am Ufer entlanggewandert und über einen Steinhaufen geklettert waren, entdeckten wir, dass er von einem kleinen, reißenden Bach gespeist wurde. Wir standen Schulter an Schulter vor dem sprudelnden Wasserlauf, und mir wurde bald klar, dass dies eine äußerst wichtige Entdeckung sein musste, denn Logan wirkte unheimlich begeistert, während ich eher verwirrt war.

»Das ist wunderbar! Das hilft uns in jedem Fall weiter.«

Ich nickte, als wüsste ich genau, wovon er sprach, doch dann beschloss ich, ihm lieber doch nichts vorzumachen. »Ähm ... und warum?«

»Weil der See kein in sich abgeschlossenes Binnengewässer ist. Er wird von einem Wasserlauf gespeist, und es gibt sicher auch einen Ablauf.«

»Und das bedeutet ...?«

Logan wandte sich zu mir um, und der Wind fuhr durch seine dunkelbraunen Haare wie unsichtbare Finger – und einen Moment lang kam in mir der schockierende Wunsch auf, dass diese Finger mir gehörten.

»Wohin, glaubst du, fließt dieser Ablauf?«

Logan sah mich aufmunternd an wie ein Lehrer, der eine zögerliche Schülerin dazu bringen möchte, die richtige Antwort zu geben.

»Ähm ...« Ich fühlte mich einen Moment lang tatsächlich in meine Schulzeit zurückversetzt, doch wenn ich die Antwort nicht bereits irgendwo gelesen hatte und sie sich nicht in den Tiefen meines fotografischen Gedächtnisses versteckte, würde sie mir auch nicht einfallen.

»Zu einem größeren Bach?«, wagte ich einen Versuch.

Logan lächelte, und es war tatsächlich das attraktivste Lächeln, das ich je gesehen hatte. Ich schüttelte den Kopf. Was war heute Morgen bloß mit mir los? Vermutlich brachte mich der Hunger auf diese seltsamen Gedanken.

»Genau. Zu einem größeren Bach. Und wo ein Bach ist, gibt es irgendwann auch ...«

Ich lächelte schwach und zuckte hilflos mit den Schultern. »Keine Ahnung. Boote? Einen McDonald's? Ich weiß es nicht, sag es mir.«

»Na ja, vermutlich würden wir irgendwann sogar das finden. Aber wichtig ist vor allem, dass wir irgendwann auf eine Form der Zivilisation stoßen werden, wenn wir dem Bach nur lange genug folgen, und vielleicht kommen wir irgendwann sogar zu einer Straße.«

»Dir ist aber klar, dass in deinem letzten Satz drei Mal das Wort ›irgendwann‹ vorkam, oder?«

Er grinste müde. »Ja, es mag tatsächlich einige Zeit dauern. Wie können ja unmöglich wissen, wie lang der Bach oder der Fluss ist. Es sei denn, du hättest es irgendwann einmal gelesen?«

»Leider nicht.«

Ich bin mir nicht sicher, wer von uns den ersten Fisch entdeckte, nachdem wir zunächst tatsächlich den Ablauf des Sees entdeckt hatten und ihm gefolgt waren. Obwohl es kalt war, strahlte an diesem Tag die Sonne vom Himmel und auf das Wasser, und zuerst dachte ich, das silberne Aufblitzen im Wasser sei bloß ein Lichtreflex gewesen, doch dann sah ich, dass Logan auf dieselbe Stelle starrte.

»Hätte die Dame vielleicht gern etwas Fisch zum Mittagessen?«, fragte er mit ziemlich hochnäsigem Akzent, streifte sich

Vincents Rucksack von den Schultern und ließ ihn auf den Boden gleiten.

»Wie um alles in der Welt willst du ohne richtige Angel einen Fisch fangen?«, fragte ich und stellte ebenfalls meine Tasche ab. Ich war mehr als glücklich, dass wir endlich wieder eine Pause einlegten. Ich wollte nicht diejenige sein, sie sich beschwerte, doch mittlerweile zitterten und schmerzten meine Beine von der ungewohnten Anstrengung.

»Dazu sage ich bloß: Ein Mann und sein Speer!«, erwiderte Logan mit der rauhen Stimme eines steinzeitlichen Höhlenbewohners.

Mein Lachen hallte durch die klare Winterluft. »Und ich sage bloß: Keine Chance, Kumpel!«

Logan kletterte über die glitschigen Steine am Ufer, bis er eine Stelle erreicht hatte, an der das Wasser seicht war. Nach etwas zwanzig Minuten brach ich schließlich die Stille, die – wie er meinte – notwendig war, um die Fische nicht zu verschrecken.

»Soll ich vielleicht schon mal ein Feuer machen, damit wir den Fisch braten können – immer vorausgesetzt, du fängst einen?«, fragte ich.

»Ts, ts. Die Fische spüren sicher deine negative Einstellung – und deshalb kommen sie nicht.«

»Auf jeden Fall«, erwiderte ich und nickte.

Obwohl er bereits zwanzig Minuten vergeblich am Ufer verbracht und mehrere Male beinahe das Gleichgewicht verloren hatte und ins Wasser gestürzt wäre, hatte Logan offensichtlich seinen Humor noch nicht verloren. Wäre William hier bei mir gewesen, hätte er nach fünf Minuten aufgegeben und sich etwas vom Lieferservice bestellt. Ich kicherte, und Logan wandte sich zu mir um.

»Du lachst doch nicht etwa über meinen lahmen Versuch, dir zu beweisen, dass ich ein richtiger Naturbursche bin, Miss Truman?«

»Nein, ganz und gar nicht. Deshalb habe ich ja auch angeboten, Feuer zu machen. Damit wir deinen Fang braten können.«

Logan lächelte. Er hielt den Speer über seinem Kopf, und hinter ihm glitzerte der Wasserlauf wie ein Teppich aus Edelsteinen. Seine Haare waren vom Wind zerzaust, und seine leuchtenden Augen wirkten unglaublich lebendig.

Ich schwor mir, mich mein ganzes Leben lang so an Logan zu erinnern – an diesen Moment, genau hier. Dieses Bild würde sich bis ans Ende meines Lebens in mein Gedächtnis einbrennen.

»Wir sollten lieber keine Zeit damit vergeuden, Feuer zu machen. Es ist sicher noch einige Stunden hell, was bedeutet, dass wir noch ein gutes Stück den Wasserlauf hinunterwandern können. Wenn wir einen Fisch fangen, essen wir ihn eben roh.«

Ich verzog angewidert das Gesicht, doch ich sagte nichts. Es schien ohnehin ziemlich unwahrscheinlich, dass er überhaupt etwas fing, und ich konnte mir auch später noch Gedanken darüber machen, wie wir seinen Fang zubereiteten.

Irgendwann zog ich schließlich die Socken von den Füßen, rollte die Hosenbeine hoch und tappte über die Steine zu ihm. Logan warf einen mitleidigen Blick auf meine roten, mit Blasen übersäten Zehen. Ich hob den Speer, den ich als Gehstock verwendet hatte, um nicht aus dem Gleichgewicht zu geraten, und stieg ins seichte Wasser.

»Okay«, keuchte ich, als die Kälte in meine Knochen drang. »Sag mir, was ich tun soll.«

Vermutlich war es unsere gemeinsame Anstrengung, die schließlich dazu führte, dass wir den Lachs fingen. Und außerdem hatten wir wohl verdammtes Glück. Logan stach immer wieder mit dem Speer ins Wasser und scheuchte damit einige der bedauernswerten Fische ins seichtere Gewässer, wo ich stand. Ich sah, wie der silberne Körper auf mich zugeschossen kam, und kniff die Augen zu, während ich meinen Speer ins Wasser stieß. Das Aufspritzen des Wassers und das seltsame Zittern des Astes in meiner Hand verrieten mir sofort, dass ich den Fisch tatsächlich erwischt hatte.

»Iiiih! Äh ... ich glaube, wir haben einen erwischt!«, rief ich und öffnete die Augen einen Spaltbreit, um nachzusehen. Logan watete auf mich zu, griff nach unten und zog den sterbenden Fisch aus dem Wasser.

»*Du* hast einen erwischt!«, korrigierte er mich. Ich konnte den armen Fisch in seinen Händen nicht ansehen. Ich war zwar keine Vegetarierin und aß normalerweise oft Fisch, aber ich hatte noch nie etwas getötet, um es anschließend zu essen, und ich würde es auf keinen Fall schaffen, das arme Tier von seinem Leid zu erlösen. Glücklicherweise war Logan nicht so zimperlich wie ich, und so war der Fisch innerhalb weniger Sekunden tot.

Logan hielt den Lachs in einer Hand, während er mir mit der anderen aus dem Wasser half. Ich eilte zu meinen Sachen zurück, rubbelte meine Füße mit einem von Bobs gestreiften T-Shirts trocken und schlüpfte wieder in meine Socken und Turnschuhe.

Als ich den Blick hob, stand Logan mit ausgestreckten Armen vor mir und hielt mir den Fisch entgegen. »Du zuerst.«

Ich schüttelte den Kopf so heftig, dass mir der Pferdeschwanz, zu dem ich meine blonden Haare gebunden hatte, ins Gesicht schlug. »Auf keinen Fall. Zumindest nicht, bevor wir ihn gebraten haben.«

»Dazu ist keine Zeit«, erwiderte Logan bedauernd. »Er schmeckt sicher ganz wunderbar. Und wir brauchen Proteine«, argumentierte er. Ich schüttelte erneut den Kopf und sah dann entsetzt zu, wie er den Fisch an seinen Mund hob und hineinbiss.

Allein der Anblick führte dazu, dass mein Magen rebellierte, und als mein Blick Logans traf, konnte ich das warme, rohe Fleisch beinahe selbst schmecken. Ich schluckte schwer und versuchte, mich nicht zu übergeben.

Ich musste Logan allerdings zugestehen, dass er es tatsächlich zu Ende brachte. Er kaute den Bissen ausgiebig und schließlich schaffte er es sogar, ihn hinunterzuschlucken. Gleich darauf griff er jedoch so hastig nach der Wasserflasche, die ich ihm bereits hinhielt, dass es beinahe komisch wirkte, und legte den Fisch vor seinen Füßen ab. »Vielleicht hattest du recht, und wir sollten ihn später doch noch braten«, erklärte er.

Ich widerstand dem Drang, ihm unter die Nase zu reiben, dass ich das ja von Anfang an gesagt hatte, und mir war klar, dass er meine Zurückhaltung zu schätzen wusste.

Ich habe keine Ahnung, wie weit wir an jenem Tag marschierten, denn ich maß den Weg nicht in Metern, sondern in Gefühlen. Diese verliefen von optimistisch zu mürrisch, von müde bis zu beinahe ohnmächtig vor Erschöpfung.

»Du hättest mir sagen sollen, dass du nicht mehr weiterkannst«, rügte mich Logan, der besorgt beobachtete, wie ich mich auf dem Boden zusammenkauerte, als wir endlich anhielten, um unser Nachtlager aufzuschlagen.

»Ich wollte dir kein Klotz am Bein sein«, erwiderte ich und zuckte zusammen, als ich meine schmerzenden Beine ausstreckte. »Und je weiter wir gehen, desto eher werden wir gefunden oder stoßen auf andere Menschen, nicht wahr?«

Logan antwortete mit einem kaum merklichen Lächeln. Er wollte wie immer nicht, dass ich mir zu große Hoffnungen machte, die bloß wieder zerstört wurden. Doch der Gedanke an Kate und die Möglichkeit, dem Schmerz, den sie gerade erlitt, endlich ein Ende zu setzen, waren so ziemlich das Einzige, was mich dazu gebracht hatte, immer wieder einen müden Fuß vor den anderen zu setzen. Und es war mir durchaus bewusst, dass meine Schwester und ihre Familie für mich der Grund gewesen waren, immer weiterzumarschieren – und nicht William. Ich hatte fünf Wochen in Kanada verbracht, um mir über meine Beziehung klarzuwerden, doch auf dem Heimflug war ich mir immer noch unsicher gewesen. Mittlerweile hatte sich jedoch einiges geändert, und ich spürte, wie sich meine Sicht der Dinge in der klaren, kalten Bergluft ebenfalls klärte.

Logan ließ sich vor mir nieder und sah mir mit sanftem Blick in die Augen. »Du bist vieles, Hannah Truman, und vieles davon hast du selbst noch nicht erkannt. Aber vertrau mir, du bist auf keinen Fall ein Klotz am Bein.«

Ich lächelte, und mir wurde erneut klar, wie sehr ich diesen Mann mochte und was für ein Glück ich hatte, dass gerade er hier mit mir gelandet war. Alleine wäre ich verloren gewesen – vermutlich sogar im wahrsten Sinne des Wortes –, doch mit Logan hatte ich zumindest die Chance, zu überleben.

Während der zweiten Hälfte unseres Marsches hatten wir wenig gesprochen, und vielleicht war es die unheimliche Stille, die in der Wildnis herrschte, die mir langsam, aber sicher wieder Angst einjagte. Und so blieb ich zahllose Male stehen, weil ich mir sicher war, dass etwas – oder jemand – uns beobachtete und verfolgte. Es spielte keine Rolle, wie oft Logan mir versicherte, dass ich es mir einbildete, ich wurde das Gefühl einfach nicht los.

»Wir wüssten, wenn etwas in der Nähe wäre«, meinte er auch jetzt und klopfte mir beruhigend auf die Schulter.

»Tatsächlich?«, fragte ich und hielt den Blick auf das undurchdringliche Unterholz gerichtet. »Gestern Abend haben wir die Wölfe doch zuerst auch nicht bemerkt. Woher weißt du, dass sie uns nicht folgen und nur auf den richtigen Moment warten, um anzugreifen?«

Logans Blick wurde ein wenig finsterer, und er beobachtete den Wald ebenfalls mit größerer Aufmerksamkeit, bevor er antwortete. »Glaubst du nicht, dass sie bereits letzte Nacht, während wir schliefen, genügend Gelegenheit dazu hatten? Ich nehme an, sie waren einfach nur neugierig und wollten sichergehen, dass wir keine Gefahr darstellen. Und jetzt haben sie uns schon wieder vergessen.«

Das traf vielleicht auf einen Goldfisch zu, doch obwohl ich ziemlich sicher war, dass Wölfe um einiges intelligenter waren, hielt ich es für klüger, meine Bedenken nicht zu äußern.

Mittlerweile war ich ziemlich gut darin, Feuer zu machen. Ich schichtete einige Zweige zu einer kleinen Pyramide auf und bedeckte sie mit trockenen Flechten. Dabei ging mir durch den Kopf, dass ich mittlerweile vermutlich in der Lage war, einige Pfadfinderabzeichen zu erringen, die mir als Kind unerreichbar erschienen. Vielleicht konnte ich sie sogar noch im Nachhinein beantragen, dachte ich und blickte lächelnd in die winzigen Flammen, die an den Zweigen leckten.

Plötzlich fiel ein Schatten über das Feuer, und als ich den Blick hob, sah ich Logan, der mich mit einem Ausdruck anschaute, den ich noch nie zuvor gesehen hatte.

»Was?«, fragte ich und war verwirrt, weil er mich so eingehend musterte. »Hab ich etwas im Gesicht?« Ich rieb mir über die Nase, für den Fall, dass sich ein Rußfleck darauf befand.

»Ja, das hast du«, erwiderte er, und seine Stimme ließ mich erschauern. »Es nennt sich Lächeln, und es raubt einem beinahe den Atem.«

Seine Worte hatten genau denselben Effekt auf mich, und es war egal, dass mir darauf nichts einfiel, denn ich hätte in diesem Moment ohnehin kein Wort herausgebracht. Ich sah ihm durch das flackernde Feuer in die Augen, und unsere Blicke führten ihre ganz eigene Unterhaltung.

Meine Gefühle für Logan waren zu einer Komplikation geworden, die ich eigentlich nicht gebrauchen konnte, und deshalb versuchte ich, während wir unser Nachtlager aufschlugen, das seltsame Flattern in meinem Bauch zu ignorieren. Ich war mir Logans Nähe bewusster als je zuvor. Als wir schließlich fertig waren, warf ich einen Blick auf das schmale Lager, das wir errichtet hatten und wo unsere Körper sich schon in ein paar Stunden aneinanderschmiegen würden, und ich schob die Tatsache, dass mein Herz plötzlich wie verrückt klopfte, einfach auf die Anstrengung.

Ich hatte den Ast mit dem gefangenen Fisch den ganzen Nachmittag mit mir herumgeschleppt, und irgendwann hatte ich ihn mir schließlich über die Schulter gelegt, weil ich den vorwurfsvollen Blick des Tieres nicht länger ertragen konnte, was Logan natürlich besonders amüsiert hatte. Doch als wir den Fisch schließlich über dem Feuer brieten, war mein schlechtes Gewissen wie weggeblasen, und ich verspürte nur noch eine Vorfreude, die mir das Wasser im Mund zusammenlaufen ließ. Ich hatte bereits in Michelin-prämierten Restaurants, Hotels mit Haute Cuisine und Lokalen gegessen, in denen die Teller eher wie Kunstwerke aussahen, doch nichts hatte jemals so wunderbar geschmeckt wie dieser Lachs.

Logan und ich saßen schweigend nebeneinander auf einem Baumstumpf und zupften das zarte Fleisch von den Gräten, und als nichts mehr übrig war, leckte ich mir das Fett von den Fingern und hörte erst auf, als ich bemerkte, dass Logan mich beobachtete.

Ich warf die Überreste unseres Nachtmahls ins Feuer und stand auf. Es wurde langsam kälter, doch der Himmel war klar, und ich glaubte nicht, dass es in dieser Nacht schneien würde. Ich ging hinüber zum Waldrand und blickte nach oben, um den hellsten Stern am Firmament zu suchen.

Es war ein Spiel, das Kate und ich als Kinder immer gespielt hatten: Die Erste, die ihn entdeckte, durfte sich etwas wünschen. Saß Kate vielleicht in diesem Moment auch irgendwo, blickte in den Himmel hinauf und dachte an unser altes Ritual? Und spielte es heute Nacht überhaupt eine Rolle, wer von uns beiden den Stern als Erste entdeckte, wo wir uns doch sicher beide dasselbe wünschten?

Ich hörte das Knirschen von Stiefeln hinter mir, und kurz darauf spürte ich Logans Hand auf meiner Schulter, während ich weiter in den sternenklaren Himmel hochsah.

»Hältst du nach einem Flugzeug Ausschau?«

»Nein, eigentlich nach einem Stern. Nach dem hellsten Stern am Himmel.«

»Willst du dir denn etwas wünschen?« Er musste noch näher getreten sein, denn sein warmer Atem strich über mein Ohr, während er sprach. Ich nickte, behielt den Blick jedoch auf den Himmel gerichtet.

»Da ist er«, meinte er kurz darauf und drehte mich sanft in die entsprechende Richtung. »Der Hundsstern, glaube ich.«

»*Alpha Canis Majoris*«, murmelte ich, während ich zu dem funkelnden Stern hochstarrte, der über acht Lichtjahre von dem winzigen Fleckchen mitten in der Wildnis entfernt war, wo zwei verirrte Überlebende standen. Ich spürte, wie Logan seine Hände um meine Mitte schlang und mich rücklings an seine Brust zog. Ich sagte nichts, während ich mir alle möglichen Dinge wünschte, auch wenn ich annahm, dass keiner dieser Wünsche jemals in Erfüllung gehen würde.

Das Feuer loderte hell und knisterte laut, als wir uns schließlich in unseren Unterschlupf zurückzogen. Ich kroch ungelenk in das schmale Lager, denn ich konnte mich aufgrund der vielen Schichten Kleidung, die ich trug, kaum bewegen. Schließlich robbte ich wie eine ungraziöse Raupe immer weiter nach hinten, bis ich Logans Körper an meinem Rücken spürte. Er schlang automatisch die Arme um mich und zog mich an sich, als wären wir ein Paar und wiederholten ein alltägliches Ritual, das es sich im Laufe von Jahrzehnten angewöhnt hat.

Wie war es möglich, dass sich seine Nähe gleichzeitig so vertraut und doch so neu, so beruhigend und auch aufregend anfühlte?

Natürlich nahm ich an, dass nur ich allein diese Gefühle hegte. Ich war nicht so albern, mir etwas vorzumachen. Logan wäre entsetzt gewesen, hätte er gewusst, wie falsch ich jede seiner Bewegungen interpretierte.

»Schlaf jetzt, Hannah«, flüsterte er in meine Haare, und da meine Augen ohnehin bereits zufielen, war es nicht sehr schwer, seiner Aufforderung Folge zu leisten. Ich taumelte den schmalen Grat zwischen Träumen und Wachen entlang, und ein Teil von mir lag mit William in den ägyptischen Laken, während der andere Teil sich in der kanadischen Wildnis an Logan schmiegte. Ich spürte, wie jemand sanft seine Lippen auf meine Haare drückte und mich küsste, aber ich hatte keine Ahnung, welcher der beiden Männer es gewesen war.

Das Heulen durchschnitt die Nacht und drang in meinen Schlaf und bis tief in meine Seele. Es war eine Kakophonie verschiedener Stimmen, ein klagendes Orchester, das eine Symphonie zum Besten gab, die niemand hören wollte. Vor allem aber waren es mehrere Wölfe, nicht bloß einer.

»Logan!«, rief ich verzweifelt, bevor ich mich auf den Rücken rollte und im Dunkeln nach ihm tastete. Es dauerte einige Sekunden, ehe mir klarwurde, dass der Platz neben mir leer war. Panisch vor Angst krabbelte ich aus unserem Unterschlupf und sah, wie er neben dem Feuer stand und in die Richtung starrte, aus der die Geräusche kamen.

»Sie kommen, oder? Sie kommen, um uns zu holen«, prophezeite ich, und als ich in die Dunkelheit hinter dem hellen Lichtschein unseres Feuers blickte, erwartete ich beinahe, zahllose reflektierende Augenpaare zu sehen.

»Natürlich nicht. Das Heulen wird bloß zu uns herübergetragen. Sie sind kilometerweit fort«, erwiderte Logan, doch seine Worte hätten um einiges glaubhafter gewirkt, hätte er nicht so fest seinen Speer umklammert, dass die Knöchel seiner Hände weiß hervortraten.

Tag fünf

Es war der schlimmste Tag von allen. Aber auch der schönste.

Logan und ich kamen ohne viele Worte zu verlieren überein, sofort weiterzuziehen. Die Angst trieb uns dazu, eilig das Lager abzubrechen, unsere Sachen zu packen und das Feuer zu löschen, sobald das erste Grau der Morgendämmerung das Dunkel der Nacht durchschnitt.

Wenn uns die Wölfe nicht dazu veranlasst hätten, die Lichtung so schnell es ging zu verlassen, wären wir vielleicht noch dort gewesen, als der Hubschrauber darüber hinwegflog ...

Wenn wir uns zu diesem Zeitpunkt nicht gerade in einem besonders dichten Waldstück befunden hätten, hätten wir der Besatzung vielleicht ein Zeichen geben können ...

Wenn mich William nicht betrogen hätte, wäre ich vielleicht nie nach Kanada geflohen ...

Und wenn ich nicht in dem Flugzeug gesessen hätte, wäre ich niemals hysterisch weinend in Logans Arme gestürzt, während der erste – und vielleicht einzige – Rettungshubschrauber, den wir zu Gesicht bekamen, langsam in der Ferne verschwand, so dass bald nur noch das rhythmische Schlagen der Rotorblätter zu hören war.

Ich schrie, um mich bemerkbar zu machen, auch wenn ich wusste, dass es sinnlos war. Ich erfüllte jedes noch so abgedroschene Klischee. Ich sprang auf und ab, ruderte mit den Armen, brüllte ihnen hinterher und flehte sie an umzukehren, als sie längst nur noch ein Punkt am Horizont waren.

Logan ertrug die Situation mit viel mehr Würde. Vielleicht erkannte er aber auch sehr viel früher als ich, dass meine Aktionen sinnlos waren. Es zeugt von wahrhaftiger Weisheit, sich eine Niederlage einzugestehen und seine Energien nicht auf etwas zu verschwenden, das unerreichbar ist. Das war eine der Lektionen des Lebens, die ich noch nicht ganz begriffen hatte.

Als wir das rhythmische Schlagen der Rotorblätter zum ersten Mal gehört hatten, waren wir beide plötzlich wie versteinert gewesen und hatten hoffnungsvoll und verwundert zugleich nach oben geblickt.

Der Wald um uns war undurchdringlich, es standen Baum an Baum und Ast an Ast, doch etwa zweihundert Meter vor uns war eine kleine Lichtung zu sehen. Wir ließen unsere gesamten Habseligkeiten fallen, rannten so schnell wir konnten darauf zu und stolperten dabei über Schneehaufen, Steine, hervorstehende Wurzeln und umgestürzte Bäume, ohne jedoch ein einziges Mal das Gleichgewicht zu verlieren. Wenn wir unser Lager zehn Minuten früher verlassen hätten, hätten wir uns direkt auf der Lichtung befunden, als der Hubschrauber darüber hinwegflog. Noch ein Wenn mehr.

Logan schlang die Arme um mich, während der Hubschrauber noch immer als kleiner Punkt am Horizont zu sehen war.

Ich schluchzte wütend. »War das alles? Geben sie so einfach auf? Und fliegen wieder davon? Wie können sie so etwas tun?« Ich war so enttäuscht, dass ich lange Zeit an seiner Brust weinte.

»Sie kommen zurück«, schwor er. »Das verspreche ich dir.«

Doch es stand nicht in seiner Macht, mir etwas Derartiges zu versprechen. Und es stand nicht in meiner Macht, ihm zu glauben.

Als ich schließlich die Hütte entdeckte, dachte ich zuerst, sie sei nicht real, sondern eine Halluzination, die mein Gehirn erschaffen hatte, um mir genau das zu geben, was ich im Moment am meisten wollte – nein, *brauchte*.

Erst als ich Logans Aufschrei hörte, wurde mir klar, dass die alte, mit Planken verstärkte Blockhütte tatsächlich existierte.

Er wandte sich zu mir um, und ich sah Ungläubigkeit, Verwunderung und Freude in seinem Gesicht. Wir liefen Hand in Hand die letzten hundert Meter zu dem ersten Anzeichen von Zivilisation, das wir seit fünf Tagen zu Gesicht bekommen hatten.

Als wir nahe genug waren, wurden unsere Schritte allerdings langsamer, denn mittlerweile war deutlich erkennbar, dass die Hütte alt und verlassen war. Tränen der Enttäuschung stiegen mir erneut in die Augen. Ich ließ Logans Hand los, und dann näherten wir uns den beiden flachen Stufen, die auf eine schmale Veranda führten.

»Vorsichtig«, warnte Logan, als ich einen Fuß auf die erste Stufe setzte. »Das Holz könnte morsch sein.« Seine Warnung kam gerade noch rechtzeitig, denn als ich mein Gewicht verlagerte, erklang ein lautes, unheilvolles Knacken. Glücklicherweise schienen die Holzlatten allerdings nur da und dort der Kraft der Elemente nachgegeben zu haben, und wir schafften es beide ohne Zwischenfälle bis zur Eingangstür.

Die Tür selbst war verzogen und klemmte, doch Logan trat sie einfach auf. Genau so, wie ich es bereits in Dutzenden Actionfilmen gesehen hatte.

Gleich darauf wurde uns klar, dass die Hütte schon sehr lange Zeit nicht mehr benutzt worden war. Im Inneren war es dunkel und muffig, und alles war mit einer dicken grauen Staubschicht bedeckt. Die Fenster waren nicht verglast, sondern bloß mit einigen behelfsmäßig zusammengezimmerten Planken vernagelt, durch deren Spalten etwas Tageslicht in die Hütte fiel. Es dauerte einige Sekunden, bis sich unsere Augen vollständig an das dämmrige Licht gewöhnt hatten.

Obwohl die Unterkunft offensichtlich verlassen war, hatte der letzte Bewohner einiges zurückgelassen.

Der einzige Raum war mit einigen äußerst rustikalen Möbelstücken eingerichtet, die scheinbar aus dem Holz der umliegenden Bäume gezimmert worden waren. Es gab einen grobgehackten Tisch und drei Stühle von unterschiedlicher Höhe, einen Schrank, dessen Tür nur noch an einer Angel hing, und eine Sitzbank, auf der eine große, rostige Schüssel stand, die vermutlich als Küchen- oder Badeutensil Verwendung gefunden hatte – womöglich aber auch beides.

An der hinteren Wand der Hütte stand eine niedrige Pritsche mit zwei staubbedeckten Kissen und einer dünnen, unebenen Matratze, auf der eine dicke Decke lag. Sie war vermutlich einmal blau und weiß gewesen, jetzt allerdings wirkte sie eher grau.

»Sehr rustikal«, stellte Logan mit ernstem Blick fest, als sei er ein Immobilienmakler, der eine Blockhütte zu verkaufen hatte. Ich lachte, musste jedoch gleich darauf husten, da der Staub, den wir bei unserer Ankunft aufgewirbelt hatten, in meine Lunge drang.

»Aber die Putzfrau ist leider ein wenig nachlässig«, fuhr Logan fort, während er mit dem Finger eine dicke Staubschicht vom Tisch wischte.

»Was glaubst du, wie lange die Hütte schon leer steht?«, fragte ich und befürchtete, dass ich die Antwort bereits kannte.

»Einige Jahre, könnte ich mir vorstellen.«

Ich nickte traurig. Der Besitzer der Hütte hatte seine Jagdambitionen anscheinend vor langer Zeit aufgegeben, und es war höchst unwahrscheinlich, dass er gerade heute hier vorbeikam. Was allerdings nicht bedeutete, dass er nicht gastfreundlich war. Ganz im Gegenteil: In der Mitte des Tisches befanden sich eine altmodische Sturmlaterne, eine Schachtel mit dicken weißen Kerzen, Zündhölzer, ein altes, und mittlerweile rostiges Jagdmesser und eine halbleere – oder je nach Einstellung halbvolle – Flasche Whiskey.

Logan strich gedankenverloren und beinahe respektvoll mit dem Finger über die Gegenstände. »Vielleicht ist es eine Art Jägerkodex, einige überlebenswichtige Dinge für verirrte Wandersleute zurückzulassen.«

»Mir wäre es lieber gewesen, er hätte einen Kühlschrank voller Essen oder seinen Autoschlüssel hiergelassen«, erwiderte ich und öffnete den Schrank noch ein wenig weiter, um einen Blick ins Innere zu werfen. Ich zog eine alte, rostige Kaffeekanne hervor, und in diesem Moment fiel mein Blick auf einen kleinen Eisenherd in der Ecke, der mir bis dahin noch nicht aufgefallen war.

Ich trat eifrig darauf zu. »*Jetzt* ist er mir wirklich sympathisch«, sagte ich und zerrte an dem Türchen an der Vorderseite, um es zu öffnen.

»Zumindest haben wir es heute Nacht angenehm warm«, meinte Logan, der sich bereits vor dem Ofen niedergelassen hatte, in dem noch immer einiges an Asche lag. »Falls wir es schaffen, den Ofen zum Laufen zu bringen. Und außerdem auch recht gemütlich«, fügte er hinzu und deutete mit dem Kopf auf die Holzpritsche.

Ich spürte, wie ich rot wurde, was irgendwie verrückt war, denn immerhin hatte ich seit dem Absturz jede Nacht in Logans Armen verbracht und war dabei zumindest beim ersten Mal praktisch nackt gewesen. Trotzdem schien die Vorstellung, mit ihm auf einem Lager zu liegen, das so offensichtlich einem Bett glich, irgendwie intimer. Ich beschloss, den Gedanken zunächst beiseitezuschieben und mir später darüber Gedanken zu machen.

Unsere oberste Priorität war nun, den Ofen in Gang zu bringen, und ich war äußerst dankbar, dass Logan scheinbar genau wusste, was er tat. Ich hatte schon Bilder solcher Öfen in diversen Büchern gesehen, hatte aber keine Ahnung, wie sie funktionierten.

Zu Beginn weigerte sich der Ofen standhaft und hustete so lange dicke schwarze Rauchwolken aus, dass ich schon befürchtete, wir würden die ganze Hütte in Brand setzen. Doch schließlich verloren die Spinnweben, der Staub und der Ruß, die sich im Kamin festgesetzt hatten, den Kampf gegen die Flammen, und das Feuer begann zu lodern, und während wir darauf warteten, dass der Ofen heiß wurde, spülte ich die rostige Kanne im Bach sauber, bis das Wasser nur noch leicht beigefarben und nicht mehr so rostig rot war wie zu Beginn.

Kurze Zeit später saßen wir an dem grobgezimmerten Tisch und tranken heißes Wasser mit Ahornsirup aus den beiden Emailletassen, die ich ebenfalls im Schrank gefunden hatte.

Langsam schien es mir, als hätte die Zivilisation uns wieder. Und ich hatte zum ersten Mal seit dem Absturz tatsächlich das Gefühl, dass wir es irgendwann nach Hause schaffen würden.

Offensichtlich machte mich ein erfolgreicher Fang noch nicht zu einer versierten Fischerin, denn obwohl ich lange vollkommen regungslos und mit erhobenem Speer am Ufer des Baches stand, waren die Fische, die vorbeischwammen, viel zu vernünftig, um sich freiwillig von mir aufspießen zu lassen.

»Ich versuche es einmal ein wenig weiter unten«, erklärte ich Logan, während ich vorsichtig über die Felsbrocken kletterte, um nicht ins Wasser zu fallen.

»Aber geh nicht zu weit fort«, warnte er mich unnötigerweise, während er sich vor dem Stapel Feuerholz aufrichtete, das wir bereits gesammelt hatten. »Und achte darauf, dass ich dich sehen kann.«

Ich tappte mit einem kaum merklichen Lächeln auf den Lippen über die Steine am Ufer. Obwohl ich mich kein einziges Mal umdrehte, spürte ich seinen Blick auf mir ruhen und wusste, dass er ein Auge auf mich hatte und mich beschützte. Es war seltsam, wie sicher ich mich in seiner Nähe fühlte, obwohl der Ort, an dem wir uns befanden, es ganz und gar nicht war. Außerdem war es auch ziemlich aufschlussreich, dass ich mich hier in der Wildnis bei einem Mann, den ich kaum kannte, sicherer fühlte als in der Großstadt bei meinem Freund, der mein Vertrauen missbraucht hatte.

Ich war so damit beschäftigt, mir über diese Erkenntnis Gedanken zu machen, dass ich das erste Anzeichen beinahe übersehen hätte. Ich machte automatisch einen Schritt um das ekelige Häufchen herum, das mir im Weg lag, und ging noch einige Schritte weiter, ehe ich innehielt und mich umdrehte. Ich wollte mir die widerliche Hinterlassenschaft eigentlich nicht genauer ansehen, denn selbst bei dem kurzen Blick, den ich darauf geworfen hatte, war mir aufgefallen, dass Knochen und Fell daraus hervorragten.

»Logan!«

Er kam mit besorgtem Gesicht hinter mir her. Ich deutete auf den Boden. »Losung«, erklärte ich.

»Wie in: ›Ich habe die *Lösung* entdeckt‹«, witzelte er, doch der Humor verging ihm schlagartig, als er den Ausdruck auf meinem Gesicht sah.

»*Losung*, wie Kot, Dung, Mist – was auch immer. Glaubst du, sie stammt von einem Wolf?«

Logan verzog angewidert das Gesicht, als er sich über meinen Fund beugte, um ihn näher zu begutachten.

»Ich habe absolut keine Ahnung. Sie könnte von allen möglichen Tieren stammen. Doch selbst *wenn* es ein Wolf war, wäre es möglich, dass der Haufen schon länger hier liegt. Oder hast du irgendwelche frischen Spuren gesehen?«

Nein, er hatte recht. Es gab keine frischen Spuren, doch das Ufer war voller unebener Steine, auf denen kein Schnee lag.

»Trotzdem sollten wir uns vielleicht nicht allzu weit von der Hütte entfernen.« Logans Stimme klang locker, aber sein Blick wirkte düster und besorgt, während er mich am Ellbogen nahm und vom Ufer fortführte.

Trockene Kleider, trockene Füße, Wärme, vier Wände und ein – beinahe intaktes – Dach über dem Kopf. Kein Fünf-Sterne-Hotel, in dem ich jemals übernachtet hatte, kam an das hier heran. Das Abendessen war zwar zugegebenermaßen ein wenig dürftig ausgefallen, doch der Optimismus, der mich plötzlich überfallen hatte, machte den Hunger mehr als wett.

»Wir wissen jetzt, dass diese Gegend von Jägern und Fischern genutzt wird, sonst stünde hier keine Hütte«, begann Logan. »Und deshalb schlage ich vor, dass wir uns morgen weiter bachabwärts bewegen. Vielleicht stoßen wir auf eine weitere Behausung.«

Ich nickte, obwohl ein Teil von mir den Gedanken hasste, unsere warme und sichere Hütte gleich wieder aufzugeben.

»Aber wir hinterlassen einen deiner großen Pfeile im Schnee, bevor wir weiterziehen«, fuhr Logan fort und reichte mir das letzte Plätzchen aus der Packung. Ich schüttelte den Kopf und schob es in seine Richtung. Ich hatte ohnehin bereits den Verdacht, dass er die ihm zugeteilten Rationen nicht ausschöpfte, um sicherzugehen, dass ich genug zu essen bekam. Und auch wenn der Hunger zu einem ständigen, quälenden Begleiter geworden war, konnte ich nicht zulassen, dass er so etwas tat. Wir brauchten *beide* die Energie, die uns unsere kargen Mahlzeiten lieferten.

Der Ofen erwies sich als äußerst effektiv und schaffte es wunderbar, die kleine Hütte zu wärmen, so dass wir zum ersten Mal seit Tagen unsere vielen Kleidungsstücke ablegen konnten, und ich fühlte mich wunderbar frei und unbelastet in meinen Jeans und dem dünnen Baumwollshirt. Logan war ebenfalls aus seinen dicken und unförmigen Sachen geschlüpft, doch seltsamerweise wirkte er auch ohne sie noch genauso breit und muskulös wie zuvor. Er trug bloß ein weißes T-Shirt und seine Jeans, und ich musste mich zusammennehmen, um mich nicht zu sehr von den gut definierten Muskeln an seinen Armen ablenken zu lassen.

Die Hütte war ziemlich klein für zwei Personen unserer Größe, und vielleicht waren es die niedrige Decke und die Enge des Raumes, die mich daran erinnerten, dass Logans Größe das Erste gewesen war, was mir an ihm aufgefallen war.

Als ich ihm davon erzählte, musste er lächeln.

»Und weißt du, was mir als Erstes an *dir* aufgefallen ist? Deine Augen«, erwiderte er sanft.

Er griff nach der verstaubten Whiskeyflasche, öffnete sie einhändig und roch daran, bevor er zwei ordentliche Portionen in unsere beiden Emaillebecher goss. Ich nippte an der feurigen Flüssigkeit und spürte, wie sie sich ihren Weg meine Kehle hinunter brannte. Alkohol auf derart leeren Magen zu trinken war zwar nicht gerade ratsam, aber ich nahm dennoch einen großen Schluck.

»Meine Augen«, wiederholte ich und senkte den Blick auf die bernsteinfarbene Flüssigkeit in dem ausgeschlagenen Becher. Dann hob ich ihn langsam wieder und sah Logan über den Becherrand hinweg an. »Und warum das?«

Mir war durchaus bewusst, dass das hier keine normale Unterhaltung war, sondern dass wir viel eher miteinander flirteten. Und Logan wusste es auch. In unserer derzeitigen Situation war es albern und auch gefährlich – aber war nicht *alles*, was wir seit dem Absturz getan hatten, auf die eine oder andere Art gefährlich gewesen? Ich wusste nicht, welche Reaktion ich von Logan zu erwarten hatte. William hatte eine Schwäche für kitschige Komplimente und Anmachsprüche gehabt – und es war ja nicht so, dass diese bei mir nicht funktioniert hätten. Allerdings war ich mir sicher, dass er sie auch bei seiner jungen Praktikantin angebracht hatte. Und auch bei ihr hatten sie offenkundig ganz wunderbar funktioniert.

Logans Antwort überraschte mich. »Weil dein Blick so traurig und ein wenig verloren aussah, auch wenn du versucht hast, es dir nicht anmerken zu lassen.«

»Aber offensichtlich ist es mir nicht gelungen, wenn es sogar ein vollkommen Fremder inmitten eines überfüllten Flughafenterminals bemerkt hat«, erwiderte ich und war ein wenig enttäuscht von seiner Antwort.

»Na ja, das kam bloß daher, weil mich alles andere an dir so in den Bann gezogen hatte«, fuhr er fort, und seine Stimme klang auf einmal rauher.

»Tatsächlich?«

»Tatsächlich.«

Er sah mir tief in die Augen, und obwohl ich mir sicher war, dass der Ofen eine konstante Wärme lieferte, schien die Temperatur in der Hütte plötzlich um einiges höher zu sein.

Genug. Hör auf damit!, schrie die Stimme der Vernunft in meinem Kopf. Ich wollte sie auffordern, still zu sein, weil ich unbedingt wissen wollte, was als Nächstes passieren würde. Doch die Stimme hatte Kates kaum merklichen kanadischen Akzent, und *das* brachte mich schließlich tatsächlich dazu, ihr Folge zu leisten.

Das hier war weder die richtige Zeit noch der richtige Ort, um unsere Beziehung voranzubringen. Falls tatsächlich etwas zwischen uns existierte, würde es noch warten müssen.

Ich stand abrupt auf, sammelte die Whiskeyflasche und die Becher ein und hoffte, dass Logan mein plötzliches Bedürfnis, Ordnung in unsere heruntergekommene Hütte zu bringen, nicht in Frage stellen würde.

Als ich die Flasche und die Becher schließlich im Schrank verstaut hatte, war Logan ebenfalls aufgestanden und legte gerade Holz nach. Der Moment war vorüber, und ich wusste nicht, ob ich erleichtert oder doch ein wenig enttäuscht sein sollte.

Obwohl ich vorhin mehr oder weniger in einer Staubwolke erstickt war, als ich die Matratze und die Kissen aus der Hütte geschleppt und gegen einen großen Felsbrocken geschlagen hatte, rochen sie immer noch modrig und schmutzig. War das der

Grund, warum ich plötzlich zögerte, mich auf die Pritsche zu legen – oder war der Grund dafür doch komplizierter?

Ich wickelte die Kissen in zwei von Bobs T-Shirts und nutzte unseren Morgenmantel als Laken, um die Matratze zu bedecken. Danach wirkte das Bett einladend und furchteinflößend zugleich.

Ich legte mich an die Wand und rutschte so weit zurück, dass ich das Holz an meinem Rücken spürte, wo mein Shirt nach oben gerutscht war. Wir hatten die Sturmlaterne und alle Kerzen gelöscht, bis auf eine, die einsam flackernd in der Mitte des Tisches stand. Lange Schatten krochen aus den Ecken, und der Raum wirkte irgendwie geheimnisvoll.

Logan lag auf dem Rücken und hatte die Arme hinter dem Kopf verschränkt. Die Pritsche war kaum breiter als ein Einzelbett, doch irgendwie schaffte ich es, dass sich unsere Körper nicht berührten.

Logans Atem ging langsam und gleichmäßig, und ich war mir ziemlich sicher, dass er bereits eingeschlafen war. Wenn William auf dem Rücken lag, begann er irgendwann leise zu schnarchen, doch bei Logan musste ich mich anstrengen, um den leisen, beruhigenden Klang seines Atems in der ansonsten stillen Hütte auszumachen.

Als er nach mehreren Minuten noch einmal sprach, war ich deshalb doppelt überrascht. Zum einen von seiner Stimme und zum anderen davon, was er sagte.

»Und, hast du dich schon entschieden, Hannah? Weißt du, was du tun wirst, wenn du wieder zu Hause bist?«

Ich lag vollkommen still und bewegte mich nicht, doch mein Herz raste, als sei ich gerannt. Und in gewisser Weise hatte ich genau das getan. Ich lief vor etwas davon, von dem ich genau wusste, dass ich mich ihm früher oder später stellen musste. Ich hätte so tun können, als hätte ich seine Frage nicht verstanden, doch wenn man mit jemandem solche Dinge durchgemacht hatte wie wir beide, spielte man keine Spielchen.

Solche Erlebnisse veränderten einen Menschen. Das war unumgänglich. Und diese Veränderung war gut. Zumindest manchmal.

»Ich denke schon. Ich werde es erst sicher wissen, wenn ich ihm gegenüberstehe. Aber ich glaube, ich weiß jetzt, was ich will.«

Logan schwieg so lange, dass ich erneut glaubte, er sei eingeschlafen.

Doch dann sagte er leise: »Ich werde dich nicht fragen, wie du dich entschieden hast, denn das ist eine Sache zwischen dir und ihm, und ich will dich nicht beeinflussen.«

Ich wandte mein Gesicht auf dem Kissen zu ihm um und atmete dabei den Duft von Bobs Aftershave und Moder ein – was wahrlich keine angenehme Mischung war.

»Verdammt, das war jetzt gelogen«, sagte Logan plötzlich, schlang einen Arm um meine Schulter und zog mich näher an sich. Er küsste mich nicht, und ich war froh, dass er über genug Selbstbeherrschung verfügte, denn ich war mir nicht sicher, ob das bei mir auch der Fall war. Außerdem berührten mich seine Worte ohnehin mehr, als es seine Lippen jemals vermocht hätten.

»Ich habe ein tiefgreifendes und vollkommen selbstsüchtiges Interesse daran, dass du die Sache mit ihm beendest. Ich finde, das solltest du wissen.«

Tag sechs

Ich öffnete verwirrt die Augen. Die Zimmerdecke kam mir nicht bekannt vor, und an einigen Stellen konnte ich durch die Balken den Himmel sehen, was meine Verwirrung noch zusätzlich steigerte. Die Matratze, auf der ich lag, war mehr als uneben, und ich hatte das Gefühl, als hätte ich auf einem Sack Kiesel geschlafen. Ich tastete automatisch nach William, während mein Gehirn langsam zu arbeiten begann, um mich schließlich daran zu erinnern, dass der Mann, an den ich mich in den letzten acht Stunden geschmiegt hatte, gar nicht William war. Außerdem lag er auch nicht mehr neben mir.

Ich richtete mich ruckartig auf und ließ den Blick durch die Hütte schweifen. Ich war allein. Und Logans Stiefel und die dicke Jacke fehlten ebenfalls.

Meine Socken blieben an den rauhen Holzdielen hängen, als ich zum Fenster hinüberhastete und durch einen Spalt zwischen den Planken ins Freie spähte. Mir wurde erst bewusst, wie kurz ich davorgestanden hatte, in Panik zu geraten, als ich Logan neben dem Bach stehen sah. Mir entrann ein leises, zitterndes

Seufzen, dann schlüpfte ich so schnell es ging in meine Turnschuhe und griff nach der Jacke.

Logan beugte sich über den Bach, die Kaffeekanne und die Wasserflasche standen neben ihm. Er wandte sich um, als er hörte, wie ich die Hüttentür öffnete, und warf mir über die Schulter ein Lächeln zu. Ich lächelte etwas nervös zurück.

Das, was er im Dunkeln zu mir gesagt hatte, hallte immer noch durch meinen Kopf. Ich hatte bereits letzte Nacht nicht gewusst, was ich davon halten sollte, und ich wusste es auch jetzt noch nicht.

Ohne ein Wort zu verlieren, machte ich mich auf den Weg, um herabgefallene Äste für unseren Ofen zu suchen. Das Sammeln von Feuerholz war zu einer morgendlichen Routine geworden, an die ich mich sehr schnell gewöhnt hatte, und ich fragte mich, ob ich auch nach der Rückkehr in die Zivilisation ständig am Boden nach geeigneten Ästen und Zweigen Ausschau halten würde.

Bei meiner Suche gelangte ich schließlich in einem weiten Bogen bis an die Rückseite der Hütte. Und dann entdeckte ich es plötzlich. Ich war mir ziemlich sicher, dass ich wusste, worum es sich handelte, auch wenn es zur Hälfte im Schnee steckte. Doch bevor ich Logan rief und wir uns zu früh Hoffnungen machten, beschloss ich, mich ein wenig näher an die im Schatten der tiefhängenden, schneebedeckten Äste liegende Rückseite der baufälligen Hütte heranzuwagen.

Ich erkannte, dass es sich tatsächlich um ein Paddel handelte, das an der Rückwand lehnte, noch bevor ich die letzten, schicksalhaften Schritte darauf zumachte. Ich grinste vor Freude und kniff die Augen zusammen, um im Dunkeln nach dem dazugehörigen Boot Ausschau zu halten. Denn warum sollte jemand ein Paddel haben, wenn er kein dazu passendes Boot besaß?

War es nach allem, was wir durchgemacht hatten, tatsächlich so einfach? Hatte der frühere Bewohner der Hütte tatsächlich ein Boot oder ein Kanu zurückgelassen?

Ich hätte es wissen sollen – das Leben war *nie* derart einfach.

Ich hörte ihn, bevor ich ihn sah, und ich habe keine Ahnung, warum es so lange dauerte, bis ich die verschiedenen Informationen verarbeitet und endlich alle Puzzleteile zusammengesetzt hatte, die mir meine Sinne schon die ganze Zeit über geliefert hatten.

Ich sah die Abdrücke im Schnee hinter der Hütte; ich roch den üblen Geruch nach nassem Fell in dem beengten Raum unter den herabhängenden Ästen; ich hörte das kehlige, warnende Knurren. Und schließlich schmeckte ich den bitteren Geschmack der Angst in meinem Mund, während ich einen Moment lang vergaß, wie man schluckte.

Ich werde mich mein Leben lang daran erinnern, wie er schließlich aus dem Schatten trat. Er war groß, sehr viel größer als die Wölfe, die ich bisher in Gefangenschaft gesehen hatte, und sein Rücken reichte mir bis zur Hüfte. Er starrte mich mit seelenlosen, gelbumrandeten Augen feindselig an, und sein Knurren wurde lauter.

Seltsamerweise war das erste Gefühl, das mich überkam, Mitleid. Der Wolf war furchtbar dünn, und seine Rippen stachen durch das schwarz-silberfarbene feuchte Fell. Er schwankte ein wenig, als habe ihn der Hunger bereits sehr geschwächt, und als Tierfreundin hatte ich sofort Erbarmen mit dieser Kreatur, die so offensichtlich kurz vor dem Verhungern stand. Leider wurde mir erst später klar, dass ein ausgezehrtes, hungriges Tier sehr viel gefährlicher ist als ein wohlgenährtes.

Der Wolf hob seinen großen Kopf, und plötzlich erkannte ich, dass ich sämtliche Regeln für ein Überleben in der Wildnis gebrochen hatte. Ich war unbewaffnet und ich hatte mich einem gefährlichen und ausgehungerten Tier genähert, das sich nun auch noch in dem beengten Raum hinter der Hütte in die Ecke getrieben fühlte.

Der Wolf reckte die Schnauze in die Luft, und seine Nase zuckte immer wieder. Man sagt ja, dass Hunde und Wölfe Angst riechen können, und wenn dem so war, geriet sein Geruchssinn vermutlich gerade gehörig unter Beschuss. Ich stand wie erstarrt vor ihm, und meine Arme umklammerten immer noch das Feuerholz. Zum ersten Mal in meinem Erwachsenenleben ließ mich mein fotografisches Gedächtnis im Stich. Ich hatte keine Ahnung, wie man sich in einer solchen Situation verhielt. Sollte ich fortlaufen oder mich nicht von der Stelle rühren? Sollte ich schreien oder lieber keinen Mucks von mir geben?

»Bleib einfach ruhig stehen«, flüsterte Logan plötzlich. Er war irgendwo hinter mir, doch ich wagte es nicht, mich umzudrehen, denn ich hatte Angst, dass der Wolf sich auf mich stürzen würde, sobald ich ihn aus den Augen ließ.

»Schau ihm nicht direkt in die Augen, denn das würde er als Kampfaufforderung sehen. Und jetzt weiche ganz langsam vor ihm zurück. Aber dreh dich nicht um. Und lauf auch nicht davon – bis ich dir sage, dass du laufen sollst. Und dann lauf direkt in die Hütte und schieb irgendeinen schweren Gegenstand vor die Tür.«

Meine Beine zitterten so stark, dass ich keine Ahnung hatte, ob sie mich überhaupt tragen würden, während ich die ersten vorsichtigen Schritte zurück machte. Der Wolf knurrte kehlig und zog feindselig die Lefzen hoch, so dass ich einen wunderbaren Blick auf seine gelblichen, rasiermesserscharfen Zähne werfen konnte.

Ich machte noch einen Schritt aus dem Schatten heraus und merkte dabei, dass Logan nun auf gleicher Höhe mit mir stand, etwa einen Meter weiter links. Ich wusste sofort, was er vorhatte. Er wollte dem Wolf zwei Ziele zur Auswahl anbieten, um ihn lange genug abzulenken, damit ich entkommen konnte. Aber was war mit ihm? Sobald ich um die Ecke gebogen war, würde Logan mit dem grausamen, hungrigen Tier allein sein, und ich war mir ziemlich sicher, dass es dem Wolf egal war, wen von uns beiden er heute zum Mittagessen verspeiste.

Am Ende waren diese Überlegungen jedoch irrelevant, denn ich schaffte es gar nicht bis zur Hütte. Als ich den nächsten vorsichtigen Schritt nach hinten machte, rutschte ich plötzlich auf einer Eisplatte aus, die unter dem Schnee verborgen war. Ich streckte instinktiv die Arme aus, um mich zu fangen, und das Feuerholz fiel mit endlosem Geklapper zu Boden.

Der Krach durchbrach die letzte unsichtbare Schranke, die den Wolf noch davon abgehalten hatte, sich auf uns zu stürzen, und ich sah, wie er sich mit den Vorderbeinen auf den Boden duckte und seine Hinterbeine zu zucken begannen, während er sich auf den Sprung vorbereitete.

»Hier! Hierher! Komm schon, du Drecksvieh! Hierher!« Logan fuchtelte angriffslustig mit den Armen und baute sich mit gespreizten Beinen vor dem Wolf auf.

»Logan, nein!«, brüllte ich, als der Wolf seine Aufmerksamkeit schließlich von mir abwandte.

»Hannah, lauf! Und dreh dich ja nicht um!«, befahl Logan und machte einen letzten Schritt auf den zähnefletschenden Wolf zu.

Hätte ich zugelassen, dass mein Schicksal zu seinem wurde? Natürlich nicht. Doch ich erhielt nie die Möglichkeit, es zu beweisen, denn als ich mich umdrehte, trat ich auf einen der Äste, die mir aus der Hand gefallen waren, und plötzlich merkte ich, wie ich zu Boden ging.

Dann passierte alles gleichzeitig. Ich hörte, wie Logan meinen Namen brüllte und der Wolf furchtbar laut knurrte, doch das Knurren kam seltsamerweise von irgendwo über mir, als würde der Wolf auf mich zufliegen.

Ich hob den Blick und sah, dass das mehr oder weniger tatsächlich der Fall war. Der Wolf hatte sich wie in Zeitlupe in die Luft erhoben und sprang mit geöffnetem Maul auf mich zu, um mir den ersten, tödlichen Biss zu versetzen, und ich sah nur noch einen riesigen Ball aus grauem und schwarzem Fell auf mich zurasen. Doch dann veränderte sich das Bild plötzlich, und anstatt eines Tieres fiel ein Mann auf mich.

Logan landete nur einen Sekundenbruchteil vor dem Wolf unsanft auf meinen Beinen. Ich hörte Zähne, die aufeinanderschlugen und Stoff, der riss, und schließlich lautes Gebrüll, das sowohl von mir als auch von Logan stammte.

Ich robbte rückwärts, doch meine Füße fanden auf dem eisigen Untergrund keinen Halt. Der Wolf hatte sich in Logans Unterschenkel verbissen und schüttelte ihn wie wild, während sich das Blut bereits in einer roten Pfütze auf dem Schnee unter ihm ausbreitete.

Ich sah mich verzweifelt nach den beiden Speeren um, die wir an den vergangenen Tagen kaum abgelegt hatten, doch die scheinbare Sicherheit in der Hütte hatte uns offensichtlich nachlässig werden lassen. Vier Wände und ein Dach über dem Kopf hatten uns vergessen lassen, dass noch ein weiter Weg vor uns lag, bis wir in Sicherheit und in die Zivilisation zurückgekehrt waren. Und so trug keiner von uns eine Waffe bei sich.

Logan versuchte, den Wolf mit Fußtritten dazu zu bringen, sein Bein loszulassen, doch seine Anstrengungen schienen das

Tier nur noch mehr anzustacheln. Der Wolf ließ sein Bein gerade lange genug los, um die Zähne etwas weiter oben erneut tief in Logans Fleisch zu graben. Logan warf sich hin und her, um es dem Wolf so schwer wie möglich zu machen, doch es funktionierte nicht.

Er wandte sich zu mir um und brüllte: »Lauf weg, Hannah! Vielleicht sind noch mehr Tiere hier!« Seine Worte gingen in einem Schmerzensschrei unter, als plötzlich Blut aus einer neu hinzugekommenen Bisswunde schoss.

Ich bin nicht besonders tapfer. Und ich bin normalerweise auch keine Heldin, doch ich dachte nicht eine Sekunde daran, mich in Sicherheit zu bringen. Stattdessen griff ich eilig nach dem Ruder, das an der Wand der Hütte lehnte. Ich umklammerte es mit beiden Händen und schwang es hoch, um gleich darauf dem Wolf wie mit einem Baseballschläger einen Schlag auf den Kopf zu versetzen. Er hielt einen Moment lang inne und warf mir mit seinen gelben Augen einen kurzen Blick zu, bevor er seine tödliche Attacke fortsetzte.

»Nein!«, brüllte ich, halb wahnsinnig vor Verzweiflung, schwang das Ruder erneut hoch und zielte dieses Mal auf die empfindliche Nase des Wolfes. Er jaulte auf und ließ überrascht Logans Bein los, nur um sofort feindselig nach mir zu schnappen.

Hätten wir in diesem Moment versucht zu fliehen, hätte sich das Tier vermutlich schnell wieder erholt, und die Sache wäre anders ausgegangen.

Doch vielleicht hatte ich doch irgendwo einmal gelesen, wie man sich im Falle eines Angriffs verhielt, oder vielleicht meldete sich bloß ein primitiver Überlebensinstinkt zu Wort, denn ich schlug einfach immer weiter auf die empfindliche Nase und die Schnauze des Wolfes ein, wobei jeder Schlag mit dem Ruder sein Ziel fand, was bemerkenswert ist, wenn man bedenkt, dass ich normalerweise absolut nicht zielen kann.

Ich habe keine Ahnung, wie lange ich noch weitergemacht hätte, doch glücklicherweise musste weder ich noch der Wolf es austesten, denn plötzlich stieß dieser ein letztes, elendes Jaulen aus und flüchtete in den Wald.

Das Rot war überall. Es war kein Blut, es war bloß Rot. Denn mit Blut konnte ich nicht umgehen – mit Rot allerdings ebenfalls nicht, wie sich bald herausstellte.

Ich sank neben Logans hingestrecktem Körper auf die Knie. Er versuchte, sich aufzurichten, und sein Blick sprang wild hin und her, als hätte er Angst, dass der Angriff noch nicht vorüber war. Falls das stimmte, waren wir beide erledigt, denn es würde mich sämtliche Kraft kosten, die ich noch hatte, Logan zurück zur Hütte zu schleppen. Ich würde es nicht schaffen, den Wolf anschließend noch einmal in die Flucht zu schlagen.

»O Gott, Logan«, weinte ich. Ich wusste nicht, wohin ich den Blick richten sollte. Jedenfalls nicht auf den blutdurchtränkten Schnee oder die zerrissenen Jeans. Und vor allem nicht auf das, was ich unter den langen Rissen im Stoff zu erkennen glaubte, denn dafür war ich einfach nicht mutig genug.

Letzten Endes blieb mir nur, in Logans Gesicht zu schauen, doch es stellte sich heraus, dass mir dieses am meisten Angst einjagte. Es war weißer als der Schnee, der es umgab, und ich hatte keine Ahnung, ob der Schock dafür verantwortlich war oder der große Blutverlust.

»Du solltest doch weglaufen«, murmelte er, und seine Lippen zitterten, als sei ihm plötzlich furchtbar kalt.

»Vergiss es«, erwiderte ich mit so fester Stimme wie möglich. »Glaubst du, du kannst aufstehen?«

Logan warf einen Blick auf sein verletztes Bein und verzog das Gesicht. Er versuchte, es zu bewegen, und biss sich auf die Lippe, um nicht laut aufzuschreien.

»Das heißt wohl nein«, stellte ich fest und sah mich nach einem Gegenstand um, der mir helfen würde, ihn in die Hütte zu verfrachten, doch ich konnte nichts entdecken.

»Ich glaube, ich kann aufstehen, wenn du mich stützt«, sagte Logan tapfer.

Ich beugte mich zu ihm hinunter, und er schlang die Arme um meinen Hals. Natürlich würde ich gern behaupten, ich hätte ihn schon beim ersten Versuch hochbekommen, doch die Wahrheit war sehr viel schmerzhafter. Er rutschte etliche Male aus und krachte auf den eisigen Boden, und immer wieder gaben meine Beine unter seinem Gewicht nach, und wir fielen zusammen in den Schnee. Als wir uns endlich aufgerichtet hatten, keuchten wir beide und waren schweißgebadet.

Ich stand zitternd neben Logan und zuckte zusammen, als ich mein Bein belastete. Ich verspürte einen stechenden Schmerz an der Stelle, wo Logan auf mich gefallen war, als er versucht hatte, sich zwischen mich und den Wolf zu werfen, doch ich schluckte das Wimmern, das in meiner Kehle aufstieg, schuldbewusst hinunter. Ich hatte kein Recht, mich zu beschweren. Nicht angesichts dessen, was Logan gerade durchmachte. Und das alles wegen mir.

Nachdem wir einige wackelige Schritte zurückgelegt hatten, deutete Logan mit zitternder Hand auf das Paddel, das in den Schnee gefallen war, und für einen schrecklichen Moment dachte ich, der Wolf sei zurückgekehrt.

Doch Logan war eine andere Verwendung dafür eingefallen. Meine primitive Waffe ließ sich als Krücke nutzen, auch wenn ich mich beinahe übergab, als Logan sich das Paddel unter den

Arm steckte und ich das Blut und die grauen Haarbüschel darauf entdeckte.

Es dauerte eine schmerzerfüllte Ewigkeit, bis wir endlich bei der Hütte angelangt waren. Ich sah Logan immer wieder besorgt an, dessen Gesicht mittlerweile schmutzig grau wirkte und keinen schönen Anblick bot. Und immer wieder warf ich auch einen Blick über die Schulter, wobei ich jedes Mal erwartete, ein Rudel wütender, rachsüchtiger Wölfe hinter uns zu sehen, die sich jeden Moment auf uns stürzen würden.

Doch das, was ich in Wahrheit sah, war in gewisser Weise sogar noch furchteinflößender, denn es waren zwei Paar Fußabdrücke im Schnee und eine dunkle, rote Linie, die ihnen folgte und genau anzeigte, welche Abdrücke zu Logan gehörten.

Ich drückte die Tür mit der Schulter auf, und wir stolperten in die relative Sicherheit der Hütte. Logan taumelte zum Tisch, und nachdem ich die Tür zugeworfen hatte, eilte ich zu ihm und wischte mit dem Arm über die Tischplatte, so dass die Emaillebecher und die anderen Gegenstände, die sich darauf befunden hatten, krachend zu Boden fielen.

»Das wollte ich immer schon einmal tun«, murmelte ich, während ich meine Schulter unter Logans Arm schob, um ihn zu stützen. »Meinst du, du kannst dich auf den Tisch legen?«

Als wir die scheinbar leichte Aufgabe endlich erledigt hatten, waren Logans Augen glasig vom Schmerz, und sein Atem ging flach und rasselnd.

Ich sah auf ihn hinunter, während mir Tränen über die Wangen liefen. »Ich weiß nicht, was ich tun soll«, sagte ich hilflos. Mein Blick wanderte zur Tür, als hätte ich allein durch meine Vorstellungskraft die Macht, einen Arzt herbeizuzaubern, der mir helfen konnte. Aber es war keiner da. Ich war auf mich allein gestellt.

Logan griff nach meiner Hand und umklammerte sie unerwartet fest. Seine Hand war voller Blut, das teilweise eingetrocknet, teilweise aber noch feucht war. Sie sah genauso aus wie meine.

»Doch, das weißt du, Hannah«, sagte er ernst.

Ich schüttelte den Kopf und konnte ihn durch die Tränen hindurch kaum noch erkennen. »Du verlierst zu viel Blut, und ich weiß nicht, wie ich es stoppen soll.«

»Aber ich«, erwiderte er, und seine Stimme klang in Anbetracht der Umstände unglaublich ruhig.

Ich sah ihm tief in seine smaragdgrünen Augen und erkannte, dass ich seine einzige Hoffnung war, genauso, wie er meine gewesen war. Ich schuldete es ihm. Ich *musste* es einfach tun.

»Sag mir, was ich machen soll.«

Logan atmete einige Male tief ein und aus, und mir wurde bewusst, welche Anstrengung es ihm bereiten würde, mir alles genau zu erklären. Warum hatte ich eigentlich nie einen Erste-Hilfe-Kurs besucht? Na ja, weil mir eigentlich schon übel wurde, wenn ich bloß einen Holzsplitter aus meinem Finger entfernen musste. Deshalb.

»Wir müssen zuerst nachsehen, wie schlimm es ist«, begann Logan und biss die Zähne zusammen, als er versuchte, sich aufzusetzen. Ich legte ihm eine Hand auf die Schulter und drückte ihn zurück auf den Tisch.

»Okay«, erwiderte ich und hoffte, dass er nicht merkte, wie stark meine Stimme zitterte. Ich wühlte in dem Rucksack, der in der Ecke stand, und genoss die wenigen Momente, die mir blieben, ehe ich Vincents multifunktionales Taschenmesser daraus hervorzog. Mir war klar, dass das, was ich als Nächstes tun musste, mich vor Herausforderungen stellen würde, denen ich mich noch nie gegenübergesehen hatte.

Als ich schließlich begann, Logans Jeans aufzuschneiden, stand ich kurz davor, direkt wieder aufzugeben. Der dicke Baumwollstoff war blutdurchtränkt, und ich hatte selbst mit dem scharfen Messer Mühe, ihn zu durchtrennen.

Als ich das Hosenbein endlich vom Knöchel bis zum Knie aufgeschnitten hatte, zog ich den Stoff vorsichtig auseinander. Der Raum begann sich zu drehen, während ich auf das Körperteil hinunterstarrte, das auf den ersten Blick nicht mehr als Bein zu erkennen war.

Logans Unterschenkel war mit einer glänzenden Schicht Blut bedeckt, das noch immer aus mehreren tiefen Bissspuren floss. Die tiefen Bisse sahen schon schlimm genug aus, doch noch viel schlimmer war der Bereich in der Mitte des Unterschenkels anzusehen, wo der Wolf seine Zähne so tief in Logans Fleisch gegraben hatte, dass ich Angst hatte, einen Knochen zu entdecken, wenn ich nur genau genug hinsah.

»Wir müssen die Wunde säubern«, erklärte Logan.

Ich nickte heftig, rührte mich jedoch nicht von der Stelle. »Hannah, reiß dich zusammen! Für mich.«

Seine Worte schafften es irgendwie, meine Starre zu durchdringen, und ich ließ ihn einen Moment lang allein auf dem Tisch liegen, um die Emailleschüssel von der Bank zu holen. Logan hatte offensichtlich die Kaffeekanne und die Wasserflasche in die Hütte gebracht, bevor er mir gefolgt war.

Ich leerte den Inhalt der beiden Behälter in die Schüssel und ließ das Wasser kurz darauf mit Hilfe eines der Becher langsam über Logans Bein laufen. Ich arbeitete einhändig, denn mit der anderen Hand hielt ich Logans Hand fest umklammert, wobei ich mir nicht sicher war, wer hier wen festhielt: ich ihn oder er mich. Ich brauchte die ganze Schüssel, bis das Bein zumindest sauber genug war, damit wir den Schaden genauer begutachten konnten.

»Und jetzt hol Vinnies Erste-Hilfe-Tasche aus dem Rucksack«, befahl Logan und biss vor Schmerz die Zähne zusammen. Ich hatte gar nicht mehr an die Tasche gedacht, und es war schockierend, dass Logans Gehirn selbst unter Schmerzen scheinbar besser arbeitete als meines.

Ich schnappte mir die Tasche mit dem roten Kreuz, öffnete den Reißverschluss, leerte den Inhalt auf die Matratze und suchte eine Packung Wundverschlussstreifen und zwei große sterile Wundauflagen heraus. Dann lief ich zurück zu Logan, dessen Stirn und Oberlippe mittlerweile von einem Schweißfilm bedeckt waren.

»Passt das hier?«, fragte ich und hielt ihm meinen Fund entgegen.

»Ja. Aber du musst die Wunden zuerst desinfizieren. Wenn sie sich entzünden, sind wir endgültig chancenlos.«

Wir sind bereits endgültig chancenlos, flüsterte die Stimme in meinem Kopf mit schrecklicher Gewissheit, doch ich schüttelte den Kopf, um sie zum Schweigen zu bringen.

»Aber wie? Wie soll ich sie desinfizieren?«

»Mit Alkohol. Du musst den Whiskey über die Wunde schütten.«

»Aber brennt das nicht wie verrückt?«

»Vermutlich«, erwiderte Logan grimmig. »Aber in den Cowboy-Filmen machen sie das auch immer, also wird es wohl sinnvoll sein.«

Ich war mir in dieser Hinsicht nicht ganz so sicher und hatte außerdem Angst, dass der Wolf an einer Krankheit gelitten haben könnte, die selbst der stärkste Whiskey nicht bekämpfen konnte. Ich hatte nicht oft etwas über Tollwut gelesen, doch das wenige, was ich wusste, jagte mir eine Höllenangst ein.

Trotzdem nahm ich die Flasche in meine zitternde Hand und öffnete den Schraubverschluss, der prompt zu Boden fiel und irgendwo in einer Ecke landete.

»Bereit?«, fragte ich und hatte furchtbare Angst vor den Schmerzen, die ich Logan zufügen würde.

»Warte!«, rief er, als ich die bernsteinfarbene Flüssigkeit gerade über sein Bein kippen wollte. Seine Hand schloss sich um mein Handgelenk, und er zog die Flasche an seine Lippen und nahm einen großen Schluck.

»Das machen sie in den Filmen auch immer«, erklärte er, während er mir die Flasche wieder hinhielt.

Ich nahm sie, und meine Lippen umschlossen die Flaschenöffnung, auf der gerade noch Logans Lippen geruht hatten, bevor ich ebenfalls einen großen Schluck der feurigen Flüssigkeit nahm. Ich schnappte nach Luft, als die Flammen sich den Weg bis in meinen Magen bahnten.

»Und jetzt los«, befahl Logan schroff.

Und so goss ich den Inhalt der Flasche über sein Bein.

Er schrie. Und ich schrie mit ihm.

Falls es jemals nötig werden sollte, dass ich mich nach einem neuen Job umsehen muss, weiß ich bereits jetzt mit einhundertprozentiger Sicherheit, dass ich niemals Krankenschwester werden will. Ich bemühte mich wirklich sehr, doch ich schaffte es bloß mit zusammengekniffenen Augen auf die Wunden hinunterzublinzeln, während ich mir ernsthaft Gedanken machte, ob ich in Ohnmacht fallen oder mich übergeben würde, ehe ich damit fertig war, sie zu versorgen.

Als die Bissspuren endlich mit jeweils einem Kreuz aus zwei Wundverschlussstreifen zusammengeklebt und die größere Wunde auf Logans Unterschenkel mit zwei Wundauflagen bedeckt war, fühlte ich mich zumindest ein wenig besser. Ich riss eins von Bobs Hemden in Streifen und stellte fest, dass diese recht brauchbare Verbände abgaben.

Es war offensichtlich, dass Logan noch immer unter starken Schmerzen litt, doch er blieb ruhig, während ich versuchte, mich so gut es ging um seine Wunden zu kümmern. Schließlich fand ich eine Packung Schmerzmittel in der Erste-Hilfe-Tasche und gab sie ihm. Er nahm sie begierig entgegen und schluckte gleich drei Tabletten ohne Wasser, was mir mehr über seinen Zustand verriet, als es Worte jemals zuwege gebracht hätten.

Ich fürchtete, ihm weitere Schmerzen zuzufügen, als ich ihm schließlich vom Tisch und in das Bett half, und versuchte, die beiden Kissen so anzuordnen, dass er es zumindest ein wenig bequem hatte. Meine Bewegungen wirkten fahrig, und ich bemerkte erst, wie sehr meine Hände zitterten, als Logan danach griff und sie festhielt.

»Hannah, es ist vorbei. Beruhige dich. Du warst unglaublich.«

Ich schüttelte abwehrend den Kopf und brachte vor schlechtem Gewissen keinen Ton heraus. Ich sah ihm in die Augen und dann auf sein verwundetes Bein hinunter und brach in lautes Schluchzen aus.

Logan zog an meiner Hand, bis ich mich schließlich neben ihn auf die Matratze setzte. Er schlang seine Arme um mich, und ich kam nicht umhin zu bemerken, dass er weit weniger kraftvoll wirkte als sonst, was jedoch kaum überraschend war.

Er ließ mich eine Zeitlang weinen, denn er hatte wohl besser als ich erkannt, dass ich es nach dem Schock, der Angst und dem Adrenalinschub als Ventil benötigte, um Dampf abzulassen.

Irgendwann hob ich den Kopf von seiner Brust und wischte mir mit dem Handrücken die Tränen von den Wangen.

»Du hast dein Leben riskiert, um mich zu retten«, erklärte ich ernst. »Der Wolf wollte sich auf mich stürzen, das war offensichtlich, aber du hast dich ihm in den Weg gestellt, so dass er stattdessen dich angegriffen hat. Und du hättest dabei getötet werden können, Logan. Es ist echt ein Wunder, dass du noch lebst. Du hast mir das Leben gerettet.«

Er hob meine Hand an seine Lippen und küsste meine Fingerknöchel. »Und du hast *meines* gerettet, Hannah. Ich habe dir gesagt, du sollst weglaufen, und ich kenne erwachsene Männer, die keine Sekunde gezögert hätten und einfach die Beine in die Hand genommen hätten, aber du bist nicht nur bei mir geblieben, du hast es auch noch mit einem wilden Tier aufgenommen, um mich aus seinen Fängen zu befreien.« Er küsste erneut meine Hand, doch dieses Mal war es viel zärtlicher. »Das war das Mutigste, was je jemand für mich getan hat. Du bist eine unglaubliche Frau, Hannah Truman, und ich bin froh, dich endlich gefunden zu haben.«

Er ließ sich erschöpft auf das Kissen zurücksinken, und ich bemerkte erleichtert, dass seine Augen zufielen. Er musste sich ausruhen.

Ich löste sanft meine Finger von seinen und zog meine Hand fort. Seine nächsten Worte waren kaum mehr als ein Flüstern, während er langsam in eine Mischung aus Schlaf und Bewusstlosigkeit glitt, doch ich hörte sie dennoch. »Und ich werde dich nie wieder gehen lassen.«

Logan schlief sehr lange. Zumindest redete ich mir ein, dass er schlief. Denn wenn ich mir eingestanden hätte, dass das Schwitzen, das unkontrollierte Zucken und das Stöhnen etwas anderes waren als heilender Schlaf, hätte ich auch zugeben müssen, dass das Tier, das mittlerweile vermutlich kilometerweit fort war, Logan noch immer in seinen Fängen hatte. Und dieses Mal konnte ich nichts dagegen tun.

Ich füllte den Ofen mit Holz, doch dann befürchtete ich plötzlich, dass die Wärme in der Hütte Logans Fieber nur noch in die Höhe treiben würde.

Ich legte eine Hand auf seine Stirn, die sich ziemlich heiß anfühlte. Und schließlich legte ich eine Hand auf sein Bein, das sich anfühlte, als würde es in Flammen stehen. Ich humpelte auf die kleine Veranda hinaus und dachte zum ersten Mal wieder an mein eigenes Bein. Es tat furchtbar weh, doch ich musste einfach hoffen, dass es bloß geprellt war, denn wenn wir *beide* ernsthaft verletzt waren, hatten wir überhaupt keine Chance, das hier lebend zu überstehen.

Ich schaufelte einige Hände voll Schnee in die Erste-Hilfe-Tasche und schloss den Reißverschluss, bevor ich sie in ein T-Shirt wickelte, so dass eine Art Kühlkissen entstand, das ich auf Logans Bein legen konnte.

Er wachte irgendwann im Laufe des Nachmittags auf und sagte, er fühle sich schon besser, doch an der Art, wie er das Gesicht verzog, als er versuchte, sein Bein zu bewegen, erkannte ich, dass er log. Er trank einige Becher Wasser, die ich vorsorglich für ihn abgekocht und abgekühlt hatte, verweigerte ansonsten jedoch jegliche Nahrung, woraus ich ihm keinen Vorwurf machen konnte. Ich ertrug den Geschmack von Ahornsirup ebenfalls kaum noch.

Logan wartete, bis ich halbherzig eines der letzten Plätzchen aufgegessen hatte, bevor er zu sprechen begann. Der Klang seiner Stimme und sein Blick verrieten mir sofort, dass mir das, was er zu sagen hatte, nicht gefallen würde.

»Hannah, ich will, dass du morgen weiterziehst. Du musst dem Bach folgen und versuchen, eine andere Hütte zu finden. Und vielleicht ist die nächste sogar bewohnt.«

Ich schüttelte energisch den Kopf. »Nein. Auf keinen Fall. Ich lasse dich nicht allein.«

Sein Blick wurde weicher, doch er schien immer noch fest entschlossen. »Hannah, ich weiß, es ist schwer, und ich verlange sehr viel von dir, aber du musst es tun. Ich kann nicht gehen.« Er deutete auf sein Bein, das mittlerweile geschwollen aussah, wie ich besorgt feststellen musste. »Und ich weiß nicht, wie lange es dauern wird, bis ich es wieder kann. Wir müssen vernünftig sein. Zumal wir auch kaum noch etwas zu essen haben.«

»Dann fange ich eben noch einen Fisch«, erwiderte ich starrköpfig.

Logan seufzte, obwohl er zweifellos gewusst hatte, dass ich es ihm nicht einfach machen würde.

»Es ist viel zu gefährlich hier. Das, was heute Morgen passiert ist, war doch Beweis genug.«

»Ja, und das ist noch ein Grund, warum ich dich nicht alleinlassen kann«, argumentierte ich. »Du brauchst mich hier.«

»Ja, das stimmt«, gab er traurig zu. »Aber ich will trotzdem, dass du gehst.«

Mir stiegen Tränen in die Augen, als ich hörte, wie unnachgiebig er klang, doch gerade in diesem Fall hatte ich nicht vor, seinem Wunsch nachzukommen. Logan alleine zurückzulassen stand schlicht und einfach nicht zur Debatte.

»Wenn dein Bein verheilt ist und es dir wieder bessergeht, werden wir *beide* weiterziehen«, erwiderte ich störrisch. »Und nun ist dieses Gespräch offiziell beendet.«

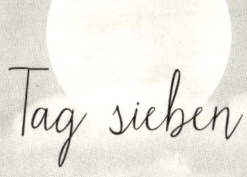

Tag sieben

Logan hatte keine gute Nacht, und ich daher ebenso wenig. Er strahlte so viel Hitze ab, dass selbst der Ofen dagegen schwach wirkte. Ich verbrachte den Großteil der Nacht an die Wand gedrängt, um ihm so viel Raum wie möglich zu geben, aber ich glaube nicht, dass es etwas half. Und so waren wir beide froh, als endlich das erste schwache Licht des neuen Tages durch die Ritzen im Dach der Hütte drang. Um diese Zeit hatten wir die Hoffnung, doch noch ein wenig Schlaf zu finden, bereits aufgegeben.

Das war ein großes Glück.

Denn wenn wir beide nicht eine so furchtbare Nacht hinter uns gehabt hätten und deshalb bereits hellwach gewesen wären, hätten wir das entfernte, rhythmische Schlagen der Rotorblätter vielleicht gar nicht gehört. Ich erstarrte eine Sekunde lang, denn ich hatte Angst, dass das Geräusch nur in meiner Vorstellung existierte, doch als ich schließlich meinen Kopf zu Logan drehte, sah ich die Hoffnung auch in seinen Augen.

»Ist das ...?«

»Ja«, erwiderte er eindringlich und reichte mir seine Hand, damit ich schnell über ihn hinweg aus dem Bett klettern konnte. Irgendwie schaffte ich es, in meine Turnschuhe zu schlüpfen, doch ich verschwendete keine Zeit mit den Schnürsenkeln und zog mir auch nichts über. Ich hielt gerade lange genug inne, um nach der bereits für einen solchen Fall bereitliegenden Zündholzschachtel neben der Tür zu greifen.

Mittlerweile hatte sich Logan mit geradezu übermenschlichem Kraftaufwand in eine sitzende Position hochgekämpft und es irgendwie sogar geschafft, aufzustehen. Er schwankte einen Moment lang bedenklich und musste sich neben der Pritsche an der Wand festhalten, um das Gleichgewicht wiederzufinden.

»Geh, Hannah! Warte nicht auf mich, dazu ist keine Zeit.«

Ich riss die Tür auf, und die eiskalte Morgenluft, die mir entgegenschlug, raubte mir beinahe den Atem. Es hatte letzte Nacht erneut ein wenig geschneit, und ich geriet einen Moment lang in Panik, als ich die dünne Schneeschicht sah, die alles bedeckte. Hatte sie womöglich auch unser Leuchtfeuer unter sich begraben?

Ich blieb kurz auf der Veranda stehen und warf einen Blick in den Himmel. Immer noch hörte ich das Geräusch der Rotorblätter, doch der Hubschrauber war nirgendwo zu sehen.

»Beeile dich, Hannah!«, drängte Logan, der es mit Hilfe des Ruders irgendwie bis zur Tür geschafft hatte und nun hinter mir stand. Ich nickte und wollte bereits auf den Haufen aus Flechten, Gras und Holz zulaufen, den wir genau für einen solchen Moment aufgeschichtet hatten.

»Warte!«, rief Logan, als ich gerade meinen Fuß auf die erste Stufe setzte. Er umfasste meinen Nacken mit der freien Hand und zog mich an sich. Seine Augen strahlten vor Begeisterung, doch da war noch etwas, das ich nicht genau benennen konnte. Sein Kuss war leidenschaftlich und so kurz, dass ich keine Gelegenheit hatte, ihn zu erwidern. Dennoch prickelten meine Lippen noch lange, nachdem er sich von mir gelöst hatte.

»Nun geh«, sagte er lächelnd. »Jetzt ist es endlich so weit.«

Der Schnee knirschte unter meinen Füßen, als ich auf das Leuchtfeuer zulief. Wir hatten eine wasserfeste Jacke darüber ausgebreitet, und ich zog sie so feierlich herunter wie eine Zauberin, die einen neuen Trick enthüllt.

Das erste Zündholz weigerte sich, Feuer zu fangen, und nach drei erfolglosen Versuchen warf ich es genervt in den Schnee und nahm ein neues heraus. Dieses fing sofort Feuer, doch eine plötzliche Windbö blies es gleich wieder aus.

Das Geräusch des Hubschraubers wurde immer lauter, und ich wusste, dass sie uns womöglich übersahen, wenn ich es nicht rechtzeitig schaffte, das Feuer zu entfachen. Ich warf einen Blick zur Hütte und sah, dass Logan gerade langsam und vorsichtig die Treppe hinunterstieg. Er wollte mir zweifellos zu Hilfe kommen.

»Alles in Ordnung! Ich schaffe das! Bleib bei der Hütte!«, rief ich, denn ich hatte Angst, dass sein Bein aufgrund der Anstrengung erneut zu bluten begann. Glücklicherweise blieb er sofort stehen, und ich wandte mich wieder dem Haufen vor mir zu.

Das dritte Zündholz fing ebenfalls sofort Feuer. Ich hielt schützend die Hand vor die flackernde Flamme und brachte sie an die trockenen Flechten. Sie stürzte sich hungrig darauf und fand scheinbar Gefallen an ihnen, denn das Feuer begann sofort zu brennen.

Wir hatten das Leuchtfeuer mit großer Sorgfalt aufgeschichtet, und jeder Ast befand sich genau an dem für ihn vorgesehenen Platz. Und so wurden wir nach sechs Tagen Übung im Feuermachen endlich belohnt, denn das Feuer sandte unvermittelt eine mächtige Rauchsäule in den Himmel.

Ich warf einen Blick zu Logan hinüber. Er bewegte sich wieder Schritt für Schritt auf mich zu und musste dabei regelmäßig anhalten, um Luft zu holen. Es bereitete ihm sicher große Schmerzen, das verletzte Bein zu belasten, doch das hätte man nie für möglich gehalten, wenn man das Lächeln auf seinem Gesicht sah, das sogar aus einiger Entfernung gut zu erkennen war.

Ich entdeckte den Hubschrauber zuerst. Er war ein schwarzer Punkt, der sich den Bach entlang langsam auf uns zubewegte. Ich warf einen schnellen Blick auf das Feuer, das mittlerweile lichterloh brannte, dann nahm ich die Jacke, die die wertvollen Äste trocken gehalten hatte, und humpelte so schnell ich konnte mit ihr zum Bachufer. Hier bestand die größte Wahrscheinlichkeit, dass mich die Mannschaft des Rettungshubschraubers sah.

Ich bin mir sicher, dass ich viel zu früh begann, die Jacke durch die Luft zu schwenken, doch ich bewegte sie trotzdem so energisch hin und her, dass es an ein Wunder grenzte, dass ich mir mit dem Ende des Reißverschlusses nicht auch noch ins Auge schlug. Die Jacke segelte durch die Luft wie eine schwarze Flagge vor schneeweißem Hintergrund und erschien mir plötzlich wie ein sichtbares Zeichen meiner Verzweiflung.

Würde die Hubschrauber-Crew auf sie aufmerksam werden? Oder würden sie viel eher die graue Rauchwolke sehen, die in den Himmel stieg, wenn sie zufällig mit ihren Ferngläsern in unsere Richtung blickten?

Der Hubschrauber flog über uns hinweg, und das Brüllen des Motors war ohrenbetäubend laut. Es hatte keinen Sinn, um Hilfe zu rufen. Bloß ein Idiot wäre davon ausgegangen, er könnte den Lärm eines Hubschraubers übertönen. Dennoch kreischte ich wie ein Teenager bei einem Rockkonzert, und als der Helikopter schließlich abdrehte, fiel ich auf die Knie, als hätten mich die Rotorblätter niedergestreckt.

Wie konnte es sein, dass sie uns nicht gesehen hatten?

»Hilfe!« Mein Schrei klang wie das Wehklagen eines verwundeten Tieres.

»Ist schon okay!«, rief Logan, der den Blick noch immer in den Himmel gerichtet hatte. »Sie fliegen bloß eine Kurve und kommen dann zurück.« Er deutete in Richtung des Hubschraubers, und ich sah, dass er recht hatte, denn dieser kam bereits wieder auf uns zu.

»Sie haben uns gesehen, Hannah!« Diese fünf Wörter würden noch sehr lange Zeit durch meinen Kopf hallen. Doch das wusste ich damals noch nicht.

Der Hubschrauber schwebte eine Zeitlang über einem relativ flachen Stück rechts neben der Hütte, das eigentlich viel zu klein war, als dass er dort landen konnte. Glücklicherweise sah der Pilot das anders, denn einige schreckliche Sekunden später setzte er zur Landung an. Ich stolperte halb laufend, halb taumelnd auf den Hubschrauber zu und bemerkte dabei nicht einmal das schmerzhafte Stechen des Schnees, der mir von den Rotorblättern ins Gesicht geschleudert wurde. Als die Landekufen schließlich den Boden berührten, stellte der Pilot den Rotor ab, und der Schnee legte sich, so dass der Hubschrauber wie im großen Finale eines berühmten Zauberkünstlers plötzlich aus der Wolke aus Eis und Schnee auftauchte.

Zwei Gestalten in orangefarbenen Overalls sprangen leichtfüßig aus dem Inneren und liefen geduckt auf mich zu, da sich die Rotorblätter immer noch sanft drehten. Der Mann kam zuerst bei mir an, doch seine Kollegin, eine junge Frau mit flammend roten Haaren, war nur einen Schritt hinter ihm.

»Hannah Truman, nehme ich an?«, fragte mich der Mann, als hätte er sein ganzes Leben lang darauf gewartet, Henry Stanleys berühmte Begrüßung auch einmal zu jemandem sagen zu können.

»Wir sind so froh, Sie zu sehen!«, rief die Frau und schloss mich überraschenderweise in die Arme. Sie sagte noch etwas, doch es war über das laute Schluchzen, das jemand von sich gab, kaum zu hören. Ich wandte mich um, um nachzusehen, wer hier weinte, doch dann erkannte ich einigermaßen beschämt, dass ich es selbst war.

»Wir hatten bereits sämtliche Hoffnung aufgegeben, Sie lebend zu finden«, gab der Mann zu. Die Erleichterung war ihm deutlich anzusehen, und ich fragte mich, wie lange es noch gedauert hätte, bis die zuständigen Behörden die Suche eingestellt hätten.

»Es grenzt an ein Wunder, dass Sie so lange überlebt haben.«

»Gab es viele ...? Wie schlimm ... Ich meine, gab es viele Überlebende?«

Die beiden Rettungsleute wechselten einen Blick, der mir verriet, dass die Anzahl der Toten ziemlich hoch gewesen sein musste, doch ich schnappte trotzdem nach Luft, als sie mir sagten, wie viele Menschen ihr Leben gelassen hatten.

»Wir dachten schon, wir müssten die Zahl um eine Person erhöhen«, sagte der Mann. »Aber irgendwie haben Sie allen Erwartungen getrotzt und es tatsächlich geschafft.«

»Wir sind zu zweit«, erklärte ich mit ernster Stimme, während ich langsam zu begreifen begann, wie viel Glück Logan und ich gehabt hatten.

»Wie bitte?«

»Sie sprechen immer nur von mir, aber wir sind zu zweit! Wir saßen zusammen im hinteren Teil des Flugzeuges, als das Heck abbrach. Ich und ein anderer Passagier: Logan Carter.«

Ich wandte mich um und wollte auf den Mann deuten, der noch vor einigen Augenblicken zwanzig Meter hinter mir gestanden hatte, doch er war fort. Ich fuhr zu den beiden Rettungsleuten herum, die sich gerade einen äußerst besorgten Blick zuwarfen.

»Es tut mir leid«, begann die Frau vorsichtig. »Bitte verzeihen Sie, aber Sie meinen, es sei während des Absturzes noch jemand bei Ihnen im hinteren Teil des Flugzeuges gewesen? Jemand, der den Absturz ebenfalls überlebt hat?«

Ich runzelte die Stirn, denn ich verstand weder ihre Frage noch die Tatsache, dass Logan plötzlich verschwunden war.

Wo war er hin? Hatte ihn der Schmerz zurück in die Hütte getrieben, während der Hubschrauber gelandet war? Aber warum hatte er nichts gesagt?

»Hannah, sind Sie sich sicher, dass das so war?«

Ich wandte mich verwirrt an die Frau. Ihre alberne Frage machte mich wütend. »*Worüber* soll ich mir sicher sein? Dass er neben mir saß? Natürlich saß er neben mir! Wir waren beide fest in unseren Stühlen angeschnallt, als das Heck des Flugzeuges in den See stürzte. Aber wir haben beide überlebt. Und wir waren die ganze Zeit über zusammen.«

Der Blick, den die beiden daraufhin wechselten, brachte mich vollends aus der Fassung.

»Logan!«, rief ich. »Logan, wo bist du?«

Ich sah zu unserer Hütte hinüber und erwartete, dass er jeden Moment auf die Veranda heraushumpelte. Als nichts passierte, ließ ich den Blick hektisch nach rechts und links schweifen.

»Ich weiß nicht, wo er hin ist! Er war noch vor einer Minute hier.«

»Wo?«, fragte der Mann geduldig.

Ich deutete auf die Stelle, wo Logan gestanden hatte, während der Hubschrauber gelandet war. »Dort«, erwiderte ich mit eindringlicher Stimme. »Sie haben uns doch sicher beide gesehen, als Sie gelandet sind?«

Die Frau schien eine halbe Ewigkeit zu zögern, ehe sie mir antwortete.

»Nein, eigentlich nicht. Wir haben bloß Sie gesehen.« Sie sah ihren Partner fragend an. Er antwortete mit einem kaum merklichen Nicken. »Wir haben bloß nach *Ihnen* gesucht, Hannah.«

»Was soll das heißen?«, fragte ich und drehte mich wieder zur Hütte um.

»Logan! Logan, wo bist du?«, rief ich und machte einen Schritt darauf zu.

Ich spürte, wie die Frau eine Hand auf meine Schulter legte, um mich zurückzuhalten. Ich schüttelte sie ab, doch ihre Worte ließen sich nicht so einfach fortwischen.

»Ich will damit sagen, dass Sie der einzige Passagier von Flug 418 waren, der noch als vermisst galt.«

»Aber das ist unmöglich!«, widersprach ich. »Dann sind Ihre Informationen falsch. Wir sind zu zweit hier. Kommen Sie mit, ich zeige es Ihnen.«

Doch nur der Mann folgte mir. Er flüsterte seiner Partnerin leise zu, sie solle die Listen holen, woraufhin die Rothaarige in Richtung Hubschrauber verschwand.

»Zeigen Sie mir doch bitte, wo genau Ihr Freund sich vorhin befand, Miss Truman«, bat er mich, während er neben mir herging. Sein Lächeln wirkte echt, doch seine Stimme klang so, als spräche er mit einer verwirrten und labilen Person, die mit äußerster Vorsicht und besonderem Feingefühl zu behandeln war.

Ich stampfte so eilig durch den Schnee, wie es mein schmerzendes Bein zuließ, und hatte die Stelle, an der Logan gestanden hatte, Sekunden später erreicht.

»Er stand genau hier«, erklärte ich, und obwohl meine Stimme zu Beginn noch vollkommen überzeugt geklungen hatte, wirkte ich mittlerweile wohl ein wenig verunsichert. Der Mann musterte die makellose Schneedecke vor uns eingehend. Er musste nichts sagen, sein Blick sprach Bände. Ich schaute mich fassungslos um.

»Vielleicht stand er auch dort drüben«, murmelte ich schließlich und deutete auf eine Stelle weiter links, auch wenn ich ganz genau wusste, dass ich mich nicht irrte. Genau hier hatte Logan gestanden.

Der Mann zeigte sich nachsichtig, wie ein Elternteil, dessen Kleinkind gerade kurz davorstand, einen Trotzanfall zu bekommen, und antwortete sanft: »Ja, sicher. Sollen wir mal nachsehen?« Ich warf ihm einen genervten Blick zu, um ihm zu verstehen zu geben, dass ich genau wusste, was er dachte. Aber er irrte sich. Er irrte sich gewaltig.

Es dauerte keine fünf Sekunden, bis ich erkannte, dass die Schneedecke auch weiter links vollkommen unberührt war. Logan war weder hier noch dort gewesen, denn es waren keinerlei Fußspuren zu sehen.

»Das verstehe ich einfach nicht. Wir waren doch beide hier! Wir haben den Hubschrauber gehört, und er stand direkt hinter mir, als ich hinauslief, um das Leuchtfeuer zu entzünden ...« Meine Stimme versagte, und ich war völlig fassungslos.

»Und wo ist er jetzt?«

Ich warf dem Mann in dem lächerlichen orangefarbenen Overall einen bösen Blick zu. »Keine Ahnung!«

Die Frau war mittlerweile wieder aus dem Hubschrauber geklettert und kam mit zwei Clipboards unter dem Arm auf uns zu, und es war der Anblick des Hubschraubers, der mir die Antwort lieferte, nach der ich gesucht hatte. Ich lachte laut auf, während ich mich fragte, warum ich nicht gleich darauf gekommen war.

»Wahrscheinlich war es der Schnee! Der Schnee, der aufgewirbelt wurde, als der Hubschrauber gelandet ist. Er muss die Spuren bedeckt haben.«

Die Frau öffnete den Mund, um etwas zu sagen, doch ich sah, wie der Mann kaum merklich den Kopf schüttelte, und sie hielt gehorsam den Mund.

Zum Glück hatten wir nun zumindest eine Frage geklärt, doch es blieben noch zwei weitere offen: Wo war Logan? Und warum antwortete er nicht?

»Logan! Logan! Logan!« Ich rief immer wieder seinen Namen, während ich so schnell es ging auf die Hütte zueilte. Dabei sah ich die Fußabdrücke im Schnee, die ich vorhin hinterlassen hatte, doch ich weigerte mich, mir einzugestehen, was das zu bedeuten hatte: Die Hütte lag zu weit vom Landeplatz entfernt, so dass der Schnee sicher nicht bis hierhergewirbelt worden war. Die Fußspuren, die von der Hütte fortführten, waren deutlich zu sehen.

Doch es war nur ein Paar.

Meine.

Ich stürzte durch die offene Tür und sah mich gehetzt um. Dann wandte ich mich an die beiden Rettungsleute, die mir in die Hütte gefolgt waren.

»Hören Sie, das ist albern«, erklärte ich, und ihre Augen waren voller Mitgefühl, das ich absolut nicht annehmen wollte.

»Er war hier bei mir. Sie müssen mir glauben. Wir haben

letzte Nacht hier geschlafen. Seite an Seite.« Ich deutete auf die Pritsche, und wir wandten uns alle drei dem Bett zu.

Die beiden Rettungsleute mussten nichts sagen, denn die Tränen der Verwirrung, die inzwischen über mein Gesicht liefen, verrieten ihnen auch so, dass ich genau das sah, was auch sie sahen.

Auf dem Bett lagen zwei Kissen, doch nur eines trug den eindeutigen Abdruck eines Kopfes – *meines* Kopfes – und war ein wenig nach oben geschoben worden. Das andere Kissen, auf dem sich Logan die ganze Nacht über hin und her gewälzt hatte, war glatt gestrichen und es sah nicht so aus, als hätte jemand darauf gelegen. Abgesehen davon war auch der Morgenmantel, den wir als Laken benutzt hatten, auf meiner Seite vollkommen zerwühlt, während er auf Logans Seite sorgfältig unter der Matratze festgesteckt war.

Er hatte das Bett gemacht? Ein Hubschrauber war vor der Hütte gelandet, um uns endlich zu retten ... und trotzdem hatte er das Bett gemacht?

Das ergab keinen Sinn. Absolut keinen.

Und irgendwie doch.

Zumindest begann alles langsam einen Sinn zu ergeben. Doch ich war noch nicht so weit, es mir einzugestehen.

»Vermutlich ist er irgendwo hinter der Hütte. Vielleicht ist er sogar zusammengebrochen oder so«, vermutete ich, und obwohl der Mann und die Frau mir folgten, als ich ins Freie eilte, vermutete ich, dass sie die ersten Zweifel in meiner Stimme ebenfalls gehört hatten.

Hinter der Hütte war natürlich niemand zu sehen. So schrecklich es auch gewesen wäre, hatte ein Teil von mir trotzdem gehofft, dass wir Logan tatsächlich ohnmächtig im Schnee finden würden.

Natürlich wäre das eine furchtbare Entdeckung gewesen – doch das, was gerade passierte, war schlimmer.

Viel schlimmer.

Ich deutete weinend auf die Blutspuren, die unter der dünnen Schneeschicht noch deutlich zu sehen waren. Eine rote Linie zog sich zwischen Logans Fußabdrücken bis zur Hütte, doch obwohl seine Spuren deutlich zu erkennen waren, waren meine eigenen offenbar vollkommen vom Schnee bedeckt. Ich folgte der Spur wie ein Bluthund, bis ich wieder bei der Hütte angekommen war.

»Ich verstehe nicht, was hier vor sich geht. Ich verstehe es einfach nicht. Er kann nicht weit fort sein. Er war verletzt. Er hatte eine große Wunde am Bein und humpelte.«

»*Sie* humpeln«, korrigierte mich die Frau.

Ich schüttelte den Kopf, um meine eigenen, bei weitem nicht so ernsthaften Verletzungen abzutun. »Nein. Ich habe nur eine leichte Prellung. Aber Logans Bein war wirklich schwer verletzt. Er wurde von einem Wolf angefallen. Und er hat sehr viel Blut verloren.«

»So wie Sie?«, fragte der Mann und deutete auf mein blutdurchtränktes Hosenbein. Das Blut war rotbraun angetrocknet. Ich runzelte die Stirn. Wie war es möglich, dass so viel von Logans Blut auf meiner Hose gelandet war? War es passiert, als ich ihn zurück in die Hütte geschleppt hatte?

»Sie sind ebenfalls schwer verletzt. Vielleicht sollten wir uns die Wunde einmal ansehen«, sagte der Mann freundlich.

»Nein, ich habe Ihnen doch gesagt, dass es sich bloß um eine Prellung handelt.«

»Ja, aber lassen Sie mich Ihr Bein trotzdem mal anschauen«, wiederholte der Mann, führte mich zum Bett, bat mich, mich zu setzen, und hob mein Bein hoch.

Die Wunde war leicht zugänglich, denn scheinbar war meine Hose vom Knöchel bis zum Knie aufgeschnitten. Wir schnappten alle drei nach Luft, als der Mann den Stoff auseinanderklappte. Und ich denke, ich war wohl die Lauteste von uns.

»Was ist das?«, flüsterte die Frau, doch ich vermochte ihr keine Antwort zu geben. Ich schüttelte abwehrend den Kopf und konnte einfach nicht begreifen, was ich mit eigenen Augen vor mir sah. Und was ich vielleicht schon die ganze Zeit über gewusst hatte.

»Ich habe so etwas noch nie gesehen«, erklärte der Mann, als er vorsichtig die blutdurchtränkten Wundauflagen von der Bisswunde hob, die der Wolf hinterlassen hatte.

Ich hatte diese Wunde natürlich schon einmal gesehen. Nur dass es Logans Verletzung gewesen war, und nun war es meine eigene.

»Zeigen Sie mir bitte noch einmal die Listen«, bat ich, und die Frau reichte mir die beiden Clipboards.

Das Clipboard mit der blauen Hülle enthielt eine schmerzlich kurze Liste. Ich ließ meinen Finger über die unbekannten Namen gleiten und hielt nur kurz bei meinem eigenen Namen inne, der mit einem in Klammern gesetzten Fragezeichen versehen war.

Dann begann ich noch einmal von vorn. Donna Broomfield hatte überlebt. *Das freut mich sehr für Sie, Donna.* Und Malcolm Dudley würde ebenfalls zu seiner Familie und seinen Freunden zurückkehren. Seine Familie war vermutlich wahnsinnig erleichtert. Doch unter dem Buchstaben C war kein einziger Name vermerkt. Kein Logan Carter. Zumindest nicht auf dieser Liste.

Er stand auf dem zweiten Clipboard mit der roten Hülle.

Ich ließ meinen Finger beinahe ehrfürchtig über seinen Namen gleiten.

Logan ... wie ist das möglich?

Mühsam richtete ich meinen Blick auf die Frau, die ich durch den Schleier der Tränen jedoch kaum erkennen konnte.

»Aber er kann nicht tot sein! Das ist einfach unmöglich. Er war doch hier bei mir! Er hat mir mehrmals das Leben gerettet. Ohne ihn hätte ich es nicht geschafft.«

Die Frau öffnete den Mund, um etwas zu sagen, womit ich leben konnte. Suchte nach einer Antwort, die mich nicht auch noch Jahrzehnte später wach halten würde. Doch sie schaffte es nicht.

»Es tut mir so leid« war alles, was sie herausbrachte. Und es war alles, was ich erwarten konnte.

Ich ließ meinen Blick ein letztes Mal traurig durch die Hütte schweifen. »Ich möchte jetzt gehen. Ich will nach Hause. Zu meiner Familie.«

Sie schnallten mich in dem Hubschraubersitz an, als sei ich unfähig, auch nur die leichtesten Aufgaben selbst zu bewältigen.

Erst als wir bereits hoch über der Lichtung schwebten, wurde mir klar, dass ich mich bis zuletzt an die winzige Hoffnung geklammert hatte, dass Logan doch noch aus der baufälligen Hütte oder unter den umstehenden Bäumen hervorgerannt kam und uns verzweifelt zuwinkte, damit wir umkehrten. Ich starrte durch das Fenster des Hubschraubers hinunter und erlaubte mir nicht einmal zu blinzeln, für den Fall, dass ich ihn sonst womöglich übersah.

Meine Augen tränten vor Anstrengung, bevor ich schließlich zu weinen begann. Mir wurde klar, dass er nicht hier war.

Er war nie hier gewesen.

Ich glaube nicht an Geister. Das habe ich nie getan und werde ich auch nie tun, obwohl Kate sie sofort als mögliche Erklärung ins Feld führte. Aber sie war immer schon die Phantasievollere von uns beiden. Sie hatte viel länger an den Weihnachtsmann und die Zahnfee geglaubt als ich, obwohl sie älter war.

Also nein, ich glaube nicht an Geister, und ich glaube nicht, dass die Toten zurückkehren, um den Lebenden zur Seite zu stehen, auch nicht unter so extremen Umständen, wie ich sie erlebt hatte.

Und selbst wenn es die beste Geistergeschichte gewesen wäre, die ich je gehört hatte, konnte ich einfach nicht glauben, dass der Geist eines anderen Passagiers für mein wundersames Überleben nach dem Absturz von Flug 418 verantwortlich war.

Aber es gibt etwas, woran ich glaube, und das ist die unglaubliche Macht und die unerschütterliche Kraft des eigenen Ichs.

Ich glaube von ganzem Herzen und ohne Einschränkungen daran. Ich glaube, dass jeder Mensch es in sich hat, zu seinem eigenen, persönlichen Helden zu werden und sich selbst zu retten, wenn sonst nichts anderes mehr möglich ist.

Irgendwo tief in uns trägt jeder einen kleinen, längst vergessenen Schalter, der dafür sorgt, dass wir einfach alles schaffen. Manchen fällt es leicht, den Schalter umzulegen, für andere gestaltet es sich ein wenig schwerer.

Aber er ist da.

Er ist in mir, und er ist auch in Ihnen. Man muss nur tief genug danach graben, dann findet man ihn. Alles, was man zum Überleben braucht, ist da und wartet nur darauf, gefunden zu werden.

Natürlich ist die Sache einfacher, wenn man wie ich über ein außergewöhnliches Gedächtnis verfügt, aber selbst ich brauchte ein wenig Hilfe, um den Schalter zu finden.

Und wenn man trotz allem glaubt, dass man es nicht allein schaffen wird, kommt jemand, der einem zur Seite steht. Ich fand diesen Jemand, als ich ihn am nötigsten brauchte.

Und sein Name war Logan Carter.

Epilog

Ein Jahr später

Eigentlich wollte ich eine Hose anziehen, doch dann überlegte ich es mir im letzten Moment doch noch anders und holte einen knielangen Rock aus meinem Koffer.

Trotz der mageren Sonnenstrahlen, die durch das Fenster fielen, war es viel zu kalt, um ohne Strümpfe hinauszugehen, doch ich entschied mich für die dünnsten, die ich finden konnte. Kate hatte endlich aufgehört, mich zu einem zweiten Termin bei dem plastischen Chirurgen zu drängen, der versprochen hatte, die Narbe auf meinem Bein unscheinbarer machen zu können.

Er verstand einfach nicht, wie wichtig es für mich war, dass die Narbe genauso blieb, wie sie war. Das verstand *niemand*.

Nachdem sich herausgestellt hatte, dass so vieles nicht real gewesen war, blieb mir immerhin die Narbe als etwas Dauerhaftes und Greifbares und als ein ständiger Beweis dafür, wie stark ich war. Dafür, dass ich aus eigener Kraft überlebt hatte. Vielleicht würde ich diese Erinnerung an alles, was geschehen war – und auch an das, was nicht geschehen war –, eines Tages nicht mehr brauchen. Doch bis dahin sollte die Narbe ein Teil von mir bleiben.

Mein Leben hatte sich drastisch verändert, seit ich an jenem Tag vor zwölf Monaten in genau diesem Gästezimmer gestanden und den Reißverschluss meines Koffers zugezogen hatte, um nach England zurückzukehren. Manchmal fiel es sogar mir selbst schwer, mich an die Frau zurückzuerinnern, die ich damals gewesen war. Doch bei anderen Gelegenheiten war sie noch da und versteckte sich wie ein Schatten hinter meinem neuen Ich.

Ich war zu William zurückgekehrt. Er hatte mich in einem Meer aus Tränen, Reue und Erleichterung in mein altes Leben zurückgeholt und dabei all die richtigen Dinge gesagt, nämlich dass die Angst, mich für immer verloren zu haben, wie ein schrecklicher Weckruf gewesen war, der ihm klargemacht hatte, dass er ohne mich nicht leben konnte. Er hatte auf dem Flughafen auf mich gewartet – ich hatte ihn hinter dem riesigen Blumenstrauß, den er in den Armen hielt, kaum gesehen – und hatte die ganze Fahrt nach Hause geweint. Wir *beide* vergossen in den ersten Tagen nach meiner Rückkehr viele Tränen, doch als ich drei Wochen später unsere Wohnung und unser gemeinsames Leben für immer hinter mir ließ, waren meine Augen trocken.

Im darauffolgenden Monat schlief ich auf verschiedenen Wohnzimmerböden und Sofas, bis ich endlich eine günstige Wohnung gefunden hatte. Meine Freunde machten sich Gedanken, weil sie mir bloß unbequeme Sitzmöbel und Schlafsäcke zur Verfügung stellen konnten, doch ich versicherte ihnen, dass das nicht nötig war. Ich hatte Schlimmeres erlebt ... viel Schlimmeres.

Als ich meine Kündigung einreichte, versuchten meine Vorgesetzten in der Marketingabteilung, mich dazu zu überreden, eine Zeitlang Urlaub zu nehmen.

»Sie sollten nichts überstürzen, Hannah«, sagte die Chefin der Personalabteilung. Sie war eine nette Frau. Früher hatten wir ab und zu gemeinsam zu Mittag gegessen, doch ich wusste, dass sie meine Nummer aus ihrem Mobiltelefon löschen würde, sobald meine Stelle neu besetzt war.

Es gibt eben Menschen, die in das Leben anderer treten und wieder verschwinden, ohne eine richtige Spur zu hinterlassen. Und dann gibt es Menschen, die einem für immer in Erinnerung bleiben, auch wenn man sie nie wirklich kennengelernt hat.

Logan hatte mich verändert. Die Tage mit ihm hatten eine andere Hannah aus mir gemacht, und dafür würde ich ihm ewig dankbar sein.

»Hannah, dein Taxi ist da!«, rief Kate die Treppe hoch, und ich griff nach meinem Mantel und der Handtasche. »Bist du sicher, dass ich nicht mitkommen soll?«, fragte sie mich etwa zum zehnten Mal an diesem Morgen. »Ich muss Lily erst um drei Uhr wieder abholen.«

Ich stieg die letzten Stufen hinunter und drückte ihr einen Kuss auf die Wange. »Nein. Es ist wirklich lieb, dass du mitkommen würdest, aber ich muss das allein durchziehen.«

»Ich will nur nicht, dass du dich wieder aufregst.«

Ich nahm sie einen Augenblick lang fest in die Arme, bevor ich in meinen Mantel schlüpfte. »Kate, wenn mich die Sache heute nicht aufregen würde, wäre es wohl ein Anzeichen dafür, dass etwas mit mir nicht stimmt. Aber ich muss trotzdem allein dorthin.«

Glücklicherweise schien der Taxifahrer nicht in der Stimmung für eine Unterhaltung zu sein, und dafür war ich ihm äußerst dankbar. Auch wenn ich Kate – die mich in den letzten Tagen genauso umsorgt hatte wie ihre Tochter Lily – das Gegenteil versichert hatte, musste ich meinen ganzen Mut zusammennehmen, um diesen Tag zu überstehen.

Ich wäre auch nach Kanada gekommen, wenn ich noch in London gewohnt hätte, doch die Tatsache, dass mein Visum so schnell ausgestellt worden war, machte die Sache natürlich um einiges einfacher. Kate hatte mich schon immer gedrängt, ebenfalls hierherzuziehen, doch erst jetzt schien der richtige Zeitpunkt gekommen, denn endlich lief ich mit offenen Armen meiner Zukunft entgegen, anstatt vor meiner Vergangenheit davonzulaufen.

»Müssen Sie da hin?« Die Stimme des Taxifahrers ließ mich zusammenzucken. Wir waren mittlerweile am Rande des Flughafengeländes angekommen, wo sich ein kleiner, hübscher Park mit einem sorgsam angelegten Teich befand. Ein wenig entfernt sah ich einen Kreis aus Kieselsteinen, in dessen Mitte sich ein verhülltes Denkmal erhob, das unglücklicherweise an einen Geist erinnerte, der aus einem Grab emporstieg. Daneben war eine kleine Bühne errichtet worden, vor der mehrere Reihen leinenbezogene Stühle standen. Der Fahrer hielt vor einem Schild mit der Aufschrift *Gedenkveranstaltung – Flug 418.*

»Das war damals wirklich eine schlimme Sache«, erklärte er mir, als wüsste ich nicht ohnehin Bescheid. »Haben Sie denn jemanden bei dem Absturz verloren?«

Es war eine ziemlich unsensible Frage, doch sein freundlicher Blick verriet, dass er sich dessen nicht bewusst war. Ich öffnete den Mund, um ihm zu sagen, dass ich *tatsächlich* jemanden verloren hatte, doch stattdessen überraschte ich sowohl ihn als auch mich selbst mit meiner Antwort. »Nein. Eigentlich habe ich sogar jemanden wiedergefunden.« Er hob die Augenbrauen, als ich den Satz beendete: »*Mich.*«

Die Gedenkveranstaltung war sehr bewegend. Ich weinte, doch damit war ich nicht die Einzige. *Alle* weinten. Ich war zu früh da gewesen und hatte mich deshalb in einer der vorderen Reihen niedergelassen. Während ich darauf wartete, dass die Zeremonie begann und der Obelisk aus Marmor enthüllt wurde, ließ ich meinen Blick die Reihe entlangschweifen, in der ich saß. Am anderen Ende saß ein kleines Kind, das gerade verärgert an den Haaren der Frau zog, die seinen sich windenden Körper fest umklammert hielt. Marcus und seine Mutter hoben die Köpfe, als hätten sie gespürt, dass ich sie beobachtete. Die junge Mutter erkannte mich sofort wieder, und wir wechselten einen Blick, für den es keine Worte gab.

Ich rutschte auf meinem Stuhl hin und her und suchte nach dem übergewichtigen Passagier, der neben mir gesessen hatte, bevor ich in den hinteren Teil des Flugzeuges umgezogen war. Ich entdeckte ihn nirgendwo, und mir wurde bewusst, dass er es – wie so viele andere – nicht geschafft hatte. Ich betrachtete die Familien auf den Stühlen neben mir und die vielen Menschen, von denen einige bereits feuchte Taschentücher umklammert hielten, und hoffte, dass jemand für ihn hier war. Danach drehte ich mich nicht mehr um. Es war zu traurig.

Schließlich wurde das riesige Denkmal aus Marmor enthüllt, und nach einem kurzen Moment des Zögerns begannen die Leute zu applaudieren. Mir war nicht ganz klar, warum sie es taten oder ob es überhaupt angemessen war, aber ich machte trotzdem mit.

Eine elektronische Orgel spielte leise im Hintergrund, während der Direktor der Fluggesellschaft die lange Liste mit den Namen der Passagiere und Crew-Mitglieder verlas, deren Reise durchs Leben in den schneebedeckten kanadischen Bergen ihr

Ende gefunden hatte. Ich hielt den Atem an und bereitete mich innerlich auf den Schlag vor, den es mir versetzen würde, wenn er beim dritten Buchstaben des Alphabets ankam, doch Logans Name wurde nicht vorgelesen. Es schien mir unmöglich, dass ich ihn überhört hatte, aber noch unmöglicher, dass Logan irrtümlich vergessen worden war.

Sobald die Feierlichkeiten vorüber waren, schob ich mich durch die Leute hindurch zu dem Denkmal. Wenig überraschend drängten auch alle anderen in diese Richtung, denn jeder wollte den Namen des geliebten Menschen, den er verloren hatte, in goldenen Buchstaben darin eingraviert sehen. Ich bemühte mich, geduldig zu warten, doch es waren viele vor mir und es würde wohl einige Zeit dauern, bis ich in der ersten Reihe der Verwandten und Freunde angekommen war.

Ich spürte, wie jemand meine Schulter berührte, doch ich nahm an, dass es versehentlich passiert war, weshalb ich mich nicht umdrehte.

Doch die Hand blieb, wo sie war, und als ich mich schließlich doch umwandte, geriet meine ganze Welt und alles, woran ich geglaubt hatte, aus den Fugen.

Plötzlich sah ich wie in Trance in ein Paar grüne Augen, von denen ich gedacht hatte, ich würde sie niemals wiedersehen.

»Sie sind es wirklich. Mein Gott, ich kann es einfach nicht glauben!« Seine Stimme war warm, und der Akzent klang ein wenig anders, als ich ihn in Erinnerung hatte, aber dennoch seltsam vertraut.

»Logan!«, rief ich und riss die Augen auf. »Du bist hier!«

Und dann warf ich mich – sehr zu seiner Überraschung – in seine Arme. Er zögerte einen Moment, doch schließlich umfasste er mich innig, und seine Umarmung fühlte sich unglaublich vertraut an. Sie war genau so, wie ich mich an sie erinnerte.

Vermutlich war es diese Tatsache, die mich wieder zur Vernunft brachte, denn ich löste mich schnell von ihm.

Passierte es schon wieder?

Ich ergriff den Arm des nächstbesten Gastes - es war ein Mann mittleren Alters mit beginnender Glatze, der zufällig neben mir stand und mich etwas überrascht ansah. Genauso wie Logan. Und meine Worte trugen ebenfalls nicht dazu bei, die Verwirrung der beiden Männer zu mildern.

»Bitte entschuldigen Sie, Sir. Ich weiß, das klingt seltsam, aber ... sehen Sie den Mann hier auch?«

Vermutlich war der Ort, an dem wir uns befanden, der Grund dafür, dass ich mit meiner Frage sehr viel leichter davonkam, als es irgendwo sonst der Fall gewesen wäre.

»Nun ja, Ma'am. Er ist ziemlich groß, deshalb ist er nur schwer zu übersehen.«

Ich spürte Logans Hand auf meinem Ellbogen. Er schob mich aus der Menge, und ich ließ es zu.

»Alles in Ordnung?«, fragte er, und sein vertrautes Gesicht, das dennoch einem Fremden gehörte, schien voller Sorge um mich.

»Ja. Nein ... Eigentlich nicht. Überhaupt nicht«, erwiderte ich verwirrt. »Sie sind doch tot! Sie sind bei dem Absturz ums Leben gekommen. Das haben mir die Zuständigen jedenfalls gesagt. Ich habe Ihren Namen auf der Liste gesehen. Sie sind bei dem Absturz ums Leben gekommen.«

Er zuckte nicht einmal zusammen, obwohl das, was ich gerade gesagt hatte, unglaublich geklungen haben musste.

»Ich bin überhaupt nicht an Bord des Flugzeuges gewesen«, erklärte er. »Ich vermute, Sie können sich nicht mehr daran erinnern - warum auch -, aber ich wurde am Flughafen ausgerufen. Es gab einen Notfall in der Familie, daher konnte ich nicht mitfliegen.«

»Aber ... Ihr Name ... Er stand doch auf der Liste.«

Sein attraktives Gesicht war für einen Moment vom Schmerz gezeichnet. »Sie haben meinen Platz an einen anderen Passagier weitergegeben. Ich habe den Mann, der ihn bekommen hat, am Schalter getroffen. Wir haben einige Worte gewechselt. Er meinte, es sei ein Riesenglück für ihn, dass ich nicht fliegen konnte. Daran erinnere ich mich noch heute. Leider kam es letzten Endes ganz anders.« Logans Stimme klang traurig. »Er ist einer der Gründe, warum ich heute hier bin. Ich fühle mich irgendwie verantwortlich für das, was mit ihm passiert ist. Wenn ich geflogen wäre, wie es eigentlich vorgesehen war, wäre er heute vermutlich noch am Leben.«

»Aber Sie vielleicht nicht«, erwiderte ich, und es fiel mir immer noch schwer zu begreifen, dass er noch am Leben war.

»Nach dem Absturz herrschte ein schreckliches Durcheinander. Die Passagierlisten stimmten nicht, und deshalb stand mein Name zuerst auch auf der Liste der Toten. Es dauerte eine Weile, bis alles aufgeklärt war.« Logan hielt kurz inne und wirkte seltsam unsicher, ob er fortfahren sollte. »Ich weiß, das klingt jetzt echt seltsam, aber ehrlich gesagt sind *Sie* der zweite Grund, warum ich heute hierhergekommen bin. Ich habe im vergangenen Jahr oft an Sie gedacht, und auch wenn ich weiß, dass es seltsam ist, werde ich mich nicht dafür entschuldigen, dass ich sogar Ihren Namen in Erfahrung gebracht habe. Ich kann Ihnen gar nicht sagen, wie erleichtert ich war, als ich hörte, dass Sie es geschafft haben ... Es tut mir leid, aber ich habe mich ja noch gar nicht vorgestellt. Ich bin Logan. Logan Carter ...« Er brach ab. »Aber das wussten Sie ja bereits, nicht wahr? Sie haben meinen Namen gerufen, als sie mich vorhin entdeckt haben. Wie ist das möglich?«

»Das ist eine sehr, sehr lange Geschichte. Sie begann schon auf dem Flughafen, als Sie ...« Ich brach ein wenig verlegen ab.

»Nun, ich habe es nicht eilig. Sie etwa?«

Ich schüttelte den Kopf. »Nein, überhaupt nicht.«

»Gut. Denn ich nehme zwar nicht an, dass Sie sich noch daran erinnern werden, aber ich schulde Ihnen noch einen Kaffee.«

»O doch, ich erinnere mich«, erwiderte ich und blickte in sein Gesicht, während ich versuchte, mir diesen Moment für immer und ewig einzuprägen. Ich wusste, dass sich hier und jetzt mein Leben für immer veränderte.

»Wissen Sie, ich habe ein wahnsinnig gutes Gedächtnis. Ich erinnere mich an alles.«

Die Achse meiner Welt

Roman

Stell dir vor, du erwachst in einer perfekten Version deines Lebens. Greifst du zu und lebst diesen Traum bedingungslos weiter? Oder fragst du dich, wann deine Welt aus dem Gleichgewicht geriet und was mit deinem alten Leben geschehen ist? Eine mitreißende Geschichte über Liebe, Familie und Identität – mit einem packenden Ende.

Die Nacht schreibt uns neu

Roman

Emma hatte ihr Leben deutlich vor Augen: Sie wollte ihre Jugendliebe Richard heiraten und mit ihm eine Familie gründen. Doch nach der Nacht, in der ihre beste Freundin Amy bei einem Unfall starb, ist für Emma nichts mehr wie zuvor. Auch Richard trauert um Amy, und Emma fühlt sich seltsam einsam. Zum Glück ist da Jack, ihr Lebensretter. Wäre er in jener Nacht nicht aufgetaucht, hätte Emma nicht überlebt. Und nun ist er es erneut, der ihr durch die dunkelste aller Zeiten hilft.

Atkins

Der Klang deines Lächelns

Roman

Ally und Charlotte haben sich seit Jahren nicht gesehen. Ausgerechnet in einem Krankenhaus treffen die beiden wieder aufeinander. Während sie um das Leben ihrer Männer bangen und auf ein Wunder hoffen, erinnern sie sich – an eine schöne gemeinsame Studentenzeit, aber auch an Verrat und Untreue. In der dunkelsten Stunde der Nacht müssen Ally und Charlotte eine folgenschwere Entscheidung treffen. Werden sie mit der Vergangenheit Frieden schließen können?

KNAUR

Wenn der Bräutigam dich küsst, aber du nicht die Braut bist.

Mhairi McFarlane

Irgendwie hatte ich mir das anders vorgestellt

Roman

Nach wochenlangen Flirts kommt es zwischen Edie und ihrem Kollegen Jack zu einem Kuss. Dummerweise befinden sich die beiden da gerade auf Jacks Hochzeit und werden zu allem Überfluss auch noch von Charlotte, der frischgebackenen Ehefrau, erwischt. Kurz nach diesem Fehltritt bricht ein fieser Shitstorm über Edie herein. Während Jack den reuigen Ehemann gibt, wird sie zum Sündenbock gemacht. In ihrer Not flieht Edie in ihre Heimatstadt Nottingham. Aber die Gerüchte, Edie habe eine Affäre mit Jack gehabt, reißen nicht ab. Doch zum Glück hat Edie Freunde, die zu ihr halten. Und dann ist da auch noch der Schauspieler Elliot, der ihr zwar gehörig auf die Nerven geht, aber das Herz doch am rechten Fleck hat ...

»Originell, scharfsinnig und witzig – ein moderner Liebesroman in höchster Vollendung.« HEAT

Manchmal kann ein Buch dein Leben für immer verändern.

Stephanie Butland

Ich treffe dich zwischen den Zeilen

Roman

Mit ihren Piercings und tiefschwarz gefärbten Haaren versucht Loveday, die Welt von sich fernzuhalten. Sie umgibt sich lieber mit Büchern als mit Menschen und trägt die Anfangssätze ihrer Lieblingsromane als Tattoos auf dem Körper. Als sie Nathan kennenlernt, bekommt die Mauer, die sie um ihr Herz errichtet hat, Risse: Er nimmt Loveday mit zu einem Poetry-Slam, und die Gedichte öffnen beiden einen Weg, sich die Dinge mitzuteilen, für die ihnen sonst die Worte fehlen. Ihr dunkelstes Geheimnis behält Loveday aber weiterhin für sich. Doch als ein Buch sie zurück in ihre Vergangenheit führt, muss sie sich entscheiden: Will sie sich weiter verstecken und Nathan verlieren, oder findet sie mit seiner Hilfe endlich den Mut, über das zu sprechen, was sie einst so sehr verletzt hat?